Driss Chraïbi

Le passé simple

Denoël

Le passé simple *nous introduit au cœur de la famille du Seigneur, un potentat marocain. Cet homme tranche au nom d'Allah : tout lui est bon pour faire fructifier son immense fortune ; la religion s'enseigne dans la peur du corps et dans la désolation de l'âme, les êtres ne vivent pas, ils se contentent d'exister, aussi bien les enfants que leur mère.*

Mais la guerre est là qui rend plus sensibles les failles de la société arabe, plus encore le despotisme du père. Driss Ferdi se révolte : il est issu de l'Orient qu'il renie. Heureusement ou malheureusement, il demeure l'invité de la civilisation occidentale. Petit-fils de saint musulman, éduqué dans des écoles européennes, il vit à la fois le drame de son émancipation personnelle et le conflit de deux civilisations dont sa vie l'a fait tributaire. A Fès, où on l'a envoyé pour attirer la grâce de Dieu sur les affaires paternelles, il fait l'apprentissage de la liberté. Il lui faudra refuser les avances d'un douteux saint homme, se faire respecter par un oncle trop docile devant les grands du jour ; il aura l'occasion de faire entendre sa voix dans la grande mosquée au cours de la nuit du Destin. Son cri, c'est celui de sa génération. Il trouvera la force de supporter la mort de son frère, le suicide de sa mère, la force et le courage de se délivrer de sa révolte : peut-être sera-t-il ainsi un de ceux qui vont changer la face du monde, au point de fusion des civilisations de l'Orient et de l'Occident.

Cette sèche analyse fait ressortir le sens profond, mais ne donne aucune idée de la vie frémissante du récit de Driss Chraïbi. Disciple avoué de Faulkner, dont il pratique la technique de fission de la chronologie, Driss Chraïbi possède un style violent, rocailleux, brûlant comme le désert et qui n'a pas son pareil pour rendre les atmosphères, traduire la vie intime des êtres et des villes, le silence de la prière ou la misère des foules. L'anecdote significative, l'humour cinglant, dénudent les plaies, de l'Orient comme de l'Occident, disent une faim de vie plus large.

Et le pasteur noir me dit :

— Nous aussi, nous avons traduit la Bible. Nous y avons trouvé que Dieu a créé les premiers hommes de race noire. Un jour le Noir Caïn tua le Noir Abel. Dieu apparut à Caïn et lui dit : « Qu'as-tu fait de ton frère ? » Et Caïn eut une telle frayeur qu'il en devint blanc. Et depuis lors tous les descendants de Caïn sont des Blancs.

Albert-Raymond Roche.
(Propos recueillis par l'auteur.)

CHAPITRE PREMIER

LES ÉLÉMENTS DE BASE

« Le silence est une opinion. »

A l'heure où un descendant d'Ismaël ne pourra plus distinguer un fil noir d'un fil blanc...

Le canon d'El Hank tonna douze fois. Dans le concert consécutif des muezzin, nous nous levâmes, Berrada, Roche, moi. Nous allumions notre première cigarette de la journée, la première aussi pour Roche, le chrétien. Et résonna brusquement en moi le *gong* du drame.

Longtemps après, je me souviendrai de cette minute chargée de soudaine prescience qui m'envahit, m'affola, m'isola avec peut-être la même violence que la *Ligne Mince*. Que dis-je ? Je me rappelle encore nos silhouettes découpées dans le vert cru des faux palmiers, le chergui courant ras et les pantalons annamites de Roche qui battaient comme une paire de drapeaux. Parlant des mendiants dont la clameur parvenait jusqu'à nous, Berrada disait :

— Ils ne jeûnent pas. Ecoutez-les, monsieur Roche. Leurs voix sont trop fortes pour être fatiguées par une quelconque abstinence.

— Plaignez-vous ! dit Roche. De quoi les plaignez-vous ?... Eh bien ! Tête de Boche...

13

« Tête de Boche », c'est moi. Je cille à peine. Mes nerfs sont déjà calmés. Je balbutie un rire d'excuse, une périphrase en guise d'au revoir et quitte le parc Murdoch. Le Seigneur m'attend. Sa loi est indiscutable. J'en vis. Roche est pour moi un adultère, deux heures par jour et trois jours par semaine, depuis un an. Dans l'intervalle, je suis au point mort. J'appelle point mort tout ce qui est défini, comme ce derb que je traverse et cette maison vers laquelle je me rends. Et je vous jure que, la grille du parc franchie, à la seule évocation du Seigneur assis en tailleur sur son carré de feutre pieux, je suis redevenu un simple piéton du Chemin Droit, chemin des élus de Dieu et par où ne passent jamais ceux qu'Il a maudits.

Les muezzins se sont tus. Le vingt-quatrième soir de Ramadan m'engloutit. Je suis une file de charrettes que traînent des vieillards aux pieds nus. A chaque porte il y a un mendiant. Il cogne comme une fatalité et réclame, exige un bout de pain, un morceau de sucre ou du papier à cigarettes. Je sais cette mélopée, si consciencieusement feinte qu'elle est devenue réelle, et où, depuis saint abd El Kader jusqu'à saint Lyautey, dernier en date, tous les saints du Maghreb sont hurlés. Les mendiants sont aussi devant les boutiques, les cafés maures, Huns et sangsues, couverts de plaies, verbe diarrhéique, loques multicolores, yeux chassieux que picorent des mouches, les mêmes mouches qui éventent les denrées exposées à tout vent et que chasse vainement un plumeau en doums.

Ces affamés et moi nous ressemblons : nous sommes fonction, eux de treize siècles d'Islam, moi du Seigneur, cristallisation de l'Islam. Et nous sommes dissemblables. Pour la même raison. Un loup est plus à craindre qu'une bande de louveteaux.

Un mendiant me saisit la main, la baise deux fois

et s'y accroche de tout son poids, de toute sa misère. Je ne lui fais pas l'aumône. Je n'ai rien sur moi. Le Seigneur ne me donne pas d'argent de poche. Il n'est pas avare. Il juge que je n'en ai pas besoin, voilà tout. Je dégage ma main. Le mendiant appelle sur ma tête les calamités du ciel. Je ne hausse même pas les épaules. Le ciel ne me fait pas peur. Il est peuplé de gaz rares et des ratiocinations humaines. Roche me l'a dit.

Pour une telle insolence, dix mille ans de géhenne me sont promis. Le Seigneur me l'a dit. Pas cinq mille. Ni cent mille. Dix mille! Les sentences du Seigneur sont pesées à une équité près. En tout état de cause, sera coupée la main qui aura salué un Juif et doivent être crevés les yeux d'une épouse qui ont regardé un autre homme que l'époux.

Seize heures de jeûne par jour, sécheresse, récoltes incendiées, invasions de sauterelles, déchéances, doléances, sueurs fortes, ferveurs, je sais aussi la clameur de cette foule lente dans laquelle je marche et trouc mon chemin, péniblement, méthodiquement, soucieux de n'être pas en retard (le Seigneur n'aime pas attendre), et dédaigneux des protocoles, parce que mes vêtements sont européens et que je suis presque européanisé.

A moitié couchés sur un trottoir, deux jeunes gens jouent à l'*appel*. Les mises sont entre les partenaires, les couteaux à cran sous les fesses. Ce sont de futurs gibiers de potence, des casseurs de gueules dans les bordels et que les tribunaux enverront casser les cailloux sur les routes du Protectorat pour la plus grande gloire des pionniers et des ingénieurs des ponts et chaussées. Pour l'instant personne ne les touche. Cette dernière remarque me plaît. Elle est de Roche. Dans ma jeune cervelle bourrée à bloc d'abstractions paternelles, quelques citations de cette causticité sont remisées à toute fin tout

moyen. Je ne fais rien pour les transformer en virus.
Le Seigneur dit :

— Le téméraire œuvre pour la témérité à partir
d'une témérité et ne récolte que l'inutile des actes
téméraires.

Les écoles coraniques m'ont enseigné la Loi,
dogmes, limites des dogmes, hadiths. Pendant quatre ans. A coups de bâton sur mon crâne et sur la
plante des pieds — si magistralement que, jusqu'au
jour du Jugement dernier, je n'aurai garde de
l'oublier.

Je hâte le pas. Si je suis en retard, le Seigneur ne
se mettra pas en colère. Il a des nerfs aussi rigides
que sa loi. Ecoutez-le :

— Que ce soit un rabbin ou un youpin qui meure,
c'est toujours un Juif de moins. Ensuite en naissent
deux. En conséquence, pourquoi se mettre en
colère ?

Je l'y ai vu pourtant une fois, lorsque nous
habitions Mazagan : il était réellement calme.

Charme de cette ville sauvage, le soir ? Plus rien
n'a de prise sur moi. Même pas l'émotion des
accoutumances. Ce qui est su est su, comme ce qui
est mort est mort, le Seigneur dixit. Le passage à
niveau à voie unique dénommé gare, par dérision
« Gare Mers-Sultan », à traverser malgré les vocifé-
rations du gardien manchot (un train est signalé) ;
hurler à ce pédéraste passif (l'actif a nom Roche) :

— Le Seigneur ! Tu ne connais pas le Seigneur,
chien fils de chien ?

Se courbant jusqu'à terre, il me laisse passer. Il a
entendu parler du Seigneur. Puis serpenter entre les
étals lourds d'éclanches, les sans-gîte vautrés sur la
chaussée, les monceaux d'ordures puantes, les
attroupements pour un serpent charmé, un gosse
perdu ou abandonné, une vente au marché noir et à
l'air libre, écraser une tomate pourrie, un tibia

16

tendu soudain, d'un pied sûr comme un sabot de mulet, vite, toujours plus vite! (le cliché dit : machinalement; pardon : consciemment!) comme hier, avant-hier, depuis sept ans, tous les jours sauf le dimanche et les jours fériés, quatre fois par jour, trajet maison-lycée et vice versa immuable — tout est immuable — et, jusqu'à la rue d'Angora, jusqu'à la maison en ciment armé, face à moi, la présence du Seigneur assis buste droit et regard droit, si peu statue qu'il est dogme et si peu dogme que, sitôt devant lui, toute autre vie que la sienne, même le brouhaha de la rue vagi par la fenêtre ouverte, tout est annihilé.

Et ses premières paroles furent :

— Notre soupe ressemble à nos traditions. C'est à la fois un hors-d'œuvre, un plat de résistance et un dessert. Si tant est que hors-d'œuvre et dessert constituent autre chose que des inventions de chrétiens. Mais Dieu est juste : ces derniers sont doués pour le superflu. Cependant, nous te permettons de considérer ladite soupe comme le feraient des chrétiens : tu étudies leur langue et leur civilisation. Mais un chrétien ne « laisse pas refroidir son hors-d'œuvre ». Fils, assieds-toi à notre gauche, nous t'en formulons le désir.

Je ne dois pas répondre. Les gestes d'abord. Rituels. Le Seigneur affirme qu'avant même la réflexion il y a l'acte.

A la porte de la chambre, six paires de chaussures sont alignées. Y ajoutant la mienne, je fais une constatation : Camel n'est pas encore rentré. Je ne me suis pas trompé tout à l'heure. Mes oreilles ont bel et bien sonné.

Je retrousse mon pantalon. Je défais ma cravate, l'accroche à un clou. Seulement alors, je peux prendre place sur le *seddari*.

— Nous comprenons que tu sois vêtu à l'européenne, a décrété un jour le Seigneur. En djellaba et chéchia, tu ferais, au lycée, figure de chameau en plein pôle nord. Seulement, de retour ici, ne blesse pas nos yeux : pas de cravate, pas de pantalons longs, retrousse-les jusqu'aux genoux, en golf, à la façon des Turcs. Et bien entendu les chaussures dehors : la chambre où se tient ton père n'est ni un lieu de passage ni une écurie.

Comment ai-je eu droit au port de ces articles taxés d'imitations métèques ? Mon livret scolaire ! « tableau d'honneur », premiers prix ou accessits en latin, grec, allemand, dissertation française et autres matières vénérables. Si j'ai peiné, veillé, parfois sangloté de lassitude, ce n'était ni par zèle ni par goût. Et ni par orgueil d'avoir été choisi parmi une demi-douzaine d'enfants de sexe masculin pour « le monde nouveau ». Mais pour : une cravate, des pantalons longs, des chaussettes. Ensuite, je n'ai plus été qu'un élève studieux. La roue avait longtemps tourné. Elle continue encore de tourner. Et mon livret scolaire est toujours élogieux. Autrefois...

Même enfant, j'ai toujours eu la rage de la justice. Les grands fauteuils ou par terre ! Imaginez-vous un Nègre du jour au lendemain *blanchi* mais dont, par omission ou méchanceté du sort, le nez est resté noir. J'étais vêtu d'une veste et d'un pantalon. Aux pieds une paire de chaussures. Une chemise. Une ceinture à la taille. Un mouchoir dans ma poche. J'étais fier. Comme un petit Européen ! Sitôt parmi mes camarades, je me trouvais grotesque. Et je l'étais.

— Ces pantalons relevés ! Tu vas à la pêche ?

Sales petits garnements qui m'avez fait souffrir ! Et ma chemise ! Propre. Sans un trou. Sans une déchirure. Mais non repassée après lavage.

— Tu dors avec ? ironisaient les garnements.

Le Seigneur avait jugé :

— C'est une chemise ? Elle a un col ? Des boutons ? Alors qu'est-ce qu'il te faut de plus ?

Il ne comprend pas. Il porte la chemise marocaine, sans col, avec ouverture et lacet sur l'épaule. Il chausse des babouches. Il n'a pas de chaussettes.

— Tu n'en as pas besoin non plus, fils. Tes souliers te couvrent entièrement les pieds. Nous, nous avons le talon dehors.

Et la cravate ! tous mes camarades en avaient une. Je désirais une cravate comme un moribond désire une femme. Eh bien ! oui, j'ai volé. Personne ne m'a vu, personne n'en saura jamais rien. Dans le portefeuille du Seigneur j'ai prélevé mon tribut. J'ai acheté cravate et chaussettes. Je ne les portais pas chez moi. Pas si bête ! Dehors. Avec l'attendrissement d'une épouse qui caresse son amant ou d'un Arabe ex-tirailleur qui caresse sa croix de guerre. Quant à la chemise, je me rangeais au bon sens du Seigneur :

— Le mouton n'a pas de plumes et l'oiseau n'a pas de laine. Ainsi en est-il du fils d'Adam : il ne peut tout avoir. Sinon, fils, contemple la Trinité Chrétienne, l'hermaphrodite et le Chaos.

Cela jusqu'au jour où j'obtins la première partie du bachot. Costumes, cravates, chaussettes me furent offerts. Et même des gants, des pochettes, un portefeuille pour ma carte d'identité. Tout cela. Rien que cela. Des choses utiles.

Ces montées de bile, un chewing-gum âcre, je les mastique et macère dans le silence qui a suivi mon installation à la gauche du Seigneur. Car le silence est là et s'appesantit à mesure qu'il dure. Justement, qu'il ne dure pas ! il faut qu'il ne dure pas. Camel n'est toujours pas rentré. Seigneur, vous faut-il autre chose ? Un quart d'heure après le sacrosaint coup de canon, votre fils aîné est encore dehors. Vous avez là, je pense, matière plus que suffisante à maudire le reste de votre progéniture et à répudier votre épouse. Vous m'enseignâtes un jour le hadith des ablutions : ablutionné, il suffit d'un tout petit pet, même non sonore, pour que l'on soit souillé et astreint à de nouvelles ablutions. Amen, Seigneur, amen ! Camel n'est pas à votre droite et le silence pèse. Je n'y peux rien. Alors : Dieu a maudit les Juifs ; nous sommes vos Juifs, Seigneur : ouvrez la bouche et maudissez-nous !

— Fils, après le jour la nuit, puis le soleil, puis encore les ténèbres. Et demain ne tranchera en rien la monotonie de notre existence de labeur ingrat. Louange à Dieu cependant !

Ça, c'est le prélude. Qu'en découlera-t-il ? Fable ? Non. Autre chose. La voix est résignée et la dernière phrase est loin d'être une glorification de Dieu. Les fables du Seigneur ne commencent jamais ainsi. Et il serait révolutionnaire que ce soir il se fût produit un changement quelconque dans les us.

Je psalmodie :

— Louange à Dieu !

Ça, c'est nécessaire. Si le Seigneur prononce le mot *Dieu*, réciter une formule coranique. Et s'il s'agit d'un saint, dire : « Dieu le bénisse et l'honore ! » C'est également suffisant. Je suis ainsi dispensé de tout autre commentaire. Au Seigneur de continuer. Il continue :

— Mais les nuages couvrent le soleil, la lune argente la nuit ; et nous, le soir, nous délassons avec toi. Qu'as-tu appris aujourd'hui ?

Rien. Je ne suis pas allé en classe. Je me suis promené tout l'après-midi sur la plage d'Aïn Diab. Mais pourquoi ne parle-t-il pas de Camel ? N'aimant pas mentir, je tente un biais :

— Pas grand-chose. Nous faisons plutôt des révi-

20

sions. Les examens approchent. Dans quinze jours c'est le grand saut.

— Notre cœur sera avec toi... Mais encore ?

C'est ainsi tous les soirs, Ramadan ou pas Ramadan. Les gestes, la fable, le hachis scolaire à passer au crible. Ensuite ? Non, pas la soupe. Ensuite...

Ce soir, je suis damné. J'ai jeûné seize heures. Je parle du Ramadan : ni boire, ni manger, ni fumer, ni coïter. C'est dur. Je le sais si bien que je m'arrange pour ne jeûner qu'un jour sur deux. Naturellement le Seigneur me croit bon Musulman. Mais, malheur d'Israël, aujourd'hui j'ai jeûné. Je fais un rapide calcul. Je n'ai pas de montre-bracelet (superflue) et l'horloge à poids est là-haut, dans la chambre du Seigneur. Mais j'ai la notion du temps : il est près de 9 heures. Camel, je sais où tu es, laisse les copains, les putains, l'alcool. Six ventres troués de faim t'attendent. Je ne compte pas le Seigneur. Si la lubie lui en prenait, il jeûnerait nuit et jour, comme un fakir. Pour battre un record ? Pour l'Islam ! Et pourtant...

— Eh bien, dis-je, il y a quelque chose qui me chiffonne. Les dieux de la mythologie m'amusent. Je n'arrive pas à les prendre au sérieux.

J'ai dit cela comme j'aurais dit : « m'sieur, veux faire pipi » (effectivement j'en ressens le besoin). Je devais parler.

— Pourquoi pas ?

Il sourit. Je viens de lui fournir le premier maillon de la chaîne. La veillée va commencer.

— Nous voulons bien croire aux dieux païens et aux demi-dieux, reprend-il, parce que les croyances positives ne sont pas encore atteintes, même de notre siècle. A plus forte raison les mythes prédominaient-ils dans la croyance de ces pauvres gourdes de Grecs et de Romains. Si l'on rétablit les faits et si l'on en fait le point, nous croyons plutôt que la légende doit être que ces dieux se prélassaient dans le ciel appelé Olympe bien avant l'existence du monde; par les trous du ciel, ils envoyaient dans l'espace leurs déchets corporels et autres, depuis des millénaires, jusqu'au jour où ces déchets eurent formé un bloc plus ou moins sphérique que les Olympiens baptisèrent terre. Il y eut des fermentations d'où naquirent des êtres : végétaux, animaux, hommes. Nous descendons bien des dieux.

Le stupéfiant, c'est que je l'écoute. J'apprécie même. J'en oublie Camel, ma faim. Cet homme à tarbouch est sûr de lui : une mouche ne volera que s'il lui en donne la permission. Il sait que chaque mot qui tombe de sa bouche sera gravé en moi. Sur son masque il n'y a pas un frisson. Je supprime ce masque et je lis : il est analphabète et partant fier de soutenir n'importe quelle conversation de n'importe quelle discipline. Je le comparerais volontiers à ces petits vieux qui savent tout et qui ont tout eu : enfants, petits-enfants, diplômes, fortune, revers de fortune, maîtresses, cuites, chancres... — s'il n'y avait, à cause de cet analphabétisme même, le facteur haine. Il sait que cet Occident vers lequel il m'a délégué est hors de sa sphère Alors il le hait. Et, de peur qu'en moi il n'y ait un enthousiasme pour ce monde nouveau, tout ce que j'en apprends, il le tanne, casse, décortique et dissèque. Désanoblit.

Je ne l'ai pas regardé deux fois. Ses yeux brûlent. Je baisse la tête. Lui aussi lit en moi.

— Nous ne te racontons pas ces fadaises pour que tu en fasses des paraboles, poursuit-il. Nous ne sommes pas le Christ et nous n'avons pas l'esprit saugrenu...

Bon Dieu, La lecture du Coran ne m'a jamais fait sourire.

— ... seulement, nous sommes persuadés qu'il te

faut voir les choses sainement. Notre rôle de père est un rôle de guide. Apprends tout ce que tu peux et le mieux possible, afin que tout ce que tu auras appris te soit une arme utile pour tes examens d'abord et pour la compréhension du monde occidental ensuite. Car nous avons besoin d'une jeunesse capable d'être entre notre léthargie orientale et l'insomnie occidentale, capable aussi d'assimiler la science actuelle et de l'enseigner à nos futures générations. Mais ne te laisse jamais tenter par ce que tu auras appris, par ces mirages dont jusqu'ici tu n'as jamais entendu parler et qui te paraîtraient suffisants pour les considérer comme dogmes. N'oublie pas en effet que toute la civilisation actuelle repose sur des postulats. Nous prévoyons en toi une explosion prochaine, car tu es doué d'un tempérament fulgurant et d'un orgueil démesuré. Nous souhaitons de tout cœur que cette explosion ne soit qu'une cause de transformation susceptible de faire de toi un homme moderne et surtout heureux.

Bien! parfait! Merci pour les vœux. Mais j'en ai assez. Ecris sur l'eau et pends le cadavre, j'ai faim.

— Quand il y a un naufrage sur mer, la plupart des naufragés perdent la tête. Ce sont les seuls moments où se révèle la nature humaine avec ses cruautés et ses lâchetés, quelquefois aussi avec ses courages. On se jette à l'eau, on s'entre-tue, on vide son sac une dernière fois car la mort est proche et les derniers instants de vie, on en profite avec violence. Mais rares sont ceux qui attrapent une poutre et s'y accrochent...

Les mots tombent comme des grains de chapelet, secs, sûrs, l'un déduit de l'autre. Je me dis : tel un caillou. Prends un marteau et tape dessus. Le caillou casse. Tape sur les fragments : grains. Tape encore, tape toujours, jusqu'à la particule, la molécule, l'atome, la fission. Homme, allez-vous me réciter les parchemins d'Ibn Rachd jusqu'à l'arrivée de Camel ? Il appelle cela l'usure. Mon estomac a tant moulu le vide que je n'ai plus faim. Philosophe pétri dans la pierre dure, regardez ces mains respectueusement croisées sur mes genoux en équerre : elles savent lancer un couteau à cran d'arrêt.

— ... dominant la peur et les éléments déchaînés dans l'espoir et la tension que cette poutre les mènera au rivage. Ce rivage est symbolique, fils. Il représente le but. La mer, c'est le monde où rarement l'homme est capable de dominer les circonstances. Sache donc... Plaît-il ?

Il a lancé cette apostrophe si brusquement que je sursaute. Qu'ai-je fait ? Fermé les yeux ou secoué la tête sans m'en rendre compte ?

— Rien.

— Rien ? Alors pourquoi tes mains tremblent-elles si fort ?

— Mes mains ?

Je les regarde. Elles ont probablement trahi ma surexcitation intérieure. Surveille tes mains, menace le dicton, elles sont ton arme et ton bourreau.

— Tu peux les regarder. Tu es peut-être prudent mais non pas vigilant. Aurais-tu quelque chose à déclarer ?

Je suis lucide. Tout ce qui a précédé n'a été qu'une passe d'armes. La chaîne va bientôt compter deux mailles.

— J'ai posé une question, fils.

— A laquelle, père, je crois qu'il n'y a pas de réponse.

— Quand le douar est en liesse, c'est qu'un Juif est mort... Les Français disent qu'il n'y a pas de fumée sans feu, c'est bien cela, n'est-ce pas ? En ton âme et conscience, qu'as-tu ?

— Faim.

— Tu as faim ?

— Oui.

— Véritablement faim ?

— Oui.

— Tu ne pouvais pas le dire plus tôt ? Il est si naturel d'avoir faim. La faim n'est ni un péché ni une honte. Par conséquent tu attendras notre bon plaisir... Eh ! toi, oui, toi, le dernier de la rangée, viens ici !

Mon Dieu ! jusqu'ici ils n'ont pas existé. Les chaussures alignées devant la porte leur appartiennent — et les ventres vides. Ils sont cinq, alignés eux aussi, contre le mur. Ils sont assis par ordre d'âge, formant un trapèze presque parfait. Le plus âgé s'appelle Abd El Krim, dix-sept ans. Le puîné en a neuf : Hamid. Ils ne se grattent pas, n'éternuent pas, ne toussent pas, ne rotent pas, ne pètent pas. Ils sont maigres et craintifs. Ils ont les mains posées bien à plat sur leurs cuisses et respirent à une allure modérée, sans bruit. Leurs yeux sont ternes et leur teint terreux. Ce sont mes frères.

Lorsque le Seigneur en a désigné un de l'index, cinq pommes d'Adam ont tressauté. Hamid s'est détaché du groupe et va s'accroupir devant notre père.

Il est chétif et doux. Il a neuf ans et je lui en donne deux. Il a levé les yeux sur moi, puis les a baissés. Cela n'a duré qu'une fraction de seconde, mais je n'aurais pas dû surprendre ce regard : S.O.S., chien écrasé, détresse des ghettos, clochard, rêve d'Icare, si intensément que j'estime que ma mère aurait mieux fait d'exécuter une pression utérine au moment d'accoucher de ce gosse-là.

— Ta main.

S'il la tendait, quel châtiment allait-il s'y abattre ? Et pourquoi ? Il a jeûné comme tout le monde, il n'a pas traînaillé avec les gosses du quartier, il a tiré la chaîne des W.-C. après avoir accompli ses besoins, il a fait son lit, il s'est bien rongé les ongles mais en cachette, il a été battu par Naguib pour un mégot mais il n'a nulle envie de se plaindre, et il n'a médit de personne, même pas du Seigneur.

— Jour de Dieu, je suis un ogre ou quoi ? Ta main !

C'est une toute petite main exsangue, délicate, fine — où il n'y a pas un gramme de chair.

— Tends-la bien, écarte les doigts...

Ce n'est qu'un pou, un pou blanc piqué au centre d'un point noir. Le Seigneur l'a pêché quelque part sous sa djellaba.

L'horloge sonna. Je fus d'abord machinal les sons traversaient l'épaisseur du plafond et je comptai distinctement neuf coups, neuf heures. Ensuite, je réalisai : j'entendais sonner l'horloge, je *pouvais* l'entendre. La *présence* du Seigneur avait-elle donc une faille ? Cela me surprit. Dans le tintamarre, lorsque se produit un silence, ce silence est surprenant.

Cela me libéra. J'enregistrai le jaune de l'éclairage, les tempes blanches de mon père, le bord crasseux de son tarbouch, une opération arithmétique inscrite sur le mur frais échaulé. Et, je ne sais par quelle divagation d'idées — peut-être la faille s'était-elle élargie —, je *vis* ma mère dans sa cuisine, au milieu de ses tagines et de ses braseros en tôle. Elle soufflait sur la soupe parce qu'elle était trop chaude, la remettait sur le feu quand elle refroidissait, soufflait encore, réchauffait... Elle mordait un mouchoir en dentelle et sanglotait sans larmes, sans bruit, comme sanglotent les femmes qui durant quarante ans ont sangloté ; et par instants se prosternait, le front contre le carrelage blanc et noir : saints des Grecs et des Russes, j'ai invoqué nos saints, ils ne m'ont pas exaucée, ils sont dévoués à mon seigneur et maître... Saints des Grecs et des Russes, un petit accident, une chute dans l'escalier, un microbe inédit ou une bombe allemande, n'importe quoi, je veux mourir... Saints des Grecs et des Russes, le typhus ne m'a pas tuée, la dysenterie ne m'a pas tuée, j'ai accouché de sept enfants et je suis encore debout... Saints des Grecs et des Russes...

Je pensais : cette horloge sonne comme une injure. Ici les êtres ne vivent pas mais ne font qu'exister et le temps ne vaut pas un crachat.

— Ne touche pas mes babouches.

Hamid souleva une sandale, écrasa le pou. Puis alla reprendre dans le trapèze sa place, sa posture, sa docilité. Alors je décidai d'être anathème.

— Vous m'avez dit d'attendre. Attendre quoi ?

Il me regarda. Un jour, un homme m'a dit que les yeux de mon père étaient pleins de bonté et d'honneur. Je vous demande d'être objectif : depuis vingt ans, cet homme balayait le magasin du Seigneur.

Il ne fit que me regarder, une seconde. Et détourna la face, sans plus. Je comparai : une signature, un coup de cachet.

— Attendre quoi ? répétai-je.

Il ne daigna pas relever. Un autre jour, un autre homme m'a dit : quand je rencontre ton père, je lui dis bonjour et passe mon chemin. Je vous demande d'être objectif : cet homme avait vainement intrigué pour balayer le magasin du Seigneur.

— Attendre Camel ou qui ou quoi ? Si vous voulez que j'aille...

— Fils, tu as prononcé le nom de ton frère aîné. Que ce soit la dernière fois.

— Mais j'ai faim, je ne peux plus attendre, ce n'est pas ma faute si Camel...

— Ecoute !

Mon palais était sec, mes paupières brûlantes. Ces cinq ombres sur le mur, ce sanglot muet dans la cuisine, cette loi qui exigeait une obédience de chiens... de chiens? Allons donc! les chiens sont bannis du monde arabe. Précisément pour qu'il y ait des chiens humains, moi, le trapèze, la chauffeuse de soupe, en reptation devant le Seigneur — et même à distance. Un chien est sur le point de pisser. Que le Seigneur commande : « pisse pas! » — le chien pissera quand même. Mais s'il s'agit d'un chien qui aurait nom Hamid, il ne pissera pas.

— J'écoute.

— Tu écoutes? cela est dit d'un ton doctoral. Tu écoutes? Monsieur consent à prêter l'oreille à nos sornettes de chibani. Tu écoutes? Eh bien! écoute ceci.

Il me fit face. Il aimait les soudainetés théâtrales.

L'éclairage provenait d'un globe en verre dépoli et l'opération arithmétique était une multiplication flanquée d'une preuve par 9. Je fus pénétré de deux certitudes : dans la cuisine il n'y avait de lumière que le rougeoiement du brasero — et seul avait pu chiffrer sur le mur cet homme que j'évitais de regarder.

— Quand tu affranchis une lettre, sur quoi colles-tu le timbre?

S'il ne savait ni lire ni écrire, il calculait très bien. Et lorsqu'il parlait, nul ne savait être aussi sarcastique.

— Tu viens de nous attaquer avec hargne. Tu demandes des explications. Nous sommes prêts à te les fournir. Aie du moins le courage de nous regarder.

Je l'eus. Le nez était droit, la bouche et les sourcils strictement horizontaux. Je remarquai avec l'étonnement d'une découverte le cocasse des couleurs : les tempes blanches, la moustache poivre et sel, la barbe d'un noir presque bleu.

— Plus en face !

Je vis les yeux. Je ne vis plus qu'eux, noirs, immenses. Camel ? Incidence, imprévu, détail. Il y avait quelque chose de beaucoup plus grave. Mon Dieu ! est-ce que...

— C'est parfait. Le père et le fils qui se regardent : rien que de naturel, rien de plus attendrissant. Et maintenant dis-nous — tu sais que nous sommes ignorant et que nous ne demandons qu'à nous instruire —, de grâce (en français : s'il te plaît) éclaire-nous : le meilleur sandwich est-il au jambon ou bien au pâté ?

Je n'ai pas quitté des yeux les yeux noirs. Une question vrilla mon cerveau : quel est le salaud qui... Et tout de suite je ressentis une crampe à l'estomac : la peur.

— Dans toute tranche de jambon il y a du gras Nous n'aimons pas le gras. En conséquence tu ne peux pas nous recommander le sandwich au jambon. Du pâté ? Il y a aussi du gras. Du saucisson peut-être ? Le saucisson se rapproche de nos *kabebs* et j'entends dire qu'il en existe certaines variétés spécialement destinées aux Musulmans. Quant aux vins ?

L'horloge sonna le quart. Je lui accordai un tout petit crachat.

— Le vin rouge est commun au menu peuple — « roule et envoie au borgne » — et la consommation de vin blanc produit la danse de Saint-Guy, c'est bien cela, n'est-ce pas ? La danse de Saint-Guy. Mais fort heureusement nous avons les vins vieux, les champagnes, les grands crus. Quel *château* nous conseilles-tu ?

Il me saisit brusquement le poignet, tira.

— Et monsieur ne peut pas attendre ? (Il ne criait pas, sa voix était toujours aussi égale, mordante.) Tu te prends pour Hitler ou le pacha Glaoui ? Et dire que tu étais notre fierté ! Nous usions nos vieilles babouches pour que tu aies une paire de chaussures neuves et nous enlevions de nos intestins le superflu, voire le nécessaire, pour que tu sois celui que nous attendions. Et qu'as-tu fait, toi dont nous tenons ce poignet que nous pourrions casser comme un fétu ? Tranquillement tu vas dans la ville européenne. Tu as le teint clair, les cheveux blonds, les yeux bleus. Le Prophète n'a pas marqué ses élus au front. Pourquoi l'aurait-il fait ? Il n'a pas prévu que son peuple compterait des caméléons. A te voir, qui te prendrait pour un Arabe ? Ça, c'est une de tes fiertés. Comme si l'on pouvait s'enorgueillir d'uriner rouge et de chier bleu ! Deux tableaux, pile, face. Côté pile : boulevard de la Gare, place de France, monsieur est un Bolchevik ; il mange du porc, boit du vin, rit, plaisante, discute, s'amuse. Le carême ? Pas pour monsieur. Tout juste bon pour les vieux, les bicots, les fatma. Pourquoi se gênerait-il ? Un simple hasard l'a fait naître dans le monde des pouilleux. Côté face : il se rince soigneusement la bouche, se cure les dents et comme un véritable affamé vient s'asseoir à notre table. Mais quelle force de dissimulation as-tu donc ? Pour peu que notre cœur soit fort, et notre devoir est de te prendre au collet, comme ça (il lâcha mon poignet et me prit au collet) et de te traîner dehors. Fouetté jusqu'au sang, lynché, incinéré, voilà le châtiment réservé aux parjures de ton espèce. Et, qui plus est, monsieur se plaint ? Monsieur ne peut absolument pas attendre ? Chien !

Il m'attira à lui, me repoussa. Entre les deux gestes, je ne vis que des incisives en or. L'horloge sonna la demie. Sur ma figure coulait le crachat.

A l'instant même où frappe la mort, un enfant naît. Qui donc a dit que le drame le plus vrai est celui qui fait rire ? Le mendiant qui se mit à chansonner sous la fenêtre avait une voix de stentor.

« Tu es haj 4 fois, je suis haj 1 fois, haj Fatmi Ferdi, m'entends-tu ?

« Haj Fatmi Ferdi, tu es de vieille souche et je m'appelle Ahmed ben Ahmed. Tu possèdes 1 000 hectares, des immeubles, du bétail, tu es puissant et honoré, moi je couche dans l'écurie de Moussa l'entremetteur du pacha.

« Haj Fatmi Ferdi, m'entends-tu, m'entends-tu ?

« Par le Prophète, par saint Driss Ier, saint Driss II, saint Abd El Kader, saint Issa, saint Youssef et saint Yacoub, lance-moi un pain d'orge, une pièce de monnaie ou bien une cuisse de poulet.

« Haj Fatmi Ferdi, m'entends-tu ?

« Le Prophète te protège, saint Driss Ier te donne bon pied bon œil, saint Driss II décuple tes récoltes... »

Rien n'est plus exaspérant qu'un mendiant marocain. Celui-là était exaspéré. Menaces, insultes, corrections manuelles, rien n'avait pu le troubler. Immanquablement, tous les soirs il venait hurler sa sérénade. Le Seigneur écoutait un bon moment comme pour apprécier, puis me faisait signe de la barbe. J'allais chercher un demi-pain et le lançais par la fenêtre.

— Prospérité à monseigneur, hurlait le mendiant, longue vie à monseigneur, félicité à monseigneur, par le Prophète, saint Driss Ier, saint Driss... merde ! encore du pain d'orge !

Et il s'en allait en commentant :

— Juif fils de Juif, salaud fils de salaud, pourriture, avare, cochon, fils de chiens, père de singes, du pain d'orge pendant que tu manges du pain de blé tendre... Eh bien! je reviendrai jusqu'à ce que tu te décides à me donner autre chose que ce pain que ta femme brasse spécialement pour moi. Je reviendrai et demain et après-demain et tous les jours du futur, je ne te laisserai pas de répit, par le Prophète, par saint Driss...

Ce soir il n'y eut pas de changement. Le Seigneur me fit signe. Je me levai.

— Tu te laveras la figure!

Il ajouta :

— Tu ne bavarderas pas avec ta mère.

Mes frères étaient toujours minéralisés. Pas un n'avait bronché.

« Haj Fatmi Ferdi, tu es haj 4 fois, je suis haj 1 fois, m'entends-tu... »

Ce crachat s'ajoutera à tous les crachats antérieurs, aux coups de poing, aux coups de pied, aux gifles, aux piétinements. La liste est déjà longue et la balance penche. Seigneur, je ne suis pas né criminel.

Je trouvai ma mère accroupie, soufflant sur le brasero.

J'allumai

Elle se leva d'une pièce et vint se blottir contre ma poitrine.

— Driss mon fils, toi que j'aime entre tous mes fils, par ce ventre d'où tu es sorti, par les neuf mois durant lesquels ce ventre t'a porté, par ce sein qui t'a nourri, Driss mon fils, trouve-moi un moyen de mort rapide et sûre. Driss mon fils, il est entré comme une catastrophe, il a déambulé dans toutes les pièces, il a trouvé que le ménage n'était pas fait, de la poussière sous les lits, des punaises dans les matelas, les murs trop chauds, le carrelage trop froid, l'air impur, il a injurié mes ancêtres, il m'a injuriée et menacée de me répudier.

— Tu n'es pas la seule. Il vient de me cracher à la figure. Regarde.

Elle s'arrêta de pleurer. Ses paupières étaient violettes.

— A toi... à toi...

— Bien sûr! ma qualité d'étudiant ne m'immunise pas. Tu croyais qu'il n'oserait pas me toucher ? Tu vois. Mais dis-moi, est-ce parce que Camel...

— Mais non, il est rentré à 4 heures, à ce moment il ne savait pas si Camel...

Je plongeai la main dans un seau et m'aspergeai la figure. Deux fois.

Puis j'éteignis.

— Passe-moi le demi-pain.

— Reste encore un peu, Driss mon fils, ne peux-tu rien ? Par ce ventre...

Il attaqua dès que j'eus franchi le seuil.

— Qu'est-ce que c'est ?

— Pour le mendiant.

— Quel mendiant ?

— Je croyais...

— Quoi ? Va rapporter ce pain. Ou plutôt non, pose-le ici.

Je le posai sur son tapis de prière, à sa droite, là où Camel aurait dû être assis. Je croisai mes jambes sous moi.

« Haj Fatmi Ferdi, lance-moi un pain d'orge, une pièce de monnaie ou bien une cuisse de poulet. M'entends-tu, m'entends-tu ?... »

Ce mendiant était un iota. Il gémirait longtemps, insultant, suppliant, maudissant, peut-être jusqu'à l'aube — après quoi il s'en irait. Tous ceux que mon père avait soumis à l'usure avaient crevé comme une outre.

Tous sauf moi. D'ordinaire je me contentais d'être passif. Ce soir j'allais lutter. Nous attendîmes.

Bien ou mal, que je me souvienne et mon premier

souvenir est une attente. J'avais quatre ans. A présent j'en ai dix-neuf. Ce qui fait, si mes calculs sont exacts, près de 5 000 attentes. J'ai jugé équitable de compter les trois années durant lesquelles le Seigneur était à La Mecque, soi-disant pour se recueillir sur la Pierre Noire. La règle avait été énoncée et, en son absence, nous veillions et l'attendions dans un silence effrayant.

La première attente se situe par une aube d'hiver, dans une maison obscure de Mazagan nommée Dar El Gandhouri.

La bougie éclaire à peine la petite chambre où sont assis deux enfants et une femme.

— Va te laver la figure.

Camel sursaute, frotte ses yeux chassieux de ses poings et ramène la couverture sur ses épaules.

— Il s'est lavé, maman, dit Driss qui ment effrontément, je l'ai vu ; il s'est même lavé les dents.

La femme se remet à dévider son chapelet à gros grains. Quand elle finit ses cent grains, elle fait une pause et le silence tombe. Mais la bougie continue d'accuser le balbutiement de ses lèvres. Puis, lentement, grain par grain, avec à chaque grain un heurtement doux, de nouveau le chapelet se déroule.

La chambre sent le sommeil étranglé brusquement par la sonnerie millénaire du carillon à poids, un carillon dont on ne voit dans la pénombre que le jaune pisseux du balancier. On en ignore le tic-tac. Depuis des temps, on l'a entendu toujours le même, de sorte qu'on l'oublie.

Le bol blanc plein d'olives noires, sur la table basse, a des reflets violets. Tout près, une assiette en terre cuite exhale le rance tenace d'un beurre vieux de quatre ans.

— Combien de fois t'ai-je dit, Camel, de laisser la natte tranquille ?

34

Camel, depuis quelques instants, arrache des brins de la natte. Les yeux fermés, sa main sort de la couverture et le brin chatouille les narines de son frère. La main de Camel disparaît comme par magie. Le silence tombe sur la femme qui s'est remise à son chapelet et sur les deux enfants, l'un emmitouflé jusqu'aux oreilles et les yeux clos, l'autre les yeux ouverts et reniflant.

Et brusquement la scène change. A la place de la bougie il y a une lampe à carbure. Elle éclaire violemment les têtes bien éveillées des enfants, sagement assis auprès de leur mère, autour de la table. Près de la porte, une bouilloire fume sur des braises blanches.

Dehors, dans la cour, on entend quelqu'un qui s'ébroue et qui agite les mains dans un seau d'eau. L'évier, en aspirant l'eau déversée d'une volée, rote. De la chambre, on en sent le *puement* moisi. Puis le silence se rétablit, heurté du nasillement d'une mouche et de craquements de phalanges. Marchant sur la pointe de ses pieds nus et mouillés, les bras tendus en avant et un bonnet blanc sur la tête, un homme entre dans la pièce. Il est grand, mince et sa barbe en collier lui donne un air de sainteté parce qu'à la minute même de son apparition les muezzins de Mazagan appellent les fidèles à la prière de l'aube.

La femme est debout, une serviette à la main. L'homme s'essuie la figure, les mains et les pieds. Et la prière commence. Sur un carré de feutre verdâtre, le père dirige la prière, la femme est derrière avec les enfants coude à coude, les quatre silhouettes se plient, s'agenouillent et se prosternent en rythme. Puis, assis en tailleur, la main gauche à plat sur le genou gauche, l'index droit remuant pour « crever l'œil de Satan-le-maudit », père, mère et enfants gardent avec leurs yeux au ciel une expression d'absence.

La mouche vrombit de nouveau, la bouilloire mijote sur les cendres. Autour de la table en bois blanc tachée de graisse, tout le monde a pris place. Le bloc de carbure dans la lampe aspire l'eau avec un bruit de sucement. Driss et Camel coupent un morceau de pain d'orge. Chaque bouchée est enduite de beurre et suivie d'une olive. Devant eux, sur la table, s'entassent les noyaux. Personne ne parle.

Le père casse le sucre avec le fond d'un verre, broie dans le creux de sa main une poignée de thé vert, effeuille le bouquet de menthe. La vapeur de l'eau versée de la bouilloire en cuivre dans la théière de nickel qu'il lui tend à bout de bras noie la figure de la femme accroupie devant lui. Le brasero est entre les deux plateaux, l'un pour les verres et la théière, l'autre portant trois boîtes de cuivre ciselé : sucre, thé, menthe. Sans qu'une seule goutte tombe sur le plateau, la théière remplit les verres de très haut. L'homme goûte l'infusion, claque la langue en guise de satisfaction.

Rien n'a changé depuis. La barbe du Seigneur est toujours noire et nous sautons du lit, hiver comme été, à heure fixe, comme des pantins bien réglés pour la prière de l'aube. La famille s'est accrue de cinq membres, mais qu'est cela ? Ils ont tété un an, pleuré deux ans — le temps strict accordé à la prime enfance — et tout de suite après ils ont grandi dans la peur et appris le silence. Comme ce soir tous les soirs ils sont cinq ombres sur le mur. Moi, j'ai été façonné pour être tout ce que le Seigneur n'a pas été. C'est pour cela que je suis à sa gauche, pour mon bien que j'ai été gratifié d'un crachat. Restent Camel, inconscient, irresponsable et, en présence du maître, le plus perfectionné des pantins ; et ma mère, tendre et soumise, 1,60 m, 40 kilos, et dont le destin est de s'ignorer jusqu'à l'action qui l'accomplirait. En quarante ans d'existence, telle elle a été, pas un poil de plus.

Pour elle, et, si elle s'y oppose, pour moi, et, si moi-même au dernier moment je m'apitoie, pour l'art, pour rien, je créerai cette action... un jour ou l'autre... ce soir peut-être, qui sait ?

Et que nous veut ce chacal de mendiant qui s'impatiente sous la fenêtre ? Il est étranger à notre vie, étranger à notre drame. Le Seigneur ne l'entend réellement pas. Un iota, moins qu'un iota. S'imagine-t-il être le seul à gémir à cette heure ? Dans toutes les villes du Maroc, dans les villages, dans les douars, sur un seuil, sous une fenêtre, deux millions de ses pareils se sentent vitriolés par la révolte et le crime et la folie — et, au lieu d'agir, humbles, mesquins, lamentables, mendient un petit os, nettoyé, démoellé, sucé, mais que peut encore lécher une langue de mendiant.

De cette première attente date ma vie. Tout récemment, j'ai lu un ouvrage sur la théorie de Freud, les complexes, les inhibitions... En fermant le livre, je me suis dit : « Allons ! il faut bien donner leur chance à ces pauvres petits mots. »

Le jour m'avait trouvé assis à la même table, devant mes noyaux d'olives. Ma mère m'appela. J'ouvris les yeux. J'étais seul dans la chambre.

Elle me chargea d'une gamelle de soupe pour mon frère Camel parti au *m'sid* avant le lever du soleil. Je me rappelle que j'ai vu le long d'un trottoir un poteau télégraphique mis à bas par la bourrasque de la veille. C'est un souvenir précis et assez étrange.

Quand mon frère eut pris son petit déjeuner, j'ai voulu rester près de lui. C'est ainsi qu'a commencé ma scolarité. Elle a duré quatre ans. Tout ce que j'ai appris en cet intervalle de temps tiendrait à peine sur un timbre-poste français.

Pour mon inscription officielle, mon père est venu boire du thé et marchander les frais de scolarité avec le maître d'école. Camel qui a une bonne mémoire pour certaines scènes typiques m'assure que la conversation a débuté sur les promesses de la moisson prochaine et s'est achevée en dispute orientale en bonne et due forme avec citations des disciples du Prophète et protestations d'amitié réciproque. A l'issue de la séance, mon père a donné une pièce de 25 centimes au professeur et a tonitrué sur le seuil de la boutique.

— Camel et Driss sont tes enfants. Qu'ils apprennent la sainte religion. Sinon, tue-les et fais-moi signe : je viendrai les enterrer.

Camel avait cinq ans et demi, moi quatre.

Je me rappelle que tout de suite après le départ de mon père le maître a envoyé chercher des beignets. Il m'en a donné un. Je l'ai mangé en silence. Quand il fut temps pour nous d'aller déjeuner, il était facile de remarquer à la place où je m'étais assis une large flaque d'urine. J'avais eu tellement peur qu'à l'âge de treize ans je pissais encore dans mon lit.

A mon tour, je connus les réveils matinaux, les souffrances du silence et du refoulement, les douleurs à la plante des pieds, les rages vite étouffées. Comme les autres, je finis par m'habituer.

Les écoliers de cette sorte d'école sont les plus studieux et les plus malheureux du monde. Ils se lèvent au premier appel du muezzin, n'ont pas le temps de se laver ni de manger. Il faut avant le lever du soleil qu'ils lavent de leurs doigts gourds une des faces de leur planche d'étude, qu'ils l'enduisent d'une espèce de terre glaise gris-blanc et qu'ils adossent la planche contre un mur pour que le soleil levant la sèche. C'est une planche de bois dur et poli, percée à un coin d'un trou par où passe une ficelle. Pour écrire, on se sert d'un bout de roseau taillé avec soin et trempé dans une encre à base de crotte de mouton fumée et facilement détachable. Les élèves n'ont ni cahiers ni livres. Ils ont leur planche et leur mémoire. A mesure que les leçons sont apprises, elles sont *lavées* dans l'auge de l'école. Il n'en est pas moins exigé des élèves et naturel pour tout le monde qu'elles aient été irrémédiablement gravées dans les mémoires.

L'école en question est tout simplement une boutique en général sombre, à sol de terre battue et recouvert de nattes. Des enfants de quatre à douze ans, parfois même des adolescents, sont assis là en tailleur, toute la journée, avec leur planche sur les genoux, nasillant, ânonnant, serrant le poing à chaque défaut de mémoire. Ce brouhaha se teinte parfois de souffrance, de faim, de larmes silencieuses et de résignations.

La terre est humide et ces enfants ont froid au derrière. Il faut pourtant ne rien dire, apprendre. Les punitions guettent. A travers les nattes pourries, s'infiltrent cafards, punaises, pucerons... Suspendues à un fil, des araignées parties du plafond presque invisible dans la pénombre font des descentes en piqué et viennent chatouiller les crânes ras et teigneux. Ces enfants ont peur. La plupart ne portent pas de culottes sous leur djellaba. Ils se grattent, attrapent des maladies de peau. Leurs mères veulent bien les soigner avec des médications de vieilles femmes. On va au dispensaire quand il n'y a plus rien à tenter, ni herbe magique, ni talisman. Sans compter que les perversités des grands contaminent les petits et que presque toujours ces écoles servent de cours tacites de pédérastie appliquée avec ou sans le concours de l'honorable maître d'école.

Pendant que la planche sèche, les élèves vont tour à tour réciter la leçon apprise la veille et qu'ils ont révisée avant de la *laver*. Si la leçon est apprise, ils remplissent la face vierge de leur planche sous la dictée du professeur. Il y a des tout-petits qui ne savent pas écrire. Le maître a recours alors à une astuce. Il trace la leçon au crayon. Il n'y a plus qu'à repasser les caractères à l'encre.

Si la leçon n'est pas apprise, de deux choses l'une : ou le maître est de bonne humeur et l'on s'en tire avec un coup de gaule sur le crâne (un ou deux, pas plus), ou bien il est de mauvaise humeur. Dans ce cas, il fait appel au plus âgé de ses élèves, une sorte d'aide, qui lève en l'air les pieds du *paresseux*. Selon l'état hépatique de l'honorable professeur, les coups sur la plante des pieds s'échelonnent entre dix et cent. Il est vrai que les petits ont droit jusqu'à dix coups seulement. Les plus âgés peuvent supporter davantage.

Toute règle comporte une exception. Ainsi, les élèves à tête d'ange sont dispensés de tout châtiment. Quelquefois aussi les enfants de riches. Mais, en matière de compensation, il existe fort heureusement les têtes dures et les bêtes noires. Sans quoi il n'y aurait pas d'emploi pour les entraves et les *falaqas*. Pour moi, élève ordinaire, je suis sincèrement reconnaissant envers mes maîtres d'avoir si bien nivelé et affermi la plante de mes pieds. Je peux sans difficulté faire des kilomètres de marche. D'ailleurs, tous ceux qui sont passés par ces écoles sont de rudes marcheurs. Exemple : les coureurs marocains.

Le professeur est un *fqih*, c'est-à-dire un individu qui a appris le Coran par cœur — ou peu s'en faut —, a loué une boutique. Les gens lui confient leurs enfants. Il a sa nourriture assurée et la boutique où dormir. Des parents d'élèves complaisants l'invitent parfois à manger ou lui envoient des plats et des gâteaux. Le soir venu, les élèves accrochent leur planche à un clou, baisent la main du maître, reprennent leurs babouches et s'en vont. Le professeur déroule son matelas, dîne, fait sa prière du soir, fume son kif et souffle sa bougie. Une vie tranquille et bien remplie.

Un après-midi, j'ai fait l'école buissonnière, sans m'en rendre compte. J'ai erré dans les rues, sifotté avec les oiseaux, suivi le vol des nuages. Finalement je me suis perdu. Une vieille femme m'a rencontré, m'a embrassé, m'a donné deux sous. J'ai mis la pièce dans une boîte d'allumettes vide ramassée quelque part.

Vers le soir, je vis une silhouette connue qui venait à ma rencontre à grandes enjambées. Ce n'était autre que mon digne et respecté père. Le règlement de comptes, entre lui et moi, se fit, à mes dépens, en trois actes :

ACTE Ier : Nous passâmes rassurer le maître d'école. Afin de profiter d'une si bonne occasion de se démontrer le dévouement qu'ils s'acharnaient à avoir l'un pour l'autre (selon les traités verbaux jurés bilatéralement le jour de mon inscription) mon père me bascula en l'air et le maître cingla la plante de mes pieds une bonne centaine de fois. Nous prîmes Camel au passage et allâmes tous trois à la maison.

ACTE II : Rentrés chez nous, après maintes explications, les salamalecs et pleurs de soulagement de ma mère, la même scène que tout à l'heure recommença, mais avec un léger correctif. Ce fut maman, trop heureuse de me voir, qui maintint mes jambes et mon père qui fit tournoyer le bâton. Une demi-heure durant.

ACTE III : Les pieds en sang, je me jette dans les bras de ma mère, largement ouverts et consolateurs. Mon père n'admet pas de faiblesse, nous corrige tous en conséquence et sort en claquant les portes. Nous restons là, Camel, ma mère et moi, à nous lamenter comme des pleureuses juives.

EPILOGUE : Plus tard, je me souviens, je souris, je pêche dans ma poche la boîte d'allumettes, l'ouvre et montre ce qu'elle contient. J'ai quand même gagné deux sous dans ma journée. Maman les serre précieusement dans sa ceinture et m'embrasse.

Je ne sais si j'ai rêvé ou simplement somnolé. Tout d'abord je me sentis coupable de m'être apitoyé sur un passé — fût-il le mien — puis je repris ma lucidité et tout me frappa simultanément, comme autant de notes suraiguës : le mendiant ne hurlait plus, l'horloge sonnait onze heures et le Seigneur était debout, face à Camel qui se déchaussait. Manifestement, Camel était ivre.

Tout de suite après, je perçus les corollaires et je sus que mes sens étaient aux aguets. La nuque du Seigneur était rouge, par la fenêtre entraient des bolées d'air frais et le visage de mon frère, tel que je le voyais de mon coin, était insolite. J'annihilai tout ce qui n'était pas ce visage, analysant, définissant, supputant, essayant de prévoir. Vélocement. Un instant bref. Effet de l'éthylation ou bien résultat de cet éclairage faible ? Deux arcades sourcilières, deux pommettes, un appendice nasal, une mâchoire et des zones d'ombre, cette tête avait quelque chose de brutal.

Une phrase de Roche me revint à l'esprit :

— L'habit fait le moine. Persuade-toi un quart d'heure que tu as mal aux dents. Un quart d'heure après, tu as effectivement mal aux dents.

C'était peut-être cela : depuis le parc Murdoch, tout avait été dramatique et tout devait me sembler ainsi. Mais Camel releva la tête et je fus certain que c'était une tête de révolté. Je vis que la nuque du Seigneur était devenue violette. Mon échine suinta froid. Je plongeai le poing dans ma poche. Le fermai sur mon couteau à cran d'arrêt.

Je souriais. Ce couteau avait tout coupé : les feuillets de mes livres, le cou des coqs de l'Aïd Seghir (32 au total), la gorge des moutons de l'Aïd El Kébir (10 au total) et, une fois, à la naissance d'Hamid, le ventre de ma mère. Après ce dernier exploit, on s'en était débarrassé dans une des caisses du grenier où je le découvris, le dérouillai, fourbis et aiguisai — si minutieusement qu'il avait pris l'aspect d'un tranchet. Puis le mis dans ma poche, persuadé qu'il pourrait encore servir, d'autres moutons à égorger, une autre césarienne à opérer — et, un jour parmi les jours créés par Dieu, avec un peu d'adresse, un peu de sang-froid, le lancer vers le Seigneur, quelque part vers le corps du Seigneur, vers sa nuque par exemple, où il se planterait jusqu'au manche, comme une aiguille.

— Femme !

Un claquement avait jailli de ses paumes. Sa nuque se décongestionnait. De ma poche le couteau sortait à demi. Je l'y enfouis précipitamment. « Celui dont tu ne veux pas voir le visage dans la rue te montrera son derrière au bain maure », disent les Bédouins. J'étais un peu déçu, mais résigné.

Ma mère fut présente comme si elle eût émergé d'une trappe, vêtements amples, tête des dimensions d'une main ouverte, chevelure coulant lourde sur ses hanches.

— Maître..., commença-t-elle.

Elle souscrivait à toutes les catastrophes éventuelles. Qu'était-elle, sinon une femme dont le Seigneur pouvait cadenasser les cuisses et sur laquelle il avait droit de vie et de mort ? Elle avait toujours habité des maisons à portes barricadées et fenêtres grillagées. Des terrasses, il n'y avait que le ciel à voir — et les minarets, symboles. Une parmi les créatures de Dieu que le Coran a parquées : « Baisez-les et les rebaisez ; par le vagin, c'est plus utile ; ensuite, ignorez-les jusqu'à la jouissance prochaine. » Oui, ma mère était ainsi, faible, soumise, passive. Elle avait enfanté sept fois, à intervalles réguliers, deux ans. Dont un fils qui ne pouvait qu'être ivrogne et moi, qui la jugeais.

Il ne lui accorda pas un regard et je compris que Camel était gracié, provisoirement.

— Tout le monde est-il encore en ablutions ?

C'était une question rituelle. Ce soir elle tombait avec deux heures de retard, voilà tout. Mais oui ! mes frères n'ont pas pété, ma mère est en perpétuel état de grâce... ah si ! Camel a bu et je suis un parjure, mais qu'est cela ? La foi est sauve et Dieu très puissant et très miséricordieux.

Nous nous plaçâmes en triangle isocèle et la prière commença. Le canard de tête était naturellement le Seigneur. Nous nous agenouillions, prosternions, lui sur son tapis de prière, nous sur la mosaïque froide. Il déclamait un verset, puis un autre, choisissant les plus longs, les plus rythmés, les plus monotones. Nous psalmodions « Dieu est grand » à chaque agenouillement et « Gloire au Très-Haut » à chaque prosternation. J'écoutais cette voix grave dénuée du moindre friselis. Elle était celle d'un homme qui parlait à Dieu d'égal à égal.

Nous... bien sûr ! même moi, nous remuions les lèvres, accomplissions consciencieusement notre mimique et récitions mentalement ce que le Seigneur disait tout haut. Mais nos véritables prières étaient :

Camel : bordel de bordel ! Quelle correction il va m'allonger ! J'aurais dû rester au bordel.

Ma mère : ... dévoués à mon Seigneur et maître... Saints des Grecs et des Russes, un petit accident, une chute dans l'escalier, un microbe inédit ou une bombe allemande, n'importe quoi, je veux mourir... Saints des Grecs et des Russes...

Mes autres frères : Rien.

Moi : qu'est-ce qu'il peut donc avoir ?

Et par-dessus, comme la fanfare de l'Archange, la clameur du mendiant revenu soudain à la charge :

— M'entends-tu, m'entends-tu ?...

Nous nous agenouillâmes une dernière fois, crevâmes l'œil de Satan, dîmes « Amen » et le Seigneur se leva, saisit Camel à bras le corps, le projeta contre le mur.

— Ceci, appuya-t-il, pour le vin que tu as honoré.

Le ramassa littéralement, le lança de nouveau.

— Et ceci pour l'idée de révolte que tu viens d'avoir à l'instant.

Et lui tourna le dos, me fit face.

— Le couteau !

J'étais encore agenouillé. Je me levai.

— Quel couteau ?

Il plongea la main dans ma poche.

— Celui-là.

Le tenant entre le pouce et l'index, il fit un geste bref. La lame jaillit blanche, fine, longue. Un vrai tranchet.

— Prends.

Je le pris.

— Je vais te tourner le dos et compter jusqu'à 10. A 10, tu le lanceras.

Il sourit.

— Vers la nuque par exemple, tu la jaugeais tout à l'heure.

Son sourire se résorba.

— A moins, ajouta-t-il, que tu ne puisses pas attendre jusqu'à 10.

Et se retourna, se mit à compter. La demie de onze heures sonna. Le mendiant entonna le chapitre des malédictions.

— ... 2... 3...

Je regardai le couteau, regardai Camel, regardai ma mère. Camel était tombé assis, près du pain d'orge, à la place qu'il occupait tous les soirs. Il demeurait immobile, me regardait sans me voir. Il avait eu son compte. Le reste, tout le vaste reste lui importait peu. Il saignait du nez, des lèvres, d'une coupure à l'arcade sourcilière.

Ma mère non plus ne bougeait pas. Sa tête était obstinément penchée. Ses lèvres balbutiaient comme les lèvres d'un prêtre, mais probablement étaient-ce les saints des Grecs et des Russes qu'elle continuait d'invoquer. Puisque tout était écrit, même l'assassinat de son époux.

Cinq paires d'yeux suivaient mes gestes : un geste et cinq estomacs seraient calmés, cinq existences s'épanouiraient au soleil.

— ... 6... 7...

Je considérai le couteau. Que disait Roche ?

— Depuis l'époque des Califes, vous autres, Arabes, n'avez cessé de digérer et de dormir. Ce qu'il vous faut, c'est une bonne petite guerre.

Au bout de ma main, il y avait l'acte — qui nous accomplirait tous. Je fermai le couteau.

— ... 9...

— Arrête !

Ma mère se dressait devant moi. Je lui présentai l'arme devenue inoffensive. Sa bouche se tordit : reconnaissance ou dégoût ? Je n'eus pas le temps de décanter, le couteau était déjà entre les mains du Seigneur.

— Bien, femme.

Ce fut son seul commentaire. La table ronde fut dressée, les cuivres rutilèrent, le jet de la bouilloire fuma et nous nous retrouvâmes assis, un verre de thé à la main, goûtant l'infusion comme si rien ne s'était passé, tout au plus nous efforçant de l'avaler bien que brûlante, le thé est un apéritif qu'on ne boit pas mais qu'on déguste, il fallait encore attendre, un pauvre petit tour de cadran, peut-être deux... ou trois, le Seigneur se retirerait dans ses appartements et nous nous précipiterions vers les robinets, les gargoulettes, les jarres d'eau.

Ce thé était du *gunpowder*. Le Seigneur nous l'apprit, précisant :

— De la province Tsoung Tsé, récolte 1940, marque A.E.T.C.O., réserve américaine ; un peu fort, un peu trouble, mais excellent pour les Chleuhs du Souss. 120 francs le kg, pas plus.

Nous goûtâmes d'autres échantillons : *Mee Lee, Sow Mee, demi-cheveu, cheveu*... dix, douze, je n'en ai plus souvenance, hochant désespérément la tête s'il condamnait une marque, redemandant du thé qui avait plu au Seigneur.

A considérer cette horde prête à boire tout le thé de la Chine ou de l'huile bouillante, de l'eau de mer, n'importe quoi pourvu qu'au terme il y eût un kilo de lentilles (je comparais : naufragés, prisonniers, chiens civilisés, femmes seules et tutti quanti), je me disais... bien sûr, depuis vingt-six ans le Seigneur était marchand de thés, grossiste en thés, importateur de thés, expert en thés, vice-président du Groupement des experts, importateurs, grossistes et marchands (thés) et une dégustation prolongée était chose courante... je me disais : « Un crachat, un fils violenté, la scène du couteau, trois drames qui n'ont plus de valeur nominale ; cet homme est essentiellement fort, alliant les deux facteurs qui font un homme fort : le temps et l'oubli. »

Tel il m'avait toujours paru. D'où le respect et

l'admiration que je n'avais cessé de lui vouer — au cours de ma longue haine.

Je me disais encore : « Il est notre dieu, tenants et aboutissants ; que diable attend-il de nous ? »

Ici, je me mis à rire. Mon masque était rigide. Une histoire me fut jadis contée — qui pouvait être une réponse.

Un riche rencontre un pauvre.

— Exprime ton désir, lui dit-il, tu seras satisfait sur-le-champ.

Le pauvre était affamé, squelettique, sans gîte, en loques.

— Je voudrais une bague, dit-il.

Les verres étaient frangés d'or, le sable fin de Zénatas rajeunissait quotidiennement les plateaux, des vapeurs de menthe, de sauge et d'ambre gris giclaient de la théière quand on la décapuchonnait, le matelas que trouaient mes fessiers était bourré de laine, un quintal de bonne laine brute, le plafond était haut, lointain, presque un ciel, et, à deux étages de ce plafond, une pièce carrée était convenablement bourrée de sacs, caisses, jarres, depuis le miel jusqu'à l'huile d'olive, depuis les fèves jusqu'aux tomates vertes, blé dur, riz, charbon de bois, viande en conserve, beurre fondu, dattes... tout ce qui fait les assises d'un ménage *fassi*. Deux ou trois caissettes de thé naturellement. Une porte fermait ce grenier. Elle n'avait ni serrure ni cadenas. Un simple loquet. Le Seigneur avait décrété : « Femme, use mais n'abuse ; quant à vous, les enfants, inutile de vous dire que vous n'avez rien à faire au grenier. »

En effet, ç'avait été inutile. Un seul avait enfreint la loi : moi. Une seule fois : le jour où j'avais découvert le couteau.

Mais tout avait toujours été inutile. Ainsi, ce pain d'orge que je destinais tout à l'heure au mendiant, j'aurais pu facilement en distraire une bouchée, ou, mieux, le manger entièrement et en redemander un autre à ma mère. Le Seigneur ne se serait aperçu de rien, il n'est pas avare, je le répète. Mais l'idée m'en serait-elle venue que je ne lui eusse pas donné suite. Pourquoi ? « Au sein de l'abondance, nous sommes mourants, dit le Prophète Isaïe. » Pour un fumeur invétéré, qui pour des raisons financières est depuis longtemps privé de tabac, que représente un mégot, je vous le demande ? S'il m'était donné d'assouvir ma faim, je viderais le grenier.

Et si, à l'instant même, le Seigneur m'allait dire : « Il y a quelque chose en toi que nous ne comprenons pas et qui nous effraie, tu n'es plus de notre monde, parle, exprime ton désir, nous te l'accorderons », je répondrais : « La liberté » — et je la refuserais.

Entre ce plafond incurve et cette mosaïque bigarre, huit êtres attendaient qu'un être ouvrît la bouche. Par-delà les hurlements du mendiant, dehors, montait la vie nocturne. J'imaginais les marchés, les dellals, le cercle des conteurs publics, les jeux de loto sur un trottoir, les accouplements furtifs dans une cohue, les ventes au marché noir, les vols à la tire, les guitaristes en bande, les tribunes istiqlalistes, tout un monde d'orgie et de violence. J'imaginais ceux qui déferlaient vers le Bousbir, véritable ville close où près de 3 000 pensionnaires de tout sang et de toute peau travaillaient à la chaîne (le mois le plus productif est le Ramadan, le mois saint); les petits vieux qui trottinaient, genou tremblotant, turban patriarcal, tapis de prière, chapelet lourd, à la recherche d'un petit garçon perdu dans la foule; et ceux qui n'avaient ni loi ni toit, allant de groupe en groupe, de confidence à confidence, un nationaliste à dénoncer, un portefeuille à escamoter, un commerce illicite à régler à l'amiable.

Entre la mosaïque et le plafond, le silence et les bruits réglementaires, ceux déterminés par la théière et les ustensiles à thé. La fenêtre ouverte était une muraille. Nous étions des Ferdi, des descendants du Prophète, la race des Seigneurs. Dont huit dépendaient d'un. J'étais lucide : cet homme à face d'ascète avait quelque chose à nous dire.

Quand s'y déciderait-il ? Plus tard, un peu plus tard, notre avachissement n'était pas encore mûr, car ce qu'il allait nous apprendre devait être stupéfiant.

Lorsque la colère de Jéhovah se fut abattue sur les Hébreux, ils durent être étonnés : ils s'attendaient à leur destruction totale. Haj Fatmi Ferdi, j'ai lu le Zabor, ne vous en déplaise. Et jusqu'au moment où vous permettrez à vos incisives en or de se desserrer, je vous échappe. Par mon imagination. Elle est vaste, vous-même l'avez reconnu.

Je me mis donc à comprimer mon imagination et il en fut extrait une vieille histoire. Que je me racontai. Pardonnez-moi, Seigneur, si je ne vous la relate pas : elle est de celles qu'un seigneur de votre sainteté ne peut ouïr. Pardonnez-moi également si je la sais : vous ne m'avez appris que des choses graves. Mais, en matière de négociation, je vous lance un défi : continuez de nous avachir comme vous le faites pour ce mendiant, jusqu'à l'aube si tel est votre bon vouloir — et jusqu'à l'aube je me raconterai un chapelet d'histoires, toutes aussi sacrilèges que celle du Père Abbou. Voyez : je n'aime pas le thé et j'en ai déjà bu plus d'un litre.

C'était un marchand de sauterelles grillées. Il se nommait Abbou (ce qui veut dire La Blague). Il était

vieux comme une croûte, il poussait sa petite voiture
chargée de sauterelles et d'une balance romaine en
criant à tout vent : « Saaaaaaaaaaalées et appétis-
santes. »

Ce sont surtout les enfants qui mangent les saute-
relles. Abbou, un soir, en donna une poignée à un petit
Berbère de quatorze ans qui le frappa par sa beauté.
L'enfant par la suite dut passer entre les jambes du
Père Abbou, pédéraste notoire. Le Père Blague lui dit
un jour :

— Je te baise à toutes les prières du soir, c'est
entendu. Mais tu manges plus de sauterelles que n'en
valent ton derrière et tes yeux de gazelle. Aussi, mon
fils, comme tu n'as plus de parents et que tu traînes
dans l'oisiveté, vas-tu pousser ma voiture et crier :
« Salées et appétissantes. » Je te paierai ça de temps en
temps. A soixante-cinq ans, je commence à être vieux
et je n'ai plus de voix. Tu pousses, tu cries et moi je
vends.

Le gosse poussa la voiture, cria : « Saaalées et
appétissantes. » L'homme vendit plus de sauterelles
qu'auparavant et doubla le nombre de ses prières
vespérales. Mais l'enfant devenait de plus en plus
exigeant, de sorte qu'Abbou lui tint ce langage :

— Ecoute, mon fils. Tu es impossible. J'ai été plus
qu'un père pour toi. Je t'ai recueilli, sauvé de la rue et
des mauvaises fréquentations. Grâce à Dieu, tu seras
à ma mort un honnête commerçant, car j'ai l'inten-
tion de te léguer ma voiture et mes sauterelles. Mais
voilà. Tous les enfants sont ingrats. Tu me demandes
la semaine dernière 50 francs pour aller au cinéma. Je
t'aime comme mon fils et je te donne les 50 francs.
Hier c'était pour aller chez le coiffeur. Tu montres les
dents et me réclames 100 francs soi-disant pour la
friction. Je t'en donne 20 en te conseillant d'aller chez
le coiffeur ambulant, près de la Gare, sous la tente. Je
constate que tes cheveux sont comme hier et tu me

demandes 50 francs pour aller au bordel. Tu n'as pas honte de parler ainsi à ton âge et à un homme comme moi qui pourrais être ton grand-père ?

Et comme le gosse réclamait toujours, le père Abbou se fâcha :

— Ecoute, mon fils. Je n'ai pas besoin de toi pour vendre mes sauterelles. Tu iras où tu voudras. Quand tu passeras par ici et que j'aurais besoin de mettre ma carotte dans ton encrier, je t'appellerai et te donnerai ton dû avec un petit fabor.

Et Abbou, d'un geste magnanime, congédia son petit associé qui ne fit pas vingt pas, qu'une main velue s'appesantit sur son épaule. C'était le marchand de pastèques qui avait surveillé la scène. Il s'appelait Ould Rib, ce qui veut dire « Fils du Vent », un gars énorme avec une trogne rouge et dont le reste était en proportion...

Le Seigneur frappa dans ses mains.

— Ecoutez.

Ce fut comme un coup de baguette magique : 8 paires d'yeux, 8 paires d'oreilles. Avais-je gagné ?

— Nous allons vous faire part de certains événements graves dont dépendrait notre avenir à tous. Aussi bien, toi, femme, que vous, enfants, allez nous écouter attentivement. Ensuite, nous recueillerons vos suggestions respectives et déciderons.

8 paires d'yeux, 8 paires d'oreilles, une seule et même délivrance.

— Voici ce dont il s'agit. Ecoutez bien. Nous ne répéterons pas.

Le silence, les odeurs de menthe et de sauge, le mendiant.

— Rarement nous vous entretenons de nos affaires. Pour vous, nous sommes la tête, le chef de famille qui pourvoit à vos existences, vous ne demandez pas de détails et vous avez mille fois raison. Tout au plus vous doutez-vous que nous vendons du thé. Ce soir, nous sommes tous égaux et formons le même tourment. En peu de mots, nous vous apprendrons que nous sommes depuis des années l'un des douze importateurs de thés au Maroc. Mais la guerre a tout changé et le Ravitaillement Marocain, par décret résidentiel, s'est constitué à nos lieu et place le seul importateur et nous vend le thé au prix qu'il lui plaît de fixer. Par exemple, un Mee Lee SAFT 42 nous est imposé 250 francs le kg. Les Douze reçoivent 30 à 40 tonnes par mois qu'ils répartissent ensuite, après avoir prélevé leurs bénéfices, entre les grossistes, ceux-ci les revendent aux demi-grossistes et ainsi de suite jusqu'au consommateur. Maintenant retenez bien ces deux points : le grossiste ou le demi-grossiste ont tout loisir d'acheter telle ou telle quantité selon leurs disponibilités financières ou de n'en pas acheter du tout, alors que nous, les Douze, sommes obligatoirement preneurs des 30 ou 40 tonnes imposées aux prix imposés — d'une part ; d'autre part, le même Mee Lee dont nous vous parlions tout à l'heure revient finalement au consommateur à 370 francs le kg. Avez-vous bien compris ?

Vaguement. Mais huit hochements de tête quand même. Pour ma part, je faisais un rapide calcul mental, dont le résultat m'effrayait. Je ne savais pas notre père si riche.

— Or, voici environ un semestre que les Américains ont débarqué, qui ont déversé sur tous les marchés de l'Empire des vracs de thé, faisant fi des services de répartition et des décrets résidentiels, du thé saisi sur les cargos japonais et des puissances de L'Axe. Le résultat ? Il prête à sourire, sinon à rire : le Mee Leet SAFT 42, pour reprendre le même exemple, est vendu 370 francs au marché légal et 130 francs au marché noir. Comique, n'est-ce pas ?

Peut-être. Et même abracadabrant. Mais ceci ne m'intéressait pas.

Ould Rib dit à l'enfant :

— *Ne t'en fais pas, mon petit. Ici tu seras chez toi. Je suis jeune et le Père Blague est vieux. Il vend des sauterelles et je vends des pastèques. Tiens! goûte : c'est plus sucré que le miel, aussi... velouté que tes charmantes fesses, je le devine. Je les achète à Marrakech. A propos, je manque de marchandises. Nous nous rendrons tous deux demain à Marrakech.*

De rage, le Père Abbou qui avait entendu couvrit ses sauterelles de sa djellaba et rentra chez lui. Il dit à sa femme :

— *Ecoute, vieille! Les sauterelles ne se vendent plus. Il m'en reste environ dix kilos. Tu les mangeras, toi et les enfants. Tu en donneras un peu à mon fils Moha qui est marié, mais n'en donne pas à sa femme qui est toute maigre et qui n'a même pas de derrière. Tu en donneras aussi à ma fille M'barka mais en l'absence de son mari, le sergent. Je ne veux pas qu'il mange les sauterelles d'un homme de bien, lui qui court après les enfants, quelle honte! Je prends le car de Marrakech demain matin au premier appel du muezzin. Va me chercher la chaussette où j'ai mis les billets de mille.*

Le Seigneur pointa l'index sur le mur :

— J'ai tout à l'heure établi une petite vérification, regardez! 4 mois de stock, 34 tonnes par mois... cela donne une catastrophe.

Il ôta son tarbouch, le renifla, en coiffa son genou. Sa calvitie était d'un rose délicat.

— Mes terres, ma villa de Mazagan, mes biens liquides, cette maison qui nous abrite, ces verres même que vous tenez à la main, tout va être englouti. Et le marché noir baisse ses prix, de jour en jour, 150 francs la semaine dernière, 130 aujourd'hui, demain 100 et si Dieu le veut 50, Lui seul demeurera éternel, la fin du monde n'est pourtant pas pour demain. Allons ! parlez maintenant. Vous possédez toutes les données. A vous de résoudre la crise. Parce qu'il faut que vous sachiez ceci : nous avons travaillé, fait votre bonheur à tous, amassé une fortune pour nos vieux jours et pour l'établissement dans la vie de chacun de vous ; vous acceptiez tout avec sérénité ; demain nous n'aurons pas un sou en cuivre. Parlez. Toi, d'abord, l'épouse, eu égard à ton âge et aux fonctions que tu assumes dans cette demeure, mais parle distinctement.

— Oh moi, Seigneur, je suis une pauvre femme (ses paupières n'avaient pas de cils), que voulez-vous que fasse une pauvre femme sinon prier nos saints...

— Pas de saints.

— Il me semble...

— Nous avons dit distinctement.

— Eh bien ! il me semble que...

— C'est bien. Nous retenons tes suggestions, quoique « la main de la sage-femme et la tienne donnent un enfant borgne ». A toi, Abd El Krim.

— Si le thé...

Je savais que je serais interrogé le dernier. Et comme ma réponse était toute prête, je poursuivis la relation de mon histoire. Le Seigneur ne manquerait pas de surprendre mes yeux endormis, mon air absent, mon indifférence — ce qui me ferait réellement plaisir. Durant cette soirée qu'avait-il été, lui, sinon un couteau dans une plaie ?

A Marrakech, il sut être persuasif et large, car il retrouva l'objet de son voyage et le ramena à Casablanca malgré les poings du Fils du Vent. Et puis, maintenant, lui aussi vendait des pastèques, et même des dattes, et des melons, des noix, des figues. Il avait, louange à Dieu ! sa tente en plein milieu du marché. L'enfant resta facilement avec lui, le vola à petits coups et grossit en peu de temps.

Jusqu'au jour où des âmes charitables averties par ce corsaire de Fils du Vent allèrent tout raconter à l'épouse Abbou. Le Père Abbou grinça des dents :

— Ecoute, vieille. Tu manges ? Tu dors ? Tu bois ? Alors quelle fièvre de cheval te faut-il ? A ton âge, tu n'es pas encore assouvie ? Tu as pourtant deux petits-enfants. Je crois que les jnouns t'ont noirci le ciboulot et qu'il te faut aller voir Si H'mad Wahhouch qui te donnera un morceau de testicule de léopard pour conjurer le sort qui t'envoûte. Car tu ne veux tout de même pas que j'aille encore fouiner dans les vieilles peaux que tu as entre les jambes, non ? Alors gare à l'ampoule de soixante ! Sinon je serais encore obligé de t'attacher sur une échelle et te flanquer une de ces corrections du Soudan. Remplis donc la théière au lieu de me regarder avec ces yeux en revolver.

Mme Abbou ne dit rien. Mais le lendemain elle se trouvait dès l'aube à surveiller la tente de son époux. L'enfant en sortit vers midi.

— Eh ! dis, mon petit, viens par ici...

Et quand l'enfant...

Il attendait. Il ne me regardait pas. Il attendait. Et quand l'enfant fut tout près... Jamais plus je n'ai vécu quelque chose qui se rapprochât de ce silence tombé soudain comme au milieu d'un festin tomberait un cadavre, un silence palpable, épais, vivant d'une vie autre qu'une vie terrestre. Et quand l'enfant fut tout près, la voix rouillée de Mme Abbou attroupa...

Tabler sur ce silence, y noyer nos matérialités, nos vies, nos équations, tout ce qui est humainement assimilable, faire un poème à consonances harassantes de monotonie, rythmé du rythme endormi du Coran, des vocables simples mais extrêmement précis... *fut tout près, la voix rouillée de Mme Abbou attroupa les passants :*

— *Ah ! c'est toi la femme avec des couilles ? tu vas venir avec moi chez le khalifa...*

La mi-somnolence, la sécrétion précipitée de mes glandes, la jouissance sadique de prolonger l'instant, la menace et le danger (son mot : l'usure), la conscience du mal-fondé et de l'inutilité de ce sentiment, par association d'idées l'art hindou si raffiné, si cruellement raffiné — et pourquoi pas ? feu Mahomet, prophète, guerrier, législateur et aussi, directement ou indirectement, par transcendance ou autre chose (je ne veux pas le savoir), déterminateur de cette veillée et de nos intestins malaxant la sublimation de l'Islam. A toute galopade, je notai : coprolalie de M. Driss Ferdi lorsqu'il est dans un état émotionnel — et un oubli que je réparai aussitôt : « Dieu le bénisse et l'honore ! » puisque je venais de penser au Prophète.

Il leur faut quoi ? Des lentilles ? Et après ? Bande de derviches tourneurs, n'avez-vous pas entendu ? Il a dit : « La fin du monde n'est pas pour demain. » Mère, frères, vous veillerez encore demain et tous les soirs à venir, écoutez ce mendiant, mais écoutez-le donc :

— ... eh bien ! je reviendrai, je reviendrai demain et après-demain et tous les jours du futur...

Il vous faut quoi ? pour n'en citer qu'un, je te citerai toi, mère. Mère, il a raison, pas de saints, ils ne sont que cela, saints, mais des vivants, des hommes, un homme pour toi, un adultère... non ! ne dis pas : « O mon oreille, tu n'as rien entendu », tu as très bien entendu : un amant. Un amant qui te possède et qui te satisfasse ! Vois, j'ai découvert ton cher vieux secret, mais je ne puis te consoler, je ne suis que ton fils... non ! cette dernière phrase n'est pas ambiguë, très claire au contraire, n'aie pas peur, tu as parfaitement compris.

Ah oui ? Le reproche est dans tes yeux. Qui dit : « Driss mon fils, toi que j'aime... etc... etc... laisse, cède, plie encore une fois ; tu voudrais me défendre, me brandir comme un drapeau, tu te trompes, je n'en vaux pas la peine, vois, mes seins sont flasques et ma peau adipeuse, tu es absolu, trop absolu, la paume de mes mains s'est ratatinée comme une vieille figue et je ne sais plus sourire. Autrefois peut-être... mais maintenant ? Je n'ai plus nulle envie, même pas d'un sursaut, en mon âme et conscience. Cède, Driss mon fils, cède encore une fois, cette fois-ci sera la dernière — et je te bénirai... »

Et voilà. J'ai détourné les yeux. Raymond Roche lui-même radote. Une bonne petite guerre ? souhaitable, acceptable — et, sitôt terminée, les Arabes s'en retourneraient dormir, certainement d'un sommeil encore plus lourd. Là où est le déluge, que vaut un parapluie ? Mais plutôt : « Si de ton sperme vicié il résulte des enfants idiots, traite-les en idiots. » Là-haut, dans la chambre du Seigneur, il y a des parchemins vénérables. Je les ai tous consultés. Tous affirment : « Le fils d'Adam Untel raconte qu'Untel avait ouï dire qu'Untel entendit un jour qu'il se rappelait qu'Untel... » etc... etc... ici un dogme suivi du mode d'emploi : à ne pas comprendre, à ne pas juger, à croire, c'est tout ce qu'on vous demande. Amen !

J'ai cédé. A l'instant même de l'apostrophe :

— Et toi ?

— Je réfléchissais. Je n'ai pas perdu un mot de la conversation. Je n'ai pas de suggestion à vous soumettre, père, mais un rappel.

Je souriais. Lui aussi.

— J'écoute.

— Il y a de cela trois ans, un soir vous nous avez

tous réunis comme ce soir et vous nous avez appris une affaire grave comme celle que vous venez de nous exposer... Dois-je continuer ?

— Bien sûr !

— J'ai tout retenu, notamment les noms des cargos, le Durban Maru coulé au large de Madagascar et le Tricolore torpillé par un sous-marin allemand à quelques encablures de Dakar. Tous deux transportaient du thé, une centaine de tonnes je crois, à vos risques et périls... dois-je vraiment... ?

— Continuer ? Bien sûr.

Le sourire ne quittait pas nos lèvres, le mien était forcé, inutile, têtu, le sien était un rire.

— Comment vous avez pu éviter la ruine, je me le demande encore. La F.T.C. exigeait le paiement intégral des marchandises dont vous n'aviez réglé que la caution, la Lloyd's se désistait, alléguant les statuts internationaux appliqués en temps de guerre, l'avocat à qui vous aviez confié l'affaire était un Juif et en Juif réclamait des honoraires fabuleux ; vous l'avez remercié puis vous avez attendu comme un Touareg attend la pluie. Un jour vous nous avez appris que vous aviez gagné le procès — et non seulement cela, mais encore que vous aviez droit à la restitution du pourcentage versé à la F.T.C.

— Tu oublies les dommages et intérêts... mais continue.

— Par la suite, vous m'avez expliqué votre manœuvre. Je n'en ai retenu que quelques points comme l'annulation des traités commerciaux conclus entre la France et la Grande-Bretagne antérieurement à l'avènement du Maréchal Pétain ; et le fait qu'une loi anglaise encore en vigueur n'accorde qu'un délai-limite aux procès d'ordre économique. Pardonnez-moi si je vous répète que je n'ai pas bien compris

59

— Aucune importance, continue.

— Mais j'ai retenu ceci : tous vos biens avaient été saisis, vos immeubles étaient sous scellés, vous n'aviez pratiquement plus rien sinon les bracelets en or que maman en un geste touchant vous avait remis ; vous les avez pris, puis vous avez hoché la tête et dit, les yeux mi-clos : « Nous allons essayer d'en faire quelque chose. » Ce que vous en avez fait ? Six mois plus tard, cette maison-ci, deux camions et votre domaine d'Aïn Diab... 50 à 60 millions.

— Inexact : 48.

— Et le procès était en cours.

— Exact. Mais la moralité de ce laïus, s'il te plaît ?

Son sourire devenait un triomphe. J'éteignis le mien.

— La moralité ?

Voilà pourquoi il souriait. Pourquoi il m'avait interrogé le dernier. Pourquoi ma minute de prescience au parc Murdoch. Il prévoyait ce que j'allais dire et je savais ce qui résulterait de mes paroles. Une nouvelle ruine en perspective ? Allons donc !

— La moralité ? Vous ne pouvez que triompher, une fois de plus.

— Pourquoi, fils ?

Il dit ces mots doucement, comme une plainte. Je ne répondis pas. Quelques secondes vécurent et il cria :

— Pourquoi ? Pour quoi et pour qui ? Pour toi, parjure et parricide d'intention ? Ou pour Camel l'ivrogne ? Ou pour les autres qui tremblent, sournois ? Ou pour cette femme qui ne sait plus que pondre et dire oui seigneur ? Certainement nous pouvons rétablir la situation, nous avons du cuir au lieu de peau et nous coupons des barres d'acier avec les dents. Mais pour qui ? Pour vous tous qui n'attendez que ma mort ? Et pour quoi ? Pour entrer dans cette maison, voir cette femme à genoux, elle a fini son temps et ne peut qu'être à genoux, si nous avons travaillé est-ce pour qu'un de nos fils prémédite de nous tuer avec un couteau à tailler le bois ? Dans les W.-C. du 1er étage, un des murs sert de chiffon, d'essuie-goutte, il y a la trace de tous les pénis, de Camel à Hamid... Et toi, toi que nous espérions notre gloire, qui es-tu ? Va pour le couteau, va pour le Ramadan, mais ton rêve ? Il est de nous quitter et de nous oublier tous, bien, vite et totalement, dès que tu seras parti... de nous haïr, de haïr tout ce qui est musulman, tout ce qui est arabe, sais-tu pas ce qu'il est advenu d'Abdejlil, ton ancien professeur à l'école Guessous ? Il est à Paris, il est devenu catholique et même prêtre... tâche de faire mieux ; Dieu t'assiste ! tu seras peut-être pape... ou peut-être le temporel t'intéresserait-il davantage ? Une paire de bottes, un képi et une cravache pour zébrer le dos des bicots, non ?

— Non, père.

— Qui t'a interrogé ? Ou n'as-tu parlé que pour signifier que tu peux encore parler ? Que le dernier mot t'appartient ? Sais-tu ce que nous permet la Loi ?

Il attendit. Je ne savais pas.

— De vous chasser tous.

Il y eut une nouvelle pause. Le silence est une opinion.

— Les femmes s'achètent et les enfants se fabriquent. Et au besoin nous nous passerions des lois... Mais votre châtiment sera de rester ici, chacun de vous y poursuivant ses turpitudes, ses haines, ses viduités, ses rages... toi surtout, Driss.

Son sourire avait disparu.

— Est-il besoin de conclure ? Vous le ferez vous-même. Et nous vous remercions de vos suggestions sagaces, des tiennes particulièrement, Driss.

— Père...

— Entretien terminé !

Il se tourna vers ma mère.

— Que nous as-tu préparé ce soir, femme ?

— La soupe et des lentilles, Seigneur. J'ai cru bien faire, j'ai tout essayé, rôtis, poulets, les plats se perdent, les enfants ont de moins en moins faim...

— C'est bien. Sers-nous.

Elle disparut. Je me levai.

— Si vous le permettez...

— Rien n'est moins sûr.

— Si vous le permettez, père...

Il parut étonné.

— Père ?

Je le fus de la question.

— Oui, père.

— Eh bien ?

— Si vous le permettez, je vais monter me coucher. Je n'ai pas faim du tout.

— A une condition, fils.

De nouveau le cercle vicieux !

— J'accepte.

— Réponds : est-ce parce que tu as trop attendu que tu n'as plus faim ? Ou bien parce que tu es décidé à partir de demain à ne plus jeûner ?

Je réfléchis à peine, je fus franc.

— Les deux, père.

— C'est bien, va !

Il me rappela alors que j'étais dans le patio.

— Prends ce pain d'orge.

J'obéis. Sur la table, le tagine de lentilles fumait agréablement.

— Tu peux en avoir besoin.

Il ajouta :

— Ou le donner au mendiant.

Il me tendit le couteau.

— Pour couper le pain.

Et sa dernière phrase fut :

— Ou nous attendre à un autre tournant, qui sait ? Bonsoir.

J'ouvris la fenêtre toute grande. Ma chambre était noyée d'ombre. Je ne voulais pas de lumière.

Respirer ? respirer quoi ? l'air soi-disant pur du dehors, frémissement nocturne, épluchures des cuisines, amalgame d'urine, de rosée, de crottes de cheval et de ciment frais, détritus des marchés, bouche putride des pauvres — et par-ci par-là, coup de poing dans ce pseudo-endormi, l'aboiement du mendiant. Mais aussi : cette maison en face de moi, ce pâté de maisons, ce derb — où des seigneurs identiques au Seigneur emplissaient et vidaient lentement des théières. Je refermai soigneusement les volets et je fus dans le noir fondamental.

Ligne Mince, Ligne Mince, je t'appelle comme un enfant insomniaque appellerait une berceuse maternelle.

Je humai le pain, animal, instincts forts, foin des sentiments et des mots, estomac rétréci par vingt heures de jeûne. « Quoi que tu fasses, quoi que tu sois, tu seras un pantin. Parfois nous t'oublions intentionnellement et tu en profites pour te construire des ponts, des ailes, des rêves chimériques ; puis nous étendons la main, te secouons un bon secouement et te revoilà pantin. »

Ce soir, il m'avait fouillé, totalement. Puis m'avait fait l'aumône d'un pain d'orge. J'imaginais son demi-sourire. « Tu te retrouveras dans ta chambre, tu seras résolu, têtu et tu satisferas ton ventre. » Je lançai le pain quelque part dans les ténèbres. Je pouvais encore jeûner. L'aube n'allait pas tarder et le poids d'une aube nouvelle est considérable.

Je m'allongeai *de cubitus* sur mon lit. *Ligne Mince, Ligne Mince...*

Le khalifa était un homme de bon sens. Il regarda le Père Abbou, la femme, puis l'enfant. Son verdict...

Et si, précisément, ce soir même, cette nouvelle affaire de thé, le Seigneur l'avait déjà résolue ?

Son verdict fut des plus simples :

— Vous êtes tous les deux vieux. Allez en paix. Je ne veux plus entendre parler de vos monstruosités. Quant au gosse, je m'en occuperai.

Mais alors pourquoi cette mise en scène, ce réquisitoire, ce dénouement laissé en suspens ? Acte de Seigneur ?

Il s'en occupa très bien en effet, mieux que ne le firent jamais ni le Père Blague ni le Fils du Vent.

Et c'est la *Ligne Mince*, par quoi j'échappe. Elle est tombée dans cette chambre comme un flash. Seigneur, regardez votre pantin.

Derrière mes paupières closes désespérément dans ma tension de trouver le sommeil, c'est d'abord comme un fil de toile d'araignée, un fil si mince, si impalpable qu'il en est irréel. Ce fil est une lettre, un chiffre ou une ligne brisée. Il ne bouge pas, mais je le vois grossir, oh ! si lentement, si doucement, si imperceptiblement au début. Et, en se précisant, en grossissant, lettre, ligne brisée ou chiffre devient matériel et bouge, pendule, danse de plus en plus vite. Et la *Ligne Mince* devient aussi épaisse que le doigt, plus grosse que le bras, prend l'allure d'un piston de moteur, d'une hélice d'avion, d'une trajectoire de fusée, devient aussi énorme qu'une montagne, toujours avec sa forme de chiffre, de lettre ou de ligne brisée. Et à mesure que la vitesse et la grosseur de la *Ligne* atteignent le paroxysme, sa matérialité devenue visible et palpable acquiert une sorte de son, d'abord sourd, puis de plus en plus net, puis pareil à un sifflement de balle, puis aussi précis, fort, violent, cataracteux que le bruit d'une roue d'auto sur une route goudronnée, sur un chemin pavé, sur une route rocailleuse, pour être en fin de compte une gigantesque clameur d'un train en marche. Et tout cela est derrière mes paupières closes désespérément dans ma tension de trouver le sommeil, dedans mes yeux injectés d'épouvante, dans mon cerveau tout entier assourdi par ce tintamarre, écrasé par ce poids, haché par cette vitesse.

Puis la gamme des bruits descend d'un ton, puis d'un autre, d'un autre encore; la vitesse diminue; la montagne devient bloc, le bloc poutre, lettre ou chiffre, derrière mes paupières closes désespérément dans ma tension de trouver le sommeil, n'est plus qu'une *Ligne Mince* sans sonorité ni mouvement, pareille à un fil de toile d'araignée, un fil si mince, si impalpable qu'il en est irréel.

Puis la *Ligne Mince* disparaît d'elle-même, d'un coup; et je me retrouve dans ma chambre obscure. Le mendiant cite saint Abd El Kader comme témoin de sa faim.

J'allume, ouvre la fenêtre, ramasse le pain et le laisse tomber dans la rue. Je referme aussitôt.

« Ils ont des yeux et ils ne voient point; ils ont des oreilles et ils n'entendent point. » Dieu des Grecs et des Russes, pourquoi ne suis-je pas de ceux-là?

CHAPITRE II

PÉRIODE DE TRANSITION

« Mehr Licht ! »

Le chauffeur du car trois tonnes de « la ligne Casablanca-Fès et vice versa, tout chargement, toute vitesse, tout prix » (je cite textuellement la raison sociale) m'a dit se nommer Jules César Devant mon étonnement, il s'est expliqué :

— Et alors ? Parce que je suis arabe je dois porter un nom préfabriqué comme Ali ben Couscous ?

Je souris. Il exhiba sa carte d'identité.

— Tiens ! regarde.

En effet. Nom : César. Prénom : Jules. Fils de Mohammed ben Mohammed et de Yamna bent X. Né présumé en 1912, au douar Aglagal, fraction Demsira, tribu Taskemt, bureau de contrôle d'Imi-N-tanoute, région de Marrakech, Maroc. Profession : chauffeur. Nationalité : citoyen des U.S.A.

— Comment as-tu fait ?

— Le commandant du Cercle, naturellement. C'est un de ces vieux coloniaux comme il nous en faudrait une grosse. Le Maroc est pour lui un terrain d'aventures et de mystères tel que l'ont défini Pierre Loti et les Tharaud. Il communie avec le soleil, se nourrit de dattes et de méchouis et porte le turban — petit caca, petit pipi, panoplies, philatélie, Tartarin de Tarascon et Robinson Crusoë, à tel point que les chansonniers le tournent en dérision de Beni Mellal à Jemaa el Fna. Hé! ils sont habitués aux chiens de garde. En ce qui me concerne, je savais que sa principale aspiration était la femme arabe. Je lui ai confié ma sœur et il m'a délivré cette carte.

Et comme je le dévisageais :

— Et toi, comment t'appelles-tu?

— Driss Ferdi.

— Le fils de Haj Fatmi?

— De Haj Fatmi Ferdi.

— Merde!

Il cracha sur le pare-brise et désigna ma mère dont n'étaient visibles que les yeux et le bout des doigts.

— S'agit-il de ta sœur, de ta femme ou de ta grand-mère?

— De ma mère.

Il répéta « merde! » et alla taper un coup sur l'épaule d'une paire de Chleuhs méditatifs qui montèrent s'installer sur le toit entre une rangée de barils et un canoë. Nous occupâmes leurs places, ma mère et moi. Jules César enjamba un amas de poules attachées pattes à pattes et se retourna, considérant ses voyageurs.

— Coreligionnaires, écoutez. Il y a peut-être parmi vous des couards, des femmes enceintes, des cardiaques, des gens sujets aux vomissements et aux diarrhées. Qu'ils descendent illico et aillent confier leurs personnes à une compagnie française comme la C.T.M. ou la Valéna qui garantissent la sécurité sur facture avec timbre de quittance... Alors?

Personne ne bougea.

— Parfait! conclut Jules César. Que tout soit

dit et que ce Chevrolet ronfle comme le Père Adam.
Parce que...

Il assujettit sa casquette.

— ... ou bien je ferai péter cette mécanique ou
bien c'est elle qui nous tuera tous

Et saisit le volant.

— Prêt?

— Prêt, cria le graisseur.

Il fit claquer la portière et l'autocar démarra dans
un nuage de fumée. Ma mère murmura à travers
son voile de tulle mais je ne pus savoir à quel saint
elle recommandait son âme. Elle ferma les yeux et
ne les rouvrit plus.

Jules César conduisait bien. Dès les premiers cent
mètres, il rasa un trottoir, dispersa une procession
de franciscains, écrasa un chien pékinois. A moitié
couché sur son siège, il tenait le volant entre le
pouce et l'index, dédaigneusement, comme il l'eût
fait d'une cigarette. De temps à autre, il se retour-
nait pour me sourire. Il disposait d'une citoyenneté
qui lui permettait de tout balayer devant lui,
traditions, chaînes, ambages. La route coulait sous
lui, vertigineuse comme un fleuve en crue et il se
faisait un devoir de regarder le soleil bien en face.
Son sourire évoquait en moi la philosophie primitive d'Ali Souda, un de mes innombrables cousins.
Ali Souda était cordonnier. Il fabriquait une paire
de babouches. La vendait. Fermait boutique. Trois
ou quatre jours d'aisance, trois ou quatre jours
d'inaction. Puis il reprenait son travail. On lui
demandait : « Pourquoi ne ferais-tu pas deux, dix,
douze paires de babouches? Tu pourrais ensuite te
reposer plus longtemps. » Il ne répondait pas, ne
comprenant pas. Ali Souda asservissait le travail.
Pour lui, le premier stade, s'il était nécessaire, était
également suffisant.

Comparativement, je me mis à penser au Parti

d'Allah. Il se composait d'imams et de commerçants. Son but : foutre les Français à la mer. Le
Prophète l'a dit à Untel qui l'a répété à Untel... qui a
gravé ce précepte sur une omoplate de brebis.
Irrémédiablement, irrévocablement, une idée fixe
— comme ce dessin animé de Walt Disney où l'ours
désire absolument fracasser la tête de Mickey. Le
premier stade. Ensuite de quoi le déluge — ou pas
même.

Jules César accélérait, virait, klaxonnait. Les
bâtiments, les eucalyptus, le pavé, tout fuyait à
peine entr'aperçu. En face de moi un Berbère lisait
un journal. La carrosserie bringuebalait. Ma mère
cherchait ma main à tâtons. Je la lui abandonnai.
Dans ses mains maigres elle la serra comme un
petit oiseau, une présence, un soutien. Jeune fille,
elle avait été cloîtrée. Epouse, le Seigneur l'avait
enfermée à clef, d'abord. Ensuite l'avait engrossée,
sept fois, coup sur coup. De sorte que, privée de
bonne et allaitant — ou enceinte — la porte ouverte
n'avait plus de sens pour elle. Son dernier voyage
datait du jour de ses noces.

Sous son haïk blanc, elle était vêtue en apparat,
kaftan rose thé, *badia* tissée soie et argent, ceinture
massive en or, babouches brodées de fils d'or et
d'argent et chacun de ses poignets était encerclé
d'une douzaine de bracelets : elle se rendait à Fès.
Mais elle ne s'était pas parfumée : elle était l'épouse
du Seigneur.

A Fès elle heurterait son front contre la pierre
tombale de feu son père le marabout. Le Seigneur
en avait exprimé le désir. Quelques instants avant
la prière de l'aube.

Quoique ses yeux fussent clos et son buste rigide,
je savais ma mère inquiète. Nul autre terme ne
pouvait être aussi vrai — que celui-là : inquiète. Ce
car l'emportait à toute allure vers la cité de ses

aïeux, qu'elle avait quittée voilà bien longtemps. Voilà bien longtemps qu'elle s'était résignée à ne plus pleurer, à ne plus supplier pour qu'avant sa mort il lui fût permis d'y aller une fois. Comme vers cette Mecque, rêve d'un demi-milliard de crédules. Elle était loin de cette maison en ciment armé, carrée, haute, blanche. Et le pied de Jules César écrasait la pédale.

Joie ? Elle pouvait être secouée de joie — jusqu'à pisser. Cet air était un autre air, ces compagnons de voyage existaient, derrière elle, devant elle, à ses côtés, combien de maisons avaient-elles jailli du sol depuis son dernier voyage ! — et des bruits, des vies, des frémissements, des inconnus. Elle fermait les yeux. Allons ! la dextre du Seigneur allait soudain se tendre et tout se résorberait.

Jules César était un démon et cette voiture une machine infernale. Les chauves-souris sont nocturnes. Mais elle acceptait ceci : un accident. Le Coran est formel : « Quiconque périra en cours de pèlerinage sera automatiquement admis au royaume des cieux. »

Je dis « amen ! » à haute voix et Jules César freina à bloc. Nous étions devant le barrage des droits de porte. Le sergent qui ouvrit la portière était à moitié endormi. Un interprète l'assistait. Ils portaient en bandoulière, l'un un pistolet d'ordonnance, l'autre une sacoche. Derrière eux, des goumiers, compacts, armés de fusils mitrailleurs, de ces Zaërs que le Seigneur employait dans son domaine aux travaux des bêtes de somme. Et que j'avais vus se torcher avec une pierre.

J'abaissai la glace Securit et j'emplis mes poumons d'un air sec et chaud. La chorale des cigales m'assourdit. Je penchai la tête et vis une Jeep, deux motocyclettes couchées flanc sur flanc,

71

moteur en marche, et une guérite surmontée du drapeau tricolore.

— Combien de poules ? demanda l'interprète.

— Vingt, dit Jules César.

Il avait ôté sa casquette et l'époussetait contre le volant. Ses yeux étaient malicieux, avec une nuance d'inquiétude et un arrière-plan de menace.

— Trop, dit l'interprète d'un ton de reproche, beaucoup trop. Taxes ou arrangement ?

— Nous verrons.

— Bon. Combien de voyageurs ?

— Soixante. Quarante-deux assis, le reste debout, plus deux Chleuhs là-haut... et moi.

— Trop, répéta l'autre, beaucoup trop. Taxes ou arrangement ?

— Nous verrons, dit Jules César.

— Bon. Et les fûts ?

Il se frottait les mains. Doucement. Méthodiquement. Un jour il avait eu son certificat d'études. Un autre jour on l'avait nommé interprète aux droits de porte. Il avait sa place au soleil.

— Sept, répondit Jules César.

— Et que contiennent-ils ?

— De la poudre.

L'interprète eut un haut-le-corps.

— Pour les nationalistes du Sebou, ajouta tranquillement Jules César.

Et tendit sa carte d'identité au sergent. Celui-ci l'examina. Dans ce sacré bled plus rien ne pouvait l'affecter.

— Passez, dit-il.

Jules César se coiffa, embraya, changea les vitesses. Il fredonnait *La Marseillaise*. La Route Impériale s'ouvrait devant lui. Il n'était pas né seigneur, l'était devenu. Il se gaussait des lois, des goumiers, des fusils. D'aucuns pouvaient le traiter de proxénète qui n'avaient ni sœur ni fille à monnayer. Il accéléra. Jadis il avait été chacal parmi d'autres chacals à la recherche d'une pourriture. Il était devenu loup, voilà tout — au milieu d'un gras bétail de brebis. Que valait une morale ?

Le soleil s'auréolait d'un halo blanc. L'asphalte luisait comme un miroir, bordé de mûriers géants et de l'impitoyable étendue des moissons d'orge, sans une maison, sans une barrière, rousses, figées. Craignant d'être impulsif, j'ai baissé mon regard et me suis mis à détailler mon vis-à-vis qui lisait toujours son journal. Il était jeune, avait des yeux solides et ses lèvres remuaient. Il y avait quelque chose d'anormal : à moins d'être fakir, il ne pouvait pas lire ce journal.

Je lui ai dit :

— Dis donc, frère, y a-t-il de bonnes nouvelles ?

Il m'a regardé, a toussoté, reporté son attention sur le quotidien, remué les lèvres plus vite.

— C'est comme tous les jours, frère, m'a-t-il répondu. Tu ne sais pas lire, toi ?

— Non, dis-je prudemment.

— C'est malheureux ! Tu es pourtant habillé à l'européenne... Tu sais, ça va mal en Angleterre. L'Oncle Haj est allé lui-même à Londres accompagné du Mufti de Jérusalem, Amin Husseïni. Hitler et lui sont comme des frères. Alors ils sont allés à Londres convertir Churchill à la sainte religion de Mahomet. Un moyen comme un autre de mettre un terme à cette guerre. Et puis, il paraît qu'à leur retour ils vont s'occuper sérieusement du Glaoui.

Il me communiquait ces renseignements en un sabir extraordinaire. Je l'ai écouté très poliment puis me suis levé. A tout prendre, il *pouvait* lire ce journal. Jules César me souriait dans le rétroviseur. Je lui serrai affectueusement l'épaule.

— Dis, si le fils de Haj Fatmi Ferdi avait un jour besoin de toi, accepterais-tu de l'aider ?

Il faillit manquer un virage.

— Bien sûr ! dit-il.

Il ajouta :

— Tu me trouveras au Bousbir, un soir sur deux.

Et corna longuement, bien que la route fût nue.

En regagnant ma place, je remerciai le Berbère et rétablis son journal dans le sens normal : il le *lisait* à l'envers. Il en fit une boule qu'il empocha gravement.

*
**

Nous étions à Fès. De Bah Ftouh au quartier des Adouls il y avait deux heures de marche. Je confiai ma mère à un muletier qui passait à vide. Il la chargea sur un bourricot bas sur pattes et à coups de pied chassa devant lui sa caravane. Je fus réjoui. J'étais seul. Les nappes de soleil s'ouvraient sur mon crâne.

Je n'aime pas cette ville. Elle est mon passé et je n'aime pas mon passé. J'ai grandi, me suis émondé. Fès s'est ratatinée, tout simplement. Pourtant, je sais qu'à mesure que je m'y enfonce elle m'empoigne et me fait entité, quanta, brique d'entre les briques, lézard, poussière — et sans que j'aie besoin d'en être conscient. N'est-elle pas la cité des Seigneurs ?

Une maison, n'importe quelle boutique, un coin de ruelle est un rejet brutal vers la matière. Ce n'est pas parce que Fès est vétuste ou que les éléments du siècle mécanique y sont à peine perceptibles ; mais parce que cette ville dégage, si je puis dire, une odeur de sainteté qui imprègne les bâtiments, la mentalité des gens et l'atmosphère — une sainteté qui n'a pas de parenté avec celle des monastères ou des lieux de pèlerinage, mais faite de respect, de passivité que l'on pourrait avoir pour un ermite vieux de quelque mille ans. Je sais comme elle s'éveille, comme elle coule sa journée, comme elle s'endort. Elle a une odeur, une couleur, un ton propres. En gardent ces caractéristiques ceux qui s'en exilent. Le Seigneur n'y est-il pas né ?

Les villes du Maroc connaissent, surtout le soir, la mélopée de la mendicité. A Fès, les mendiants grouillent. Leurs plaintes ne sont pourtant pas positives et exigeantes comme à Casablanca. Ceux qui demandent un bout de pain ou un bol de soupe le font vaguement et les noms du Seigneur et du saint de la ville ajoutent à leur chanson une note de douceur et de tristesse. Cette chanson à l'aube est basse : les gosiers comme les maisons sont à moitié endormis et la politesse appartient également aux pauvres, parce qu'à cette heure seuls sont debout ceux qui vont travailler dans les jardins de la banlieue, les enfants qui se préparent à aller à l'école coranique et les servantes. Les artisans, les petits commerçants se lèvent entre neuf et dix heures ; les bourgeois cossus vers midi.

Les muezzins des nombreuses mosquées n'arrivent pas à noyer les appels modulés de Moulay Driss et de l'Université théologique des Karawiyine. Les coqs sur les terrasses chantent, les ramiers roucoulent, les mendiants pleurent doucement, les mulets martèlent les cailloux arrachés au sol, les fontaines bruissent et, de place en place, à presque tous les carrefours, rougeoient les fours dans les rues noires. La ville sent à cette heure une odeur de terre arrosée avec un piquant de crottes de cheval.

Bientôt, ce sera le parfum des pauvres qui prédominera, fait de vieilles nippes, de vieux murs verdis, de vieux roseaux couvrant les places publiques. Il sera mêlé, selon les quartiers, de l'écœurement du pain chaud et des gâteaux au miel, de la sueur des foules, du moisi des babouches, de l'épicerie des boutiques. Mais partout il prédominera, que ce soit aux Deggaguine où les petits marteaux et les forets cisèlent les plateaux de cuivre ou d'argent; aux Chrabliyine où les battoirs aplatissent les cuirs et où les peaux de chèvre étendues par terre au piétinement des passants puent; aux Harrarine où les rouets tournent des soies multicolores; à Bab Ftouh où les hommes d'affaires mouillent leur pouce en comptant des billets de banque parmi les odeurs des olives et des huiles; à Bou Jloud où les menthes parfument les théières dans les cafés maures; dans les maisons où les ménagères brassent le pain et chassent les mouches; dans les mosquées où les nattes et les tapis ont protégé de l'humidité tant de pieux derrières; dans les bouti ques de notaires où le calcaire en poudre sèche les grimoires et les signatures illisibles; chez les passants, les charlatans, les oisifs, les maladifs, les portefaix, les ventrus, les ânes, les crieurs publics, les sebsis à kif, les fontaines, partout.

Les rues commerçantes et les places publiques grouillent de monde. Les foules sont lentes, la fièvre du siècle n'a stimulé de chiffres et d'audaces que les têtes; les pieds ne se hâtent que dans des circonstances exceptionnelles.

Il est midi, les cohues me tanguent et mon moi est fatigué, affamé, insomniaque. « Dépêche-toi, m'aiguillonne-t-il, ton oncle t'attend, ta mère t'attend, voici une heure que tu flânes, depuis que Jules César t'a débarqué tu flânes, vers quel zéro t'achemines-tu, quelle bile, quelle nausée? Tu appelles ça extériorisation, parenthèse, poème. Bougre d'idiot, veux-tu bien rentrer? » Je l'assomme. Est-il autre chose que la voix du Seigneur?

Je me représente une caméra braquée à quelques centimètres du sol : elle filmerait un grouillement pacifique et presque silencieux de serpents. C'est peut-être une paire de pieds nus au talon rocailleux dans des babouches brunies : leur possesseur est probablement un épicier ou un ânier ; des bas de grosse laine colorée et des babouches à épaisse semelle de caoutchouc : peut-être un fqih à qui l'on donne un petit fabor ou un plat de couscous pour aller réciter une paire de versets sur la tombe d'un disparu ; peut-être aussi un muezzin, un courtier des Dellaline ou un marchand de tabacs ; des jambes d'homme gainées de soie blanche et des pieds délicatement logés dans des babouches fines, jaune pâle ou blanches, des babouches dites « de docteur », révèlent un notaire, un businessman, un imam, un artiste ou un oisif ; mais il y a également des souliers, des sandales, des naïls, des pieds nus, ces derniers porteurs de garçons de four ou de cancres d'école.

C'est l'heure où, sous la lumière tamisée du soleil au zénith, les projections des têtes se superposent aux têtes, l'heure où les mosquées après la prière de midi se sont vidées de leurs fidèles dans les rues, puis dans les maisons, où les ont précédés et où les suivront les mécréants ou les retenus ; les boutiques, les places publiques, les carrefours, les marchés, les rues, les ruelles, les impasses, partout où ont piétiné les foules, gardent de ces heures de travail, de ces chaussures, de ces aisselles, de ces têtes une odeur de vétusté comme le sable du Sahara boit un couchant de soleil. Ce parfum montera de l'ombre et des coins ensoleillés — aux murs, au faîte des maisons, aux coupoles des saints et aux minarets ; et, mêlé de l'encroûtement des façades et de l'endormi des intérieurs, il sera celui que sentiraient, si je les attrapais et les sentais, les pigeons qui volent de toit en toit, dans cet intervalle de temps fait pour la sieste des besogneux comme des gros commerçants, les uns fatigués et cherchant dans ce somme l'oubli du lendemain, les autres trouant un amas de coussins et se demandant, pendant que leurs trois ou quatre épouses dansent et chantent pieds nus, seins nus, croupe pudiquement voilée, quels nouveaux idiots ils auront à plumer pour réunir le million nécessaire pour s'adjuger les charmes de cette petite de treize ans expressément garantie vierge. Hiha ! le rêve prédomine.

Je marchais dans la ville. J'allais vadrouillant, réceptif aux déclics. Comme une chienne de vie, je poussais devant moi le poids d'une civilisation. Que je n'avais pas demandée. Dont j'étais fier. Et qui me faisait étranger dans cette ville d'où j'étais issu. Je cousais rues et ruelles. Idées et visions. J'accusais chaque passant, chaque pierre. Il était celui qui n'oserait pas me jeter la pierre. Elle était la pierre qu'il n'oserait pas me jeter.

Je n'étais plus de ceux qui vidaient un bidon de pétrole sur une tribu de Juifs, une fois le temps, réveils des épopées médiévales, et les regardaient brûler vifs, torches vives ; ni de ceux qui léchaient des dattes de Médine et cultivaient le culte des fossiles. Mon père s'appelait Roche, mes frères Berrada, Lucien, Tchitcho. Ma religion était la révolte. Jusqu'à cette mère dont je savais les glandes desséchées et les tendresses monstrueuses.

J'avais donné une poignée de main à Jules César, à Bab Ftouh, peu avant midi. Il avait fait virevolter son autocar et j'avais pénétré les dédales de Fès, six heures de marche, six heures de pseudo-liberté. Parfois nous t'oublions intentionnellement puis nous étendons la main, etc... « Va, avait dit le Seigneur, va à Fès (chemin de Damas), tu y accompagneras ta mère ; son père est marabout ; tu... »

Jusqu'au soir j'ai marché. Une ampoule électrique s'est allumée. Elle éclaire vaguement le groupe de ruelles où je sinue. Les fontaines et les filets d'eau souterrains clapotent. Les portes de la ville se sont closes. Des chats bondissent du noir, miaulent et filent comme des projectiles. L'humidité a repris son empire, les murs suintent, les portes s'égouttent, le sol fume. Un cheval dans une écurie servant d'asile aux indigents renâcle. Je suis triste. Comme si je venais de me promener dans un cimetière.

Sur le seuil d'une maison je me suis plié en deux parce que je suis très grand et que la porte est basse. Le corridor est sombre et fleure le moisi des murs et de l'eau courant tout près dans un petit cagibi : le cabinet. Je franchis une autre porte et je reçois d'en haut le ciel et le crépuscule. Devant moi un petit homme à tête d'ascète s'est courbé.

— Sombre chrétien, vous désirez ? J'ai payé mes impôts, je n'ai ni poux ni puces à déclarer, je ne fais pas de politique et tous ceux qui gîtent dans cette maison ont été maintes fois vaccinés contre toutes les maladies de la création. En conséquence...

Je le relève.

— Ne me reconnais-tu pas ? Je suis Driss.

Il a l'air surpris, me tend sa main à baiser.

— C'est bien possible, dit-il. Depuis le traité du Protectorat tout est possible ici-bas. Louange à Dieu !

Il se dirige vers une porte haute de quelque trois mètres. Majestueusement les battants se rabattent.

— Nous étions inquiets à ton sujet. Entre, neveu, entre.

Nous sommes trois autour d'une table chargée d'un tagine et d'un pain chaud. Le fqih joint les mains et récite :

— Louange à Dieu, roi de l'univers, très bon et très miséricordieux.

Il est grand, énorme. Il a des dents blanches et

une trogne rouge. Le pouce droit de mon oncle fait une ligne de trous dans le pain chaud. C'est la façon marocaine dont on coupe le pain. Les trous fument. L'invité continue plus vite :

— C'est Toi que nous adorons et c'est devant Toi que nous nous prosternons. Mène-nous dans le Chemin Droit, chemin de Tes élus et par où ne passent jamais ceux que Tu as maudits.

Tout le monde fait « amen ! »

On découvre le tagine, on met le couvercle sous la table, les doigts plongent dans la sauce, le poulet est découpé, haché, mâché, les os craquent — tout cela en quelques secondes. Je me contente de manger du pain trempé dans la sauce et quelques olives que je pêche au fond du plat.

— Tu ne manges rien, mon enfant, dit le saint homme. Tiens, prends : tous les enfants aiment ça.

Il y a du danger à regarder ses yeux. Je prends ce qu'il me présente : deux testicules de coq.

Je le connaissais de nom et de réputation : Si Kettani, truand. Je ne le savais pas homosexuel. Mâchonnant les attributs, je le considère. Attrapé par la peau du cou et accroupi face au Seigneur, il prendrait étrangement figure de briquet. Un tour de molette : flambée. Sur laquelle le Seigneur soufflerait après usage. Ensuite le dégarnirait, essence, mèche, pierre — et cela donnerait une authentique rouillure.

Je battis le fer froid. J'étais rogue, rêche.

— Si Kettani, excusez-moi...

— Oui, mon enfant.

Il avait saisi le plat à deux mains, lapait le reste de sauce.

— Parmi vos prières, vous en avez certainement une ou deux pour lesquelles vous ne réclamez pas d'honoraires.

— Mais toutes mes prières le sont, dit-il, surpris... pour toi, mon enfant.

— Eh bien ! réservez-m'en quelques-unes, j'en ai besoin.

Il se lécha les doigts. La langue qu'il y employa était — j'affirme : intentionnellement — pointue et ferme comme l'organe d'un taureau.

Puis me regarda attentivement.

— Je t'écoute.

— En quel honneur ? Je vous demande tout simplement de prier pour moi. Ou faut-il que je vous paie ? Je n'ai pas d'argent, je m'excuse.

— Veuillez oublier ces paroles, intervint soudain mon oncle. Je l'ai connu au sortir du berceau. Il n'a pas changé : nerveux, insociable.

— Je le vois, dit le fqih. Et je lui pardonne. Mais encore faut-il que je sache quelle direction prendraient mes prières. On ne tue pas un chien parce qu'il boite.

— Je crois pouvoir vous répondre, dit mon oncle. Dans quelques jours, il va se présenter aux épreuves du baccalauréat, deuxième partie. Son père l'a envoyé se reposer parmi nous. Je pense qu'il se comporte en bon musulman en sollicitant de vous...

— Bien, bien, conclut le fqih. Il peut se considérer d'ores et déjà bénéficiaire de l'appui de Dieu. Au fait... (il souleva légèrement son siège, péta très fort, une fois, « à vos souhaits, dit mon oncle ; merci, dit le fqih, ce gaz broyait mes intestins, maintenant il est sorti, louange à Dieu ! ») au fait... balacau...labacau... comment dites-vous ?

— Baccalauréat. C'est un diplôme.

— Un diplôme ? que signifie ?

— Un titre, un grade universitaire.

Et comme il semblait ne pas comprendre, je battis méchamment le fer encore froid, désespérément froid. D'une détente des jarrets, cette table à envoyer voler en éclats, ce plat léché, cette tête d'ascète, cette trogne rouge... le malaise où je ne cessais de m'embourber... où était l'action? N'importe quelle action? Le bout de mèche qui aboutirait à l'explosif? Voleur. Piqueur de bourricots. Accidenté grave. Gaga. Ministre. Ou bourreau. Ou, tiens! ce truand ostensible en ses appétits forts. Ses appétits de moi. Trente-six panaris, je ne suis rien de cela. Mais : « Tu iras à Fès. Tu accompagneras ta mère à Fès. Son père y est marabout. Tu... »

Le Seigneur ne se départissait jamais de sa politesse. Je fus poli.

— Disons qu'un bachelier, expliquai-je, aura le même pouvoir et la même considération qu'un fqih.

— Driss... Excusez-le, Si Kettani.

— Laissez-le parler. Au contraire! dit le fqih.

Toute bienveillance avait disparu dans ses yeux. J'y cherchai le léger friselis du désir. En vain. Un vrai briquet.

— Et, ajoutai-je, l'élite de demain ne se composera que de bacheliers.

— Quant aux autres? à nous autres?

Je m'abstins de sourire.

— Le mieux que je puisse en dire est que je n'en sais fichtre rien.

— Driss..

Puis :

— Excusez-le, Si Kettani.

— Non.

Il réalisa qu'il avait crié. Le résultat en fut un sourire : sa barbe rouge pointa.

— Non, répéta-t-il.

Et se tourna vers moi. Entier. Tête, buste, siège, jambes. Il le fit en s'aidant des deux mains, la gauche point d'appui sur le matelas, la droite soutenant son ventre, comme une femme enceinte.

— Continue, mon enfant.

— Bien sûr, dis-je.

Le fer était rouge. Pourquoi cet homme qu'une heure auparavant je ne connaissais point? Lui plutôt qu'un autre? Je n'aime pas les mots. Pourquoi les détresses, les bêtises, les souffrances, la mort? Otés ces mots, il reste les détresses, les bêtises, les souffrances, la mort.

— Bien sûr, dis-je, bien sûr. Je vais continuer. Mon oncle est au supplice, mais je continue. Vous êtes son hôte, et alors? Vous vous nommez Si Kettani, et alors? J'ai un camarade de classe fils de général, ce qui ne m'empêche pas de le battre dans toutes les matières du programme. Les temps ont changé, monsieur. Il y a dix ans, j'étais ici, chez cet homme qui se tord les mains, regardez-le, il se les tord. Vous connaissez le dicton : qui dit bonjour converse et partant se fait enculer? Donc j'étais ici. Le Seigneur à La Mecque. Soi-disant à La Mecque. Parce qu'à son retour — en plus d'un bon kilogramme de dattes de Médine, soi-disant de Médine, et d'un titre honorifique, soi-disant honorifique : haj — il nous gratifiait d'une bonne nouvelle : la presque totalité de sa fortune avait fondu à Damas. A la suite de quel miracle? Vous-même êtes haj et le comprendrez sans doute. Donc j'étais ici. J'avais huit ans. Je pouvais enfin vivre. Emplir mes poumons d'air. Rire. Pleurer. Et chier à mon aise. Et, jusqu'alors rêve pur et simple, assouvissement furtif, me masturber pour faire acte de n'importe quoi qui ne fût pas un dogme. Erreur! Je fus réveillé dès la première aube, conduit dans un m'sid, ramené par nuit noire, de nouveau battu, au m'sid, chez mon oncle, sur le crâne, sur la plante des pieds, sur le dos, sur les doigts, au nom du Coran, d'une constipation, d'un manque d'appétit, d'une souffrance, d'un vomissement, nombre de mains à baiser, celles de ma tante au réveil, de mon oncle matin et soir, celles des fqihs, des mokkadems, talebs et hajs qui jalonnaient ma journée. On me donnait une tape sur le crâne. A la gloire d'Allah ! Le soir, je baisais les pieds de ma mère. A la gloire du Seigneur ! Puis je m'écroulais sur un paquet de vieux linge, de linge sale, mon lit. J'ai tué, savez-vous, j'ai tué des poux en grand nombre et j'ai ainsi autant de crimes sur la conscience. Comme vous et moi, les poux sont des créatures de Dieu, n'est-ce pas, Si Kettani ? Un jour mon oncle m'a conduit me baigner dans les eaux sulfureuses de Moulay Yacoub : la gale. Un autre jour, un coiffeur à barbiche blanche m'a ligoté les bras derrière le dos, m'a assis sur le rebord d'une fenêtre, m'a écarté les jambes : circoncision. Puis le Seigneur est revenu porteur des dattes de Médine et de son titre. Et tout fut consommé. Cet après-midi, je cheminais dans Fès, me rappelant tout cela, armé de tout mon passé haineux, décidé à balancer une bordée de gnons sur le premier fqih qui oserait me regarder en face. Et, pis qu'un Juif converti, chaque pierre, chaque ombre, chaque crottin de Fès a fait chanter mes nerfs d'émotion. Voilà...

Mes jarrets se détendirent. La table vola heurter le mur.

— ... pourquoi je vous parle, Si Kettani.

Je repliai mes jambes sous moi.

— Deuxièmement. Vous êtes haj. Comme le Seigneur. Riche. Comme le Seigneur. Et puissant, sûr de vous, honorable. Comme lui. Je vous hais.

Ils me regardaient. Kettani lissant sa barbe rouge. Mon oncle frappant dans ses mains. « Fou égale chrétien, murmurait-il, il est devenu chrétien ; chrétien égale fou, il est devenu fou... » J'eus soudain conscience d'une lassitude infinie.

— Je vous hais. Non pas vous, intrinsèque. Mais en ce moment j'imagine que vous êtes le Seigneur. Et je ne récite même pas de formule coranique.

C'est cela : calez le mur, il va s'écrouler. Si vous saviez comme je suis ivre. Je vous fais front, Seigneur, et je vous dis : je vous hais. Vous êtes ruiné. Je n'ai pas d'argent. Je me ferai voleur. Pour vous faire l'aumône. Vous, toujours, partout, me sondez jusque dans la moelle. Et, pitié ! je veux avoir une petite merde à moi. Ce matin, rappelez-vous. Lève-toi. Prépare-toi. Tu accompagneras ta mère à Fès. Elle priera son marabout de père. Il peut nous sauver. Tiens-toi prêt. Et vous êtes allé dormir.

« Chrétien égale fou... », la tête osseuse avait le balancement d'une pendule. L'autre : épaisse, immobile, à l'affût. L'on dit que les chiens perçoivent une émotion forte, telle la peur. Distinctement, je sentis une diarrhée de violence.

— Voici une femme... (je perçus encore ma voix basse, la fatigue de mes os, mes paupières durcies) une femme qui durant quarante ans a espéré et que l'on va enfin satisfaire, soudain. Je descendis. Elle récurait une théière, doucement, tendrement. Je ne sais s'il vous est arrivé de bercer un enfant malade. Moi, si. J'en ai bercé un, mon petit frère, Hamid. Eh bien ! croyez-moi, c'était avec cette même douceur, cette même tendresse, quelque chose de résigné, de naufragé. Mère, nous allons partir. Elle posa la théière, doucement, tendrement. Je veux bien. Habillés, prêts, impatients, patients, nous attendîmes. Une heure, deux heures, le soleil se leva. Il dormait. Nous attendions.

Je n'étais plus maître de mes idées, cela aussi je m'en rendis compte. Je cherchai l'endroit où la table avait atterri et vis une lampe à huile qu'encerclait le vol idiot d'un papillon.

— Il-ne-nous-avait-pas-remis-d'argent. Non pas un oubli, une négligence. Intentionnellement. Laboure et sème, il pleuvra bien un jour. Seigneur, vous êtes vraiment un seigneur. Vous dormiez.

Nous attendions. Pourtant, à votre réveil, j'imagine votre fureur. Nous étions loin. Avec votre argent.

Je saisis la main de Kettani, la serrai. Elle était grasse, molle, moite.

— Mais vous n'êtes pas le Seigneur. Sa main est maigre, longue, dure. Et c'est pourquoi je viens de divaguer. Oui, oncle, je suis fou, tu as raison, tu ne peux rien comprendre. Allons! bonsoir, je vais rejoindre ma mère.

Je voulus me lever. La main du fqih me retint.

— Parmi mes valets, dit-il, il y en a un dont les fonctions exclusives consistent à m'accompagner tous les matins à 11 heures 40 dans un endroit dit vécés afin de me torcher net et promptement. Rassieds-toi, mon enfant.

J'obtempérai.

— Un autre, reprit-il, a pour office de s'accroupir à mes pieds, souriant : c'est sur sa figure que je souffle la fumée de ma cigarette, lorsqu'il me prend envie de fumer, parce que je ne fume pas souvent.

Il parlait d'abondance, *en gargouillis*, comme si sa bouche eût été pleine d'eau, heurtant les syllabes, choquant les consonances. Je vis sa face : veinules temporales, rictus, zygomatiques, tout s'était détendu ; seule la parole était dure. Parle afin que je te voie! disait un disciple à Anthistène.

Un instant bref, une éclaircie, et de nouveau ma fatigue pesa comme un brouillard.

— Je sais, dis-je, je sais. Vos références sont litanies depuis le temps que 12 millions de Marocains les murmurent. Alors pourquoi me les citez-vous ? M'impressionner ? Je vais vous conter une histoire. Mon frère aîné se nomme Camel. Il y a quelques années, il disposait d'un atelier de mécanique. On lui confiait un moteur en panne. Lorsque le client revenait : « Il était temps, disait Camel, Delco foutu, vis platinée foutue, bougies foutues, chemises, soupapes, pistons, tout était foutu ; j'ai dû démonter entièrement le moteur, décrasser, souder... maintenant il marche, parole d'honneur ! 10 000 francs, s'il vous plaît. » Le client payait sans broncher. En vérité, je vous le dis, seul le gicleur était en cause : bouché.

Il étendit le bras, peut-être pour réclamer la parole, peut-être aussi pour me donner un coup de poing. Je l'attrapai à mi-geste.

— Veux-tu me...

— Non, criai-je, inutile. Qu'est-ce que vous voudriez m'apprendre ? Que vous êtes homosexuel ? Je le sais. Comment vous êtes devenu imam des collèges chérifiens ? Mais tout le monde le sait. Un matin vous vous êtes togé dans un drap presque blanc et vous êtes allé de porte en porte, de carrefour en carrefour, de mosquée en mosquée, hurlant que vous aviez vu en songe le Prophète discuter de la situation mondiale avec Franklin Delano Roosevelt. On vous a donné une zaouïa où vous vous êtes retiré précipitamment et une pension substantielle que vous avez acceptée avec le dédain des vanités de ce monde. Par la suite, vous avez eu d'autres rêves que l'on s'empressa de bénir par autant de dons concrets, notamment une charge de jurisconsulte et une Cadillac. La Résidence vous nomma conseiller général du Makhzen et le Tout-Fès voulut vous avoir pour hôte. Ce soir, vous êtes chez mon oncle — je ne sais pas encore pourquoi — et vous avez honoré son coq de vos trente-deux dents, dont douze en or. Quant à ma mauvaise humeur que je déverse sur vous depuis bientôt une heure, je vous prie de bien vouloir la considérer comme une confidence : l'on se confie parfois à un ennemi ; vous n'êtes pas mon ennemi ; plus négligeable : un étranger. Alors ?

— Qui est ce jeune homme ?

La lampe à huile était en fer forgé. Quelqu'un l'avait peinte à demi, probablement pour utiliser un reste de pot de peinture. Le papillon avait disparu.

— Je ne le connais plus, dit mon oncle précipitamment, je ne le connais pas...

Il bêlait comme bêlerait l'épouse qui accepte l'époux par devoir. Il s'était accroupi, aisselles sur les genoux, et baisait les mains du fqih, par intermèdes, baiser, quelques syllabes, baiser... Petit vaurien, considère l'œuvre de ta langue de vaurien. Le décor était : poufs, soieries, tapis, tentures, bas-reliefs sur boiseries, ors et dorures, le plafond ténébreux en soliveaux, d'où tombaient des lustres éteints mais qui miroitaient de toutes leurs verreries, comme brillait la porcelaine verte et sanguine des murs — et la porte haute et lourde munie d'immenses verrous. Derrière cette porte, un jet d'eau bruissait dans une vasque. J'évoquai brusquement le godillot U.S. de Jules César écrasant l'accélérateur.

— Ne me faites pas répéter. Qui est-ce ?

— Mon neveu, maître, rien que mon neveu. Considérez...

— Imbécile ! je te demande son nom.

— Driss Ferdi, le fils de la sœur de ma femme, par conséquent...

— Haj Fatmi ?

— Vous connaissez mon beau-frère ?

— Imbécile !

Et devant moi j'eus une transformation brusque. En dépit de mon instruction occidentale, je continuais de vivre, d'agir et de juger par paraboles, à la manière de ces conteurs publics qui s'installent dans un coin de rue, munis en tout et pour tout d'un estomac creux et de leur fatalisme, mais en qui la moindre obole, le moindre rire, le moindre geste déclenche une histoire, une giclée d'histoires —

qu'au hasard d'une controverse ou d'un silence sceptique ils enjoliveront, interrompront ou adapteront à la mesure de tout un chacun.

La reptation soudaine de cet homme me fit penser à mes manuels de chimie : acides sur bases, exothermie et sels, réactions brutales et partant quelque peu émouvantes. « Un sédentaire tel que toi appelle la violence, disait Roche, comme dans les pays chauds les toiles les plus courantes sont celles qui représentent des neiges éternelles. »

Je me laissais prendre la main, prendre le pied, flatter le genou. Et, dans le cumul des sentiments qui me secouaient, d'abord se discernait une pitié saugrenue : le ventre énorme de Kettani, ainsi aplati, devait le faire souffrir. Etait-ce pour cette raison qu'il geignait comme une pleureuse juive ?

— ... jamais, jamais venu à l'idée que je m'adressais...

Le cumul se précisait, vue d'ensemble, fragmentation, regroupement. Il est dit dans une relation qu'une expédition avait découvert au Pôle Sud un chien oublié trente ans plus tôt et qui s'était étonnamment conservé, gelé debout. Je puis, regardant mon oncle et révérence parler, établir un tel rapprochement. Je remontais le cours de la conversation : quel dernier vocable avait-il donc prononcé dont sa bouche gardait ainsi le moule ?

— ... de grande notoriété... monsieur votre père... à tel point que...

Le cumul était : fierté d'être le fils du Seigneur, lassitude et fureur de constater encore une fois la souveraineté-lèpre du Seigneur, jouissance de cette prosternation, même transcendante, même prismatique — et des poussées de logomachies, de sens et de violences, dont la notion d'une énergie que j'avais dépensée pour qu'elle fût action et qui se soldait par une gloire au Seigneur. Et par-dessus, par-delà, l'appel à l'euphorie, que tout tournoie et se noie et me noie : pitié ! depuis des heures et des heures, je ne cessais d'être lucide. Un moribond : plus il est moribond, plus sa sexualité s'aiguise.

— Monsieur mon père ? C'est selon. En ce qui me concerne, il n'a pas changé : nerfs d'acier, autorité d'acier, expression d'acier. Le soleil qui verra cet acier se réduire en rouille ne luira point : inoxydable, l'acier. Voyez, Si Kettani, voyez : c'est lui qui a déterminé nos attitudes présentes, indépendamment de vous et de moi. Bien que vous soyez peu habitué à faire le reptile et que je n'aime pas les reptiles.

Je marquai une pause, respirai. Un air tiédasse qui fleurait le cuir vieux, les reliefs du coq et l'huile en grésillement. Où était le parfum des pauvres commun à chaque demeure de Fès ? Puis je plantai l'autre clou.

— Mais en ce qui le concerne, lui, sursautez : il est ruiné.

Il sursauta. Se releva péniblement, cala ses fesses flasques comme l'eût fait une poule sur le point de pondre. Je surveillais le ventre, il tangua, roula et reprit son aspect d'outre à demi pleine. J'appuyai mon index sur le sternum de mon oncle.

— Complètement ruiné, hurlai-je.

Mon oncle tomba assis.

— Ta bouche !

Il la ferma, avala sa salive. Je me penchai légèrement : à une tête si décharnée devait correspondre une pomme d'Adam volumineuse. Je me frottai les mains : elle l'était.

— Vous avez repris de l'assurance, dis-je. Logique. Se pourrait-il qu'il en fût autrement ? Un chacal de moins et le restant des chacals acquiert une plus grande férocité.

Cette vasque, je ne l'avais pas vue en entrant. Le

patio était sombre alors et le ciel déjà crepusculaire. Elle ne devait être qu'en marbre, noir ou blanc ou vert — style Moulay Ismaël, ce gaga monocastré que l'Histoire a déterré et compare avec Louis Le Quatorzième — mais voyons ! le Maroc est presque modernisé, il lui faut des titres de noblesse... une gageure, m'a dit Roche. Quant au jet d'eau, s'était-il une seule fois tu — bouché, tari, moisi, las ? Je ne crois pas. Un jour on lui avait dit : « Voici ton gicleur, voilà ton eau, tu refouleras cette eau par ce gicleur, tu graviras 12 pieds 4 pouces en direction d'Allah, en suite de quoi tu retomberas et te répandras dans cette vasque ; et maintenant tisse le temps. »

Il l'avait tissé. Et pourquoi pas ?

— Alors, repris-je, il est ruiné. Une histoire de thé assez compliquée et que je n'entreprendrai pas de vous conter parce que j'ai sommeil. Tout à l'heure, je vous ai demandé quelques prières de votre répertoire, gratis. Elles sont pour lui. Une pierre de plus ou de moins dans l'océan, l'océan ne sera pas comblé pour autant. Comme ce défunt qui gît dans un catafalque passé au brou de noix parce que c'est du vulgaire sapin, que je n'ai jamais vu ni connu, son nom a été prononcé ce matin à l'heure où un descendant d'Ismaël ne pourra plus distinguer... ouais... il faut que j'aille l'invoquer, une pierre de plus ou de moins dans l'océan. C'est un saint, matricule 2 740 du catalogue. J'ai interrogé ma mère, elle ne sait rien, elle ne l'a jamais vu. Une espèce d'aveugle sourd-muet réduit dans ses vieux jours à l'état, m'a dit le Seigneur, de ces jouets disloqués que l'on emporte sous le bras. Il agonisait délicatement dans un couffin, ex-taleb, ex-mokkadem, ex-humain. A l'aide d'une corde et d'une poulie, on le descendait deux fois par jour, le matin pour lui faire sa toilette et lui donner sa bouillie, le soir pour lui donner sa bouillie et lui lire un chapitre du Coran, vieille habitude. Puis, vlan ! on tirait sur la corde, le panier remontait vers les ténèbres et les toiles d'araignée et l'on rattachait la corde à un bouton de porte. Il a été canonisé, je ne vois pas pourquoi, il a son mausolée et ses fidèles, j'irai donc le prier.

Je battis l'air de mes bras. S'il y avait un second jet d'eau dans cette demeure, ce devait être moi.

— Je crois que je vous ai dit l'essentiel, mais l'abcès est loin d'être vidé. Je le viderais bien un jour. Ce soir, j'ai tenté, je n'ai pas pu, excusez-moi. Alors, Si Kettani ?

— Alors quoi ?

Je connaissais le jeu. L'on dispose de figues sèches. Que l'on aplatit, perce et enfile sur un tressé de doums. Un fils du douar se charge de ce collier et s'apprête à aller le vendre. Or, à ce moment-là, il y a toujours quelqu'un qui le rappelle : ajoute cette figue, je l'ai oubliée. Des jours et des nuits tombent et, en fait de figues, c'en est finalement un plein tombereau qui prend la route du souk. Si Kettani avait sa figue à ajouter.

— Alors, dis-je, je connais le jeu. L'on dispose de figues sèches. Que l'on aplatit, perce et enfile sur un tressé de doums. Un fils du douar se charge de ce collier et s'apprête à aller le vendre. Or, à ce moment-là, il y a toujours quelqu'un qui le rappelle : ajoute cette figue, je l'ai oubliée. En quoi consiste la vôtre, s'il vous plaît ?

Il décida de sourire.

— En mon âme et conscience, dit-il, je ne puis que rendre les armes. Tu es un garçon à battre comme bourrique — ou à chérir.

Je m'affalai sur le tapis, épais comme un matelas, prêt à m'endormir.

— Hésiteriez-vous ?

— Non, dit-il avec un soupir. De toi à moi, le rapport est formel : à chérir, mon enfant, à chérir.

Tu l'as dit, bouffi.

Tard dans la soirée, le bouffi nous donna lecture de l'acte. Rien ne m'y avait préparé. Je me réveillai. Mais avais-je vraiment dormi ?

Je posai des questions et, par regroupements, je sus que ma tante Kenza attendait dans la pièce voisine, pas encore dévoilée, les pieds sur ses ballots de frusques. Elle devait deviser avec ma mère, comme seules deux Marocaines, de surcroît parentes, savent deviser — vertigineusement. Annihilant la haute et intelligible voix de Si Kettani, je tendis l'oreille. Mais ne me parvint que le chuchotement métallique du jet d'eau. Sans doute, se contentaient-elles de gesticuler.

J'ai bien compris. La veille au soir, Kenza servait un bol de soupe. Cette soupe était froide. Mon oncle n'aime pas la soupe froide. Par conséquent, il a ramassé ses babouches et s'en est allé frapper à la porte de son voisin le notaire. Kenza était répudiée. Acte en bonne et due forme.

Ni simple ni simpliste. L'on baise ou pète et honni soit qui juge. Fonction naturelle !

Ce soir, Kenza était de nouveau l'épouse légitime de mon oncle « de par la vertu toute-puissante d'un nouvel acte, celui-là d'annulation du précédent et de possibilité théologique, morale, sociale et humaine, accordée et bénie, de reprendre contact marital avec la nommée Kenza Zwitten, laquelle s'était égarée, comme il arrive si souvent en ce bas monde, dans ses devoirs sacrés ; laquelle, par contre, ayant tôt fait de regretter cet égarement, s'est engagée — le mari l'ayant certifié sous serment prêté, ablutions faites, sur le cuir pieux des soixante chapitres du saint Coran — à tenir jusqu'à la fin de ses jours, si Dieu le permet, la soupe judicieusement chaude jusqu'à l'arrivée de son maître et seigneur, que Dieu veuille bien bénir d'avoir eu une telle facilité et une telle rapidité de pardon, amen ! Prélevé pour coût de sceau, achat de papier timbré et frais d'enregistrement la somme de francs : III. Est apposée au bas de cet acte en date du 25 du mois de Ramadan l'empreinte digitale du requérant.

L'adel :   *L'adel-assistant :*
Si KETTANI.   signé illisible.
Suit l'empreinte du sceau du Cadi.
Louange à Dieu !
Amen ! »

Si Kettani remit l'acte à mon oncle et se leva. Chaussant ses babouches, il demanda 500 francs. Il avait dû insister auprès du Cadi, alité par une forte fièvre. Une servante avait égaré un grain de blé dans le lit du Cadi. Ce grain avait suffi : le Cadi avait la fièvre. Je m'abstins d'infirmer : de longue date, le Cadi, philosophe notoire, avait confié un exemplaire de son sceau à chaque adel ou pseudo-adel. Quant à sa signature, elle était rigoureusement illisible.

Mais, si mon oncle le jugeait bon, qu'il lui fît donc livrer un sac d'olives dénoyautées ou bien un coupon de serge italienne. Je traduisis : lance-moi un pain d'orge, une pièce de monnaie — ou bien une cuisse de poulet. Bien entendu, tout cela n'avait aucune importance. Nous avons partagé les mets et conversé de bouche amie à oreille fidèle.

Mon oncle se leva à son tour et lui donna 400 francs. Je vis le geste. Sec.

J'interrogeai :

— Et la servante, Si Kettani ?

Il me considéra longuement. Petite bouche, joues

duveteuses, boucles d'éphèbe grec, sacrée tête de bois... si tu n'étais pas le fils de Ferdi...

— 300 coups de bâton, à la pointe du jour, sur l'omoplate gauche et la cuisse droite, face interne, place Moulay Driss. Ensuite réintégrée chez le Cadi son maître et placée sous les ordres d'une esclave du plus bas échelon.

Il me tendit la main. Il y a des moiteurs qui sont l'expression d'une cruauté tranquille.

— Viens me rendre visite un de ces jours, j'aurai plaisir à te revoir. Promis ?

J'hésitai à peine.

— Je suis actif, dis-je.

— Eh bien ?

— Je n'aime pas les vieux, dis-je.

Il me broya la main.

— Eh bien ? répéta-t-il. Pour un jeune homme indocile et charmant comme toi, un vieux comme moi réserve depuis longtemps un trône. Au revoir, mon enfant.

Je le poussai rudement et refermai trois portes derrière lui.

Ensuite, je me frottai les mains. Et au suivant de ces messieurs ! Les romanciers américains m'ont appris l'aisance. L'éléphant n'a pas cassé grand-chose dans le magasin de porcelaines, il a droit à un petit pain.

Et, revenu dans le patio, je fis flamber une allumette.

— Non seulement, cria mon oncle, tu es devenu chrétien et te conduis en butor ; maintenant tu fumes ?

Sur le mur, l'ombre de son profil figurait, je ne sais par quelle singularité de projection, un quartier de lune. « La nuit sera totale et les os de la terre gémiront et le croissant se dressera vengeur au-dessus de vos têtes, peuple impie », ainsi parlait le pâtre de Koreïch. Je cassais l'allumette en deux avant de la laisser tomber.

— Parfait, dis-je. Tu as du tabac?

La vasque était en marbre blanc, l'eau glauque et le jet couleur et rigueur d'un commandement de Dieu. Mon hébétude s'évanouit comme un brouillard.

Mon oncle trotta, pieds nus, devant moi. Un corridor, un angle, une porte dont il fit glisser le verrou. Une lumière diffuse fut.

— Vous ferez des œufs sur le plat, dit mon oncle. Du coq il ne reste que les pattes. Ensuite vous veillerez. Moi, je vais à la mosquée. Il y a trop de péchés dans la journée d'un honnête homme.

Ses mains logeaient dans ses babouches, comme dans des moufles. Elles s'abaissèrent. Les babouches tombèrent avec le même et unique claquement sec.

— Je serai de retour dans une heure si Dieu le permet et il se peut que j'aie besoin d'un bol de soupe, Kenza.

Il se chaussa, trotta, doux, âgé. Les ténèbres l'engloutirent. « La nuit sera totale et s'y fondront ceux qui n'auront cru qu'à demi », ainsi parlait le berger. J'entrai. Deux femmes en pleurs s'embrassaient. Kenza était de nouveau une épouse.

Ses ballots étaient là, trois. Je leur allongeai quelques coups de pied : frusques, casseroles, un matelas, un tabouret — les biens d'une femme. Le décor était : plafond bas, deux matelas, une natte, poussière, deux bougies, l'une sur un bol renversé, l'autre à même le sol (je me trompe : sur un papier journal, louable précaution), air chaud, vieux, plâtras au pied des murs — la chambre des femmes.

— Je sais, dis-je, répondant à une exclamation étonnée, je ressemble à un chrétien. Même si j'ôte ce complet de confection. Quant au caractère, plus que chrétien : un tapis turc dans un igloo. Ceci dit, salamalec, tante.

J'allai l'embrasser sur le front, elle me tendait la main.

— Mais continuez donc l'échange de vos souvenirs et de vos impressions, je vous prie. Ne vous occupez pas de moi. Maman, raconte-lui comment nous avons pu partir. Je m'allonge sur ce matelas en coco pur et ne tarderai pas à m'endormir.

Je tardai pourtant un peu. Le temps de donner un sens à leurs lèvres.

Elles étaient là, mère, tante, parlant beaucoup, à tour de rôle, gesticulant ensemble. Et leurs lèvres mentaient.

Chaque fois que je l'ai pu, j'ai étudié les lèvres d'une femme. J'en possède une mnémonique — somnifère et source de divertissements. Mais jusqu'à ce soir — la jalousie maritale voile le visage des femmes et je ne m'intéresse pas aux petites filles, que je sache... ma mère, mea culpa ! — la collection n'était que de lèvres européennes. Ainsi...

J'ai vu des commissures basses d'abrutissement, avachies de sensualité. J'ai vu des plis de chagrin, d'ironie et de férocité. J'ai vu des lèvres sans rides, unies, pleines, impersonnelles, mais révélant leurs secrets parce que fardées du rose à l'écarlate, du sec au gras, du trait à la fleur, épaissies, amincies, dessinées avec art, barbouillées en hâte, lèvres de vieille fille malgré l'alliance au doigt, lèvres étonnantes de jeunesse en plein milieu d'un parchemin, lèvres sarcastiques, bonnes à tout faire, même à dire la vérité, lèvres vénales, ignobles de bestialité et de calomnie, serrées sur une énigme ou sur une souffrance, crispées par un dépit, par une envie, par un cancer, tordues par un hépatisme ou dans un sourire fermé, commercial, circonstantiel, bas, entrouvertes sur des dents blanches, pourries, égales, inégales, sur un dentier, sur un jeu de touches de piano, sur une mixture d'or, de plomb, de platine et d'ivoire, ou tout simplement sur des gencives sans dents; j'ai vu des lèvres toujours ouvertes, respirant à la place des narines un mélange d'oxygène et d'azote, de coquetterie et de cupidité, d'étonnement et de passivité, de sourire et d'ennui, d'apathie et d'espoir.

Lèvres antipathiques, lèvres sympathiques, lèvres qui nous laissent indifférents, lèvres gonflées de vie et qui nous donnent envie de les mordre pour les punir, provocantes, insensibles à nos murmures et à nos morsures; lèvres inexpérimentées, sans fard ou avec fard, si belles même irrégulières, si douces même inharmoniques, si charmeresses qu'un baiser les souillerait et sur lesquelles flotte un songe et passe notre caresse aussi lisse que leur velouté; lèvres de vieilles, d'adolescentes, de concierges, de vendeuses, de putains et d'épouses moyennes, toutes retiennent mon attention et j'en connais plusieurs impossibles à oublier. Ce sont des lèvres d'Européennes, de Françaises, voire de Parisiennes. Elles ont droit à la crème de la civilisation. Des lèvres d'hommes qui s'y posent baisent l'apogée de l'industrie scientifique fine.

Sic.

Je m'endormis.

Pourchassé par vos lèvres, tante et mère, vos lèvres qui ont chuchoté, frémi, baisé, sucé, calomnié et prié, ferventes et scellées, par les chaleurs et les pénombres et les silences, sourires, rires, sanglots, crédules et fidèles, ataviques et pavides, et dans la médiocrité se sont accomplies — puis se sont ridées.

Un jour quelqu'un les fermera comme fermera vos yeux. Typhus ou vieillesse avancée. Mais se comportera en défonceur de portes ouvertes.

Un jour vous fûtes nubiles. Et depuis, vous n'avez cessé d'être mortes.

Cette nuit-là, je ne vis pas la *Ligne Mince*. Au petit matin je l'appelai. En vain. Mais lorsque arriva le soir...

Je sortis, porteur d'un tapis vert, vêtu d'une djellaba, coiffé d'un fez.

— La 27ᵉ nuit est une nuit de révolution, m'avait dit mon oncle.

— Une nuit de foi, ajouta Kenza.

— La Nuit du Pouvoir, dit ma mère.

Elle léchait une datte, la dernière du kilogramme de dattes que le Seigneur avait rapportées de Médine. Ils demandèrent simultanément :

— Où vas-tu ?

— Je ne sais pas, dis-je, vadrouiller, flâner, fumer et boire dans une taverne, peut-être entrer dans une mosquée et dans ce cas prier qui l'on voudra. Les affaires paternelles sont encore en souffrance, ne l'oubliez pas.

C'était la Nuit du Pouvoir. Un uléma des Kara-wiyine avait allumé un cierge en cire vierge, entre chien et loup. Et quarante minarets s'étaient allumés, ruisselants d'ampoules bleues, jaunes, rouges, vertes, quarante gosiers avaient vagi l'appel à la foi, contenu des boutiques vidé précipitamment dans les rues, marchés et hardes parfumés de santal et d'encens, et ceux qui n'avaient pas cru croyaient, ceux qui se traînaient marchaient, des pétards et des feux de Bengale jaillissaient, se muant en feux de bois par-dessus quoi sautaient, comme l'on saute à la corde, se tenant par la main ou en rondes, fillettes et vieilles dont pas une ne se rappelait qu'elle avait eu faim, soif, froid, chaud, mal à l'âme, misère au corps, et que cette vieille avait été cette fillette et que celle-ci serait vieille, édentée, éculée, fleurant bouse, geôle, clou de girofle, urine, et les mendiants en hordes grossis de ceux qui allaient demain le devenir, qui trouaient les cohues comme des perce-neige, porteurs de couffins, paniers en doums, sacs de jute où devait normalement la charité islamique se déverser en pièces de monnaie, où tombaient seulement figues véreuses, noix gâtées, chiffons, fond visqueux des casseroles, vieux souliers, vieux habits, repasse l'an prochain, vingt de tes frères sont déjà passés, des séquences temporelles : ces mains qui — tendons blancs, creux violets entre les tendons, tressautantes, hagardes — reçoivent un quignon de pain, puis se transforment — dignes d'une dyne et d'une chaleur humaine — allant porter ce quignon à un autre mendiant, qui n'a pas de pain et n'a que des moignons, ou cul-de-jatte attaché à une borne d'angle de peur qu'il ne lui prenne fantaisie de rouler sur lui-même comme un fût et ne se perde comme un enfant dans ce cataclysme de bruits et de vies ; séquences aussi dans cette paire d'yeux de voyou chlorotique où se plantent et se greffent surexcitations, lumières, clameurs, il les ferme comme ma mère avait fermé les siens dans le car de Jules César et se demande s'il ne s'agit pas de toutes les créatures de l'Enfer que Dieu, à l'allumée du cierge en cire vierge, a déchaînées pour qu'en cette Nuit du Pouvoir elles fraternisent avec les anges.

Un philosophe avait sorti son matelas et s'était installé au milieu de la rue. Les foules l'enjambaient et mules et mulets faisaient un détour. Je m'arrêtai.

— Pousse-toi un peu.

Je m'allongeai près de lui. Il bourra une pipe flamande de tabac vert, d'où nous tirâmes de longues bouffées, consécutivement, en silence, îlots dans la mer en furie. Au-dessus de nos têtes l'étoilée était un abîme.

Sous une porte cochère, un Bambara comptait des grains de chapelet, tempes teigneuses, paupières closes par la cécité. Un poste de T.S.F. lui servait de siège — qui devait certainement brailler à toute puissance, lueur d'une bougie en plein soleil : je le voyais seulement vibrer. A ses pieds une tourterelle gracile sur une jonchée d'orge, si effarouchée que ses ailes étaient entre deux décisions, à demi dépliées. Le Bambara chantait, je ne pouvais l'entendre, ses lèvres avaient le flux et le reflux de la mer, sans doute une de ces mélopées à la gloire de qui ont asservi les Bambaras. Je levai un index rigide, levai ses paupières. Il cessa de chanter, continua d'égrener son chapelet, me regardant fixement de ses yeux blanchis de cataracte.

— Ouais, dis-je.

Et m'en fus m'intégrer dans la foule, qui me souleva, porta, pirouetta, qui sentait la sueur, la laine, criant, chantant, grondant, compacte, seul mouvement, seule énergie, dedans laquelle un soldat américain, ex-soldat, ex-américain, venu là en touriste et que l'on avait dévêtu, déchaussé, violenté, toujours debout, et dont je vis, brusque vision dantesque, la face apoplectique, il dit qu'il ne comprend pas de quoi il s'agit, cria quelqu'un à mon oreille ; et glissa dans ma main une pomme de terre mais l'Américain avait déjà sombré, je ne sais quand, je ne sais comment, je réussis à placer le tubercule dans une bouche ouverte qui appelait Allah, tournoyé, tourbillonné, compressé, déjà ivre — et parfois, comme un volant mécanique qui continue sa rotation alors même que l'on a coupé le courant — stupéfait dans un vide brusque, brusquement comblé — longtemps, longtemps, puis la masse ralentit, s'arrêta, s'éparpilla. Je fus devant une natte rouge et verte étendue sur de larges dalles. Sous mon bras, je tenais encore le tapis de prière. Comme tout à l'heure l'étoilée, le silence était un abîme.

Je m'avançai, mes chaussures à la main, longeant la natte. Des groupes dans l'ombre gesticulaient paisiblement. L'air se faisait plus frais, presque froid. J'évitai des colonnes, passai sous des voûtes, des arcades, des lanternes oscillantes. Je marchai sur des dallages, des tapis. Des gens me dépassaient, furtifs, s'accroupissaient, devenaient plus denses, assis par rangs, les bras croisés et de la tête dodelinants. Je marchai encore, une voix me parvint vers quoi tous les êtres étaient tendus.

— Vous êtes peut-être 5 000, peut-être 10, peut-être 2, la certitude n'appartient qu'à Dieu et je ne puis dire que : peut-être. Peut-être, lorsque cette mosquée Saint-Driss où je suis vous parlant et où vous êtes m'écoutant, lorsqu'elle sera bien pleine, pourrai-je dire : nous sommes 30 000. Et, je vous le répète, Dieu seul sait ce que vous avez dans les mains et ce que vous cachez derrière vous. Or, mes frères, songez : songez aux quarante mosquées de Fès, à toutes les mosquées de l'Empire, à celles qui sont dans d'autres états, dans tous les coins du monde, vous connaissez l'Algérie, vous avez entendu parler de l'Egypte et la plupart d'entre vous ne se sont même pas demandé où se trouve le Pakistan. Ceux-là sont les plus sages sans doute : ici ou là, un fidèle est toujours un fidèle. Ainsi, tout à l'heure les muezzins de Fès vont clamer l'appel de la nuit. Vous le savez ou vous ne le savez pas, d'un pays à l'autre, d'un continent à un autre continent, il y a des écarts de temps. Mais de toute façon, cette nuit, tous les Musulmans de la terre prieront. Or, si je vous apprenais qu'il existe près de 500 000 000 de Musulmans dans le monde ?

Il ôta sa djellaba, à bras tendu la lança. Sans qu'il me fût besoin de me retourner, je sentais le halètement de cette masse humaine derrière moi. Moi-même, je devenais fébrile. J'étais parvenu au premier rang. Je le dépassai, fis tomber mon tapis vert, tombai assis, tout près de Si Kettani, presqu'à ses pieds. Il ne m'accorda pas un regard. Je posai mes babouches doucement.

— Un demi-milliard, reprit-il, vous commerçants, salariés, oisifs, rentiers, chômeurs, infirmes, vous êtes habitués au monnayage obligatoire des choses et un demi-milliard de francs représente pour vous 1 000 ans de travail, un coup de téléphone ou le budget d'un état. Vous lui donnez un poids : quelques kilogrammes ; une utilité : villa, voiture, femmes... et un sens : je désire, je paie ; je suis le Roi des Rois, roi des mangeurs, roi des dormeurs, vous connaissez la suite. Alors, 500 millions d'hommes, qu'en dites-vous ?

Il jeta son tarbouch, le piétina. Contre les voûtes profondes d'ombre, montaient les souffles se briser.

— 500 millions d'hommes qui ont le même Dieu que moi, sont instruits dans le Coran comme vous et depuis la bataille de Poitiers, comme vous et moi sont morts 500 millions d'hommes tournés vers la Pierre Noire de La Mecque se réveillent cette nuit et de nouveau possèdent couilles et cerveau. Car c'est la Nuit du Pouvoir, car jusqu'à l'aube le Pouvoir appartient à chacun de nous — et non seulement à nous, mais à tous les règnes de la création, hyènes, sauterelles, rochers, sable des grèves, et à tous les démons de l'Enfer comme aux anges des cieux. Dans quelques instants, le muezzin du haut de son minaret va crier, je le connais, c'est moi qui lui ai procuré cette charge, auparavant il était fossoyeur, il n'aimait pas cet état ; je dis que ce muezzin va bientôt crier aux quatre vents et il sera le premier qui aura le Pouvoir. Alors, nous nous lèverons tous...

Le chant du muezzin s'éleva.

— ... et chacun de nous, pour peu qu'il possède un rudiment du Coran, viendra diriger la prière. Ainsi...

Nous nous levions. La houle qui se déclencha m'apprit que la mosquée s'était totalement emplie.

— Ainsi... ainsi... un peu de silence, tonna Si Kettani... ainsi, en ma qualité de chérif, de chef religieux et de commandeur de zaouïa, je vais commencer.

Il se dirigea vers l'alcôve réservée aux imams et fit face au mur.

— Au nom de Dieu clément et miséricordieux...

Trente mille voix répétèrent :

— Au nom de Dieu clément et miséricordieux...

Et la *Ligne Mince* s'empara de moi.

Je me rappelais les enseignements de Raymond Roche : « Un objet ne sera objet que du jour où il lui sera donné un nom idoine et une utilisation déterminée. La *Ligne Mince* te tracasse ? Cherche à la définir. Surtout, n'explique pas un abstrait par un autre abstrait, tu risquerais de devenir abstrait toi-même. »

Ecoutez, monsieur Roche. Un jour un homme m'a dit — parce que mon père l'employait comme ouvrier agricole à raison de 30 francs par jour, parce qu'à la ferme, moi, ce jour-là, je me prélassais au soleil et le regardais suer, je ne lui avais jamais parlé, je ne le connaissais pas, vous séjournez au Maroc depuis assez longtemps pour ne point ignorer les jalousies et les envies brutales — cet homme a planté sa bêche dans la terre qu'il bêchait et m'a demandé, il me souvient encore de sa voix rouillée :

— Peux-tu fabriquer une aiguille ?

— Une aiguille à coudre ? (Il hocha la tête,

affirmatif.) Bien sûr ! fournis-moi de l'acier, une fileuse, une perceuse, enfin la matière première et le matériel nécessaire.

L'homme souriait :

— Rien de tout cela, dit-il. Si je te procurais ce que tu me demandes, où serait ta création ? Donc tu ne peux pas fabriquer une aiguille.

J'ai compris, monsieur Roche.

Que la *Ligne Mince* se produise dans cette mosquée constitue une donnée ; cette 27ᵉ nuit en est une autre, mon état d'âme une troisième. Elle se fût déclenchée plus tôt ou plus tard et je n'eusse probablement jamais rien compris.

Kettani n'avait plus de ventre, je ne voyais que son dos. Même vu de face, il n'eût pas eu de ventre. Il n'était plus laid, il n'était plus bestial. Il récitait à voix haute et chantante les versets du chapitre du Trône. Parfois un saint, le Prophète ou l'Eternel étaient mentionnés. Et la mosquée tout entière s'agitait sous un ressac de chœurs et de ferveurs : « Dieu le bénisse et l'honore ! » ou « Gloire à Dieu ! »

J'aurais dû jouir d'un équilibre normal. Le Seigneur m'envoyait à Fès ? J'y suis. Afin d'invoquer un marabout ? Parfait. Je fermai les yeux : « Marabout n'importe lequel, je t'invoque, mon père est ruiné, fais quelque chose. » Je les rouvris. Je n'avais pas cessé d'être secoué par la *Ligne Mince*.

La *Ligne Mince* est nette à présent. Tout s'est brouillé devant mes yeux pour qu'elle soit très nette. Elle me dit : tu es un nègre. Tu es un nègre depuis des générations croisé de blanc. Tu es en passe *de franchir la ligne*. De perdre ta dernière goutte de sang authentiquement nègre. Ton angle facial s'est ouvert et tu n'es plus crépu, plus lippu. Tu as été issu de l'Orient et, de par ton passé douloureux, tes imaginations, ton instruction, tu vas triompher de l'Orient. Tu n'as jamais cru en Allah, tu sais disséquer les légendes, tu penses en français, tu es lecteur de Voltaire et admirateur de Kant. Seulement le monde occidental pour lequel tu es destiné te paraît semé de bêtises et de laideurs, à peu de chose près les mêmes laideurs et les mêmes bêtises que tu fuis. De plus, tu le pressens hostile, il ne va pas t'accepter d'emblée. Et, sur le point d'échanger la loge que tu occupes contre un strapontin, tu as des reculs. Voilà pourquoi je t'apparais. Depuis le premier jour où je te suis apparue, tu n'es rien d'autre qu'une plaie.

Mais non ! Je me dirigeai vers Kettani, lui tapai sur l'épaule : « Vous permettez ? » Il y avait certainement tout ce que pouvait signifier la *Ligne Mince*; mais aussi sa sensibilité aiguë pour un rat mort ou un poème chinois, si aiguë que Roche me comparait à une cornemuse.

Tout à l'heure, si dans les foules et les lumières et les clameurs j'avais pu jouir, quoi sanctionner ? mon émotivité. Oui, couchers de soleil, levers de lune, vents, tempêtes, chaleurs épaisses d'août, j'étais encore réceptif à tout cela et ce fonds prépubère de joies premières vivait toujours en moi, que nulle lecture, nulle souffrance, nul dogme n'avaient réussi à étouffer.

Si Kettani pirouetta. Entonnant l'ouverture du chapitre H dur M, j'entrai dans le *mehreb*. Avec moi entra la *Ligne Mince*.

— H dur M !

« Et voici le livre guide ;

« Nous l'avons voulu d'une lecture facile afin que vous compreniez ;

« Pour Nous l'importance en est grande et le champ vaste.

« Serait-il besoin de vous rappeler en passant, si vous êtes un peuple sans but à teneur spirituelle,

106

combien dans les temps passés Nous avons envoyé de prophètes ?

« Et, à l'avènement de chaque prophète, toujours il s'est trouvé pour l'accueillir un peuple moqueur ;

« Sur ces peuples-là Nous avons fait tomber les calamités et l'exemple des temps passés a disparu... »

Mon Dieu oui, vous parlez juste. Voyez, je vous accepte encore. Vous parlez par le canal de votre « légat », que l'on m'a dit honnête et bon, vous trouvez les mots nécessaires et, même lorsque vous tonnez vos malédictions ou nous détaillez les châtiments du Jugement dernier, vous vous exprimez par rythmes incantatoires. Voyez, mon Dieu : Haj Fatmi Ferdi m'a appris à vous aimer — dans la peur du corps et la désolation de l'âme. Il a appliqué votre loi, une femme qu'il a torturée, si bien torturée, grave, ponctuel, digne, que, cette torture en moins, elle tomberait en poussière ; des fils qu'il lie, ligote, taille, écrase, le devoir et l'honneur, dit-il... je vous aime encore pourtant. Alors — quoique de vous à moi, de vous qui déterminez à moi le déterminé, une prière soit inutile — faites que je vous aime encore longtemps.

Ces versets que je psalmodie dans votre maison et dans les oreilles de vos fidèles, je les dis à chair spasmodique. Parce que — mais il serait dérisoire de vous expliquer quoi que ce soit, à vous qui savez tout, même ce qui nous échappe —, parce que vous devez être autre chose que l'Allah des m'sids et des entraves. Je vous répète que je suis entravé. Œillères, bride, hue ! dia ! stop ! repars ! voilà ta mangeoire, voici ton auge. J'ai dit : bon. Pourquoi pas ? à partir du néant, il est bien possible de fabriquer une aiguille à coudre.

— Si, à un fils d'Adam, vous demandez : qui a

créé la terre et les cieux ? il vous répondra : celui qui les a créés est l'Etre Suprême ;

« Celui qui, de par Sa volonté, a fait tomber l'eau des cieux, eau que Nous avons employée pour rendre fertiles des terres mortes — ainsi vous êtes sortis sur la terre... »

Quelqu'un me donna un coup de coude. Qu'est-ce qu'il y a ? je n'ai pas fini... merci... je pris le papier bleu.

— Celui qui pour le mâle la femelle, pour la femelle le mâle, universellement, a créé...

— Je t'ai cherché dans quatorze mosquées, ta mère est à moitié morte de peur... moi, je ne sais pas lire...

— Et pour épargner vos sueurs a prévu pour vos déplacements la felouque et la bête de somme ;

« Puissiez-vous ainsi, tranquilles sur vos montures, remercier le Seigneur ! »

Je me tus.

Derrière moi, le silence tomba. A tel point que je me crus tout seul dans cette mosquée immense. Je me retournai. Mon oncle me regardait. Dans ses yeux, il y avait presque de la tristesse.

Je m'entendis avaler ma salive. Le papier que je tenais était un télégramme.

Des rangées de têtes me considéraient. J'en détaillai quelques-unes, une tête enflée, une tête hirsute, une tête minuscule... trois paires d'yeux étonnamment fixes. Si Kettani avait disparu. La *Ligne Mince* aussi.

J'ouvris le télégramme. Le lus. Le relus. Chose étrange, ce n'était ni la stupeur ni la douleur qui me vrillait, mais la joie. Je me rappelle encore comment, la moitié gauche du crâne, la moitié gauche de la face, la moitié gauche du buste, la jambe gauche ; de cette dernière montait un faisceau de frissons à propagation ondulatoire. L'action était née.

— Je continue, hurlai-je. Et, tranquilles sur nos montures, nous ne remercierons pas le Seigneur. Pour quoi faire ? A-t-il besoin de quoi que ce soit ?... comment ?

La troisième disparition fut celle de mon oncle. O mon oreille, tu n'as rien entendu. Sans aucun doute.

— Vous dites ?... Messieurs, non. Je ne suis pas un sacrilège... Un communiste ? Non plus. Je m'appelle Driss, fils de Haj Fatmi Ferdi et petits-fils d'Omar Zwitten. Vous connaissez l'un et l'autre, l'un est commerçant en thés, l'autre est marabout. Ce qui ne m'empêche pas d'ajouter : puisque c'est la Nuit du Pouvoir, vous venez de me donner le Pouvoir, mon Dieu ; de cela je vous remercie, mais je ne sais jusqu'où me mènera ce pouvoir...

Les murmures étaient devenus rafales. Devant moi il n'y avait plus de rangs, plus de lustres, plus de colonnes, plus d'ogives. Brusquement j'étais le centre d'un cercle vacillant de colère. Je ne pensai pas. Je plongeai, cognai un tibia, chatouillai un abdomen, accomplis des torsions, me coulai dans un creux. Puis m'assis.

Les hordes passaient et repassaient. Masques grimaçants, yeux rouges, et des mains qui mimaient un étranglement rapide et sûr. Quelques heures je restai méditatif. Ensuite je ramassai une paire de bottines que j'estimai de ma pointure — j'avais perdu mes babouches — et m'en fus.

Je trouvai ma mère prosternée devant le jet d'eau. A mon approche elle se leva.

— Hamid, dis-je.

Elle s'écroula. Cinq ans plus tard, j'ai eu l'occasion d'entendre tomber un sac de bûches. Ce bruit-là qu'elle produisit en s'écroulant.

Je m'agenouillai, soulevai sa tête. La giflant à gifles sonores, je la sentis : sueur acide et boyaux fades des femmes en couches.

Mon oncle se lavait les mains dans un baquet. Kenza sanglotait, debout dans l'embrasure d'une porte, un pied sur un mollet, à la façon des cigognes. Je tendis les doigts, à les rendre incurvés, frappai sauvagement. Ma mère ouvrit les yeux.

— Bien.

Je l'empoignai, la mis debout.

— Le train ?

— Si Dieu le permet... commença mon oncle. Il se lavait à présent les pieds.

— Il permettra. A quelle heure le premier train ?

— Il est parti. Il faut attendre ce soir.

— Alors, lève-toi. Tu vas m'accompagner chez Kettani.

— Pourquoi ?

— Il possède une voiture.

— Tu crois qu'il...

— Oui.

— Mais je suis en train de faire mes ablutions.

— Lève-toi !

Il se leva, se mit à agiter les mains, les égouttant.

— Kenza, reprocha-t-il, je te croyais assagie, une serviette...

Je le saisis par l'épaule et le traînai dehors.

Si Kettani nous reçut dans sa salle de bains. Il avait les bras horizontaux, la tête penchée, les yeux mi-clos. Un jeune Chleuh, mains nues, l'oignait de pétrole.

— Si Kettani...

— Oui, mon enfant ?

— Vous possédez une voiture...

— Quatre, mon enfant.

Ses seins étaient flasques et ses membres glabres.

— Je viens de recevoir un télégramme qui m'appelle de toute urgence à Casablanca. Et le premier train en partance est pour ce soir, 16 ou 17 heures d'attente.

— Alors, mon enfant ?

— Voudriez-vous avoir l'obligeance de me prêter une voiture ?... Je vous répète qu'il s'agit...

— Non, mon enfant.

Il répéta — je comptai douze dents en or, quatre gouttes de sueur sur son nez :

— Non.

— Je m'en doutais, murmura mon oncle.

— A moins, reprit le fqih...

Ses jambes eurent un écart brusque, ostensible. La serviette-éponge qui lui servait de pagne s'ouvrit. Je ne m'étais pas trompé : un organe de taureau.

— A moins qu'auparavant — un quart d'heure est suffisant mais nécessaire — nous ne nous entendions.

Il baissa les bras, caressa la tête du Chleuh. Le Chleuh frémit.

Je criai :

— Salaud !

Il écarta le Berbère, s'avança, épais, lourd, dégoulinant de pétrole. Parla à quelques millimètres de ma face :

— Juste sous tes pieds il y a une trappe. Par laquelle je précipite les fils de putain de ton espèce dans une oubliette. Où les attendent pour les violer trois chimpanzés — ils sont dressés. Fous le camp !

Ma mère, à quelques microns près, n'avait pas bougé. Elle n'était même pas droite sur ses jambes. Et je me souvins que, lorsque je l'avais remise debout, je l'avais fait précipitamment.

— Hamid ? dit-elle.

— Mort, dis-je.

Cette fois je ne la vis pas s'évanouir. Je m'étais

accroupi et enfonçais mes pouces dans mes tempes. Ma joie s'était dissipée, à laquelle succédaient d'autres raz de marée dont j'avais peur de prendre conscience. Je m'entendis dire :

— Kenza, frappe. Frappe fort. Si pas de résultat, un seau d'eau. Ensuite, un oignon.

Tout d'une pièce, je me levai, courus.

Juché sur un matelas plié en trois, mon oncle remontait une horloge murale.

— Oncle, y a-t-il un bordel à Fès ? Si oui, où ?

Dehors, c'était le crépuscule du matin. Un mendiant chantait sa famine sur une flûte acide — et la famine de ses enfants et celle de sa femme qui allaitait le dernier-né et celle de sa mère que consumait la gangrène. Tourné vers une borne et la main sur l'estomac, un vieillard vomissait quelque chose de rouge — du sang plutôt que du vin, il avait la toux ronflante du catarrhe —, pudique, très maigre. Plus loin, sur un monceau de déchets de pastèques, un enfant à demi nu, les dents blanches et les yeux blancs, mort. Et des pigeons qui roucoulaient, des fours publics qui rougeoyaient, des fenêtres à rais luminescents et, là-bas, l'horizon où l'on devinait déjà le brasillement de l'aurore. Afin que nul ne puisse dire qu'il n'y a plus de vie. La vie est là, sourdissante à chaque pas, à chaque ordure que mes semelles traînent.

Comme une vieille femme, je calculais : un soir sur deux ; Jules César m'a dit « un soir sur deux, tu me trouveras au Bousbir » ; il m'a dit cela il y a trois jours ; il y a trois jours il était ici, hier il était au Bousbir, cette nuit il est de nouveau à Fès. Où ? sinon à Moulay Abdallah, le bordel de Fès ?

Il en sortit, alors que j'allais en franchir le seuil.

— Salut ! dit-il d'une voix grêle.

Il n'était pas tout à fait ivre, il avait épuisé sa réserve de sperme, il avait besoin d'environ quarante-huit heures de sommeil.

— Où est ton autocar?

— Mon Chevrolet? Attends.

Il m'embrassa sur les deux joues, il riait, d'un rire faible, fatigué, je crus qu'il pleurait.

— Vieux frère, j'ai accosté une petite négresse... nous sommes allés dans sa chambre...

— Ton autocar?

— Alors, imagine qu'au moment de... ouais! elle m'a dit : « ôte ton genou »... ôte ton genou, elle croyait qu'elle avait affaire à mon genou.

Il constata que je ne riais point.

Un quart d'heure plus tard, le *Cheval* Vapeur fonçait dans le soleil levant.

CHAPITRE III

LE RÉACTIF

« *Il faut que l'herbe pousse et que les enfants meurent!* »

L'acuité n'est pas de ma sensibilité tactile et douloureuse mais propre à ce mur échaulé sur lequel je promène un ongle distrait, une paume molle. L'on dirait un granulé de ciment, enduit avec n'importe quel outil de la création humaine, hormis la truelle.

Je me dis : c'est ma mère. L'une de ses attributions est de passer les murs au lait de chaux deux fois par an. Elle peine, maladroite, têtue, courageuse, mais la maison est en fin de compte blanchie. Et sans doute devrais-je être incité à l'indulgence. Sans doute! Je forme de ma main un poing que je racle sur ce mur avec application jusqu'à ce qu'en gicle — parce que toute douleur est morte en moi — le sang en sillons. Ensuite le fourre dans ma poche. Le sang se coagulera, la peau se refermera.

Donc la pièce où je me tiens debout est un débarras. On a vidé ce débarras. On y a étendu Hamid avec son matelas. Hamid est mort sur ce matelas. Camel et le Seigneur ont soulevé le tout, l'un devant, l'autre derrière, comme deux brancardiers. Alors j'étais encore à Fès. Mais j'imagine comme ils ont dû laisser choir ces os et ce crin végétal. Ni plus ni moins qu'une poubelle. La loi : ce qui est mort est une pourriture, pas de veille, funérailles sobres et expéditives, les boueux ne vont pas tarder.

Le *Cheval Vapeur* avait dévoré l'espace. Depuis, probablement une paire d'heures s'est-elle écoulée. Mais, dès que je me suis immobilisé devant ce mur, le temps n'a plus existé, peut-être parce qu'il se trouve trop amplifié, trop intense — trop présent Et je suis à la recherche désespérée d'un équilibre

Tout me parvient net, aigu, matériel. Comme des images qui viendraient animer un écran. Lorsque se sera éteint le projecteur, l'écran redeviendra toile et bouts de bois. Le sang se coagulera, la peau se refermera, frotte ton poing et fais des phrases.

Les sanglots déchirent la maison et peut-être le cœur des passants — parce que les fenêtres sont ouvertes. Ils sont d'une tonalité et d'une fréquence inexorables, telles que le Seigneur les a permis. Ils dureront ce qu'il leur a alloué. Je les distingue : les sanglots enflés de Madini, ceux naufragés de ma mère et les forcés et ceux pour faire chorus et ceux-là surtout, dus à Nagib, justement parce que le troupeau criaille. Je les situe : ma mère logée dans un angle de murs, petit rat de terreur haletant, il est capable de sauts et de fuite puissante mais ne bouge pas ; quelqu'un s'est barricadé dans les vécés du rez-de-chaussée ; un autre fouille dans mes paperasses. J'ignore le Seigneur. Son heure sonnera.

Les fenêtres sont ouvertes. Une femme s'est arrêtée, la voisine l'a renseignée, la femme a poursuivi son chemin en disant :

— Un de plus ou de moins dans ce bataillon !

Je suis sorti d'un bond, je lui ai donné un coup de poing, elle n'a pratiquement pas bougé d'un pouce, seule sa tête s'est rejetée en arrière

Tout près d'Hamid, on a placé un couteau ouvert afin d'écarter les mauvais génies. Celui-là n'a pas incisé de bas-ventre, mais je le connais : le Seigneur l'utilise pour écroûter ses talons. S'il s'en est défait il s'agit sûrement d'un symbole — que je ne peux définir. Une bougie a été fichée dans le goulot d'une bouteille et brûle. On a calculé que cette bougie tiendra jusqu'à la levée du corps. Dehors le soleil frappe, perpendiculaire.

Résister à toute douleur, toute émotion à rejeter. Je ramène cette mort à une vérité simple : elle est l'action. Je la traduis brèche, si minime soit-elle, dans la citadelle nommée le Seigneur. Et d'elle je dois me servir immédiatement, avant que ma chair et ma nervature ne réclament leur tribut de souffrance. Ce calcul me rend inhumain. Je le sais. Et je m'en réjouis. Je sais également que je défaillerai bientôt. Saints des Grecs et des Russes, faites que ce soit le plus tard possible !

Naturellement j'ai téléphoné. Ceci n'est pas un ersatz. Sublimer ? Si vous voulez ! Mais j'opine : il s'agit d'un de ces événements qui n'arrivent pas tous les jours — et, pour qui attend comme moi depuis dix-neuf ans quelque chose dans ce genre, à caractère d'outrance et partant communicatif.

— Monsieur Roche ?... Allô ! Monsieur Roche ?... Oui-oui, c'est Tête de Boche... Bien, merci ! et vous ?... Bien sûr ! trois, dont une recueillie à Fès... mais oui, j'ai été à Fès... je vous conterai ça dans le détail... donc arrivée à Fès à un nommé Jules César, je crois que cette histoire vous intéressera au plus haut point, elle est d'une ironie lourde et primitive... Hein ? Comment dites-vous ? une anomalie dans ma voix ? Je suis heureux que vous vous en soyez aperçu... Non, une mort tout simplement...

Et je lui rappelai qu'Hamid n'avait jamais été à l'école. Nous avions notre petit monde à nous deux, bien caché, bien coquet, bien frêle. Avec moi, il récitait : *Rosa alba, rosam albam, rosae albae...* Ou, les yeux mi-clos et les mains croisées, chantait des strophes allemandes :

> *Ich hatt'en Kameraden*
> *'En bessern findst dù nicht...*

Parce que j'apprenais l'allemand et le latin.

J'avais une collection de pipes, quatorze. Il les vidait, astiquait, rangeait. Du tabac ? Je n'en avais pas, le Seigneur ne me donne pas d'argent de poche. Par conséquent Hamid se glissait à plat ventre sous le lit du Seigneur et me rapportait des mégots, parce que au lit, le soir, le Seigneur fume quelques cigarettes avant de s'endormir.

Toute une somme de petites choses défendues, étrangères à la norme — et qui nous faisaient vivre. J'allumais la veilleuse, il tirait une chaise, s'asseyait en face de moi et me regardait, silencieux. Mes devoirs terminés, je rangeais livres, cahiers, papiers. Hamid montait s'asseoir sur ma table de travail, en tailleur. Et tous deux, nous regardions les images du Larousse du xxe siècle.

Parce que je lui en confiais les clefs et qu'il défendait à quiconque de pénétrer dans ma chambre, Hamid était battu par mes frères. Il pleurait, menaçait :

— Driss va venir et je lui dirai que vous m'avez battu. Et Driss fait de la boxe. Je vous verrai ramasser vos dents une à une.

Lui pouvait se permettre d'entrer dans ma chambre mais jamais je n'ai trouvé un dérangement quelconque dans mes paperasses. Il collait son œil au microscope, quitte après à en essuyer délicatement les lentilles.

Un jour Madini le gifla. Hamid saigna des gen-

118

cives. Il prit un morceau de papier, en fit un pochon où il cracha et qu'il mit dans sa poche. Le soir, en me racontant la scène, il me montra le sang comme preuve. Je suis descendu et, frémissant de colère, j'ai fracassé la porte du cabinet où Madini s'était réfugié. Avec la porte quelques briques tombèrent. Le Seigneur m'a condamné à réparer les dégâts. Hamid a préparé le mortier et j'ai rebâti le mur.

Parce qu'il était le plus frêle, le plus maladif, le plus minuscule dans la demeure du Seigneur !

— Il faut que l'herbe pousse et que les enfants meurent ! avait conclu Roche.

Qui a dit cela ? Victor Hugo. Victor Hugo, merde quand même !

Celui qui se trouve dans les vécés fait fonctionner la chasse d'eau : il s'est décidé à uriner ou chier, mais sanglote toujours. Celui qui examine le contenu de mes tiroirs, dans ma chambre, là-haut, est furieux : il n'a pas découvert la petite bête qui fort probablement nous faisait veiller tard, Hamid et moi ; lui aussi continue de sangloter. La bougie s'est réduite de moitié, la flamme vacille, maintenant il se déplace au ras du sol un courant d'air froid, venu je ne sais d'où et qui sentirait la chaux hydratée s'il ne sentait d'abord le cafard. Encore quelques menus changements, quelques nouveaux apports et le temps reprendra sa marche. Déjà, mes mollets sont noués de crampes. Seule la lamentation de ma mère est restée uniforme.

Je me secoue comme un derviche secoue ses poux. Tout doit rester intense. Sinon la brèche risquerait d'être comblée, cimentée, sarcastique. Le couteau qui protège Hamid des nécrophages est à lame plus longue, plus éclatante que le mien, celui à cran d'arrêt, je ne m'en suis pas séparé. Je fais l'échange et, tapotant la joue du mort :

— A tout à l'heure! je n'en ai pas pour long-temps, dis-je à haute voix.

La cour est déserte, il y vole et nasille une paire de mouches à viande, collées l'une sur l'autre, accou-plées. La porte de la cuisine est entrouverte comme si à l'instant même quelqu'un venait de la pousser, une bouilloire mijote, une marmite bout, un balai attend dans un coin sur un triangle d'épluchures. La jarre d'huile est pleine. J'en prélève une louchée. Mon Dieu, accordez-moi encore le Pouvoir!

Lorsque le Seigneur a fait construire sa maison, il a voulu un édifice qui dure. L'escalier que je monte est en béton. Il me semble sentir s'écraser les os de mes pieds — je suis nu-pieds — mais personne ne m'entendra monter.

Comme je débouchais sur le palier, je me rappelai que le Seigneur était ruiné. « Combien d'heures, me demandai-je, combien de minutes n'y ai-je plus pensé? » A peine modifiai-je mon pas. Cela et rien de plus.

Nagib occupait mon fauteuil préféré. Il pleurait. Sur ses genoux il y avait le microscope. Vautré sur la table-bureau, Abd El Krim consultait le Larousse. Il ne pleurait pas. Je m'arrêtai devant l'huis entrouvert. Etais-je survenu au moment du relais? Nagib cessa de pleurer et Abd El Krim le relaya. Comme j'entrais, je compris jusqu'au torti-colis de leurs intentions : le dictionnaire était ouvert à la lettre S et sous les lentilles du micros-cope il y avait une paire de lamelles. J'accrochai la louche au portemanteau. Ils virent le geste plus qu'ils ne me virent, moi, se mirent à renifler de concert. Leurs yeux fixaient le couteau.

— Vous voyez ce couteau? dis-je. Ne bougez pas.

C'est à ce moment-là que se manifesta le chat. Je ne sais pourquoi je l'imaginai maigre et famélique. Il devait être pelé par endroits avec des cloques sur le ventre. Il miaula à la mort et j'identifiai son cri au hululement d'un vieux hibou. Puis se tut aussi brusquement qu'il avait jeté son cri.

Je retirai les lamelles du microscope. Elles ne fixaient encore qu'un crachat, avec un peu de glaire, un peu de sang.

— Il fallait me le dire, repris-je, très triste. Il fallait venir me trouver, me tirer par la manche et me dire : « Driss, nous sommes curieux. Voilà plus de six ans que nous le sommes. Nous avons trouvé les clefs sur la porte de ta chambre, découvert le dictionnaire et le microscope. Nous désirerions expérimenter, frère Driss. » Voilà ce qu'il fallait faire. Je ne vous en veux pas, pourquoi vous en voudrais-je ? Maintenant que nous en sommes là, autant tordre le cou à cette curiosité malsaine. Nagib, lève-toi !

Si le chat n'avait pas miaulé de nouveau, je crois que mon poing se serait abattu sur le crâne de Nagib, parce qu'il se demandait s'il allait m'obéir Mais le chat miaula et je dis doucement :

— S'il te plaît, lève-toi.

Peut-être aussi fut-ce à cause de ce miaulement que Nagib se mit debout. Je lui tournai le dos et me penchai sur Abd El Krim.

— Voyons donc ! dis-je... Ce n'est pas encore cela. SPAD, SPAR... Tourne encore quelques pages, mais tourne donc... nous y arrivons. SPEC, SPEF, SPER... voi-là... *Sperme :* c'est bien le mot que nous cherchions, n'est-ce pas ? Lève-toi également.

Je fouillai dans un tiroir et leur tendis à chacun un buvard. Puis m'assis.

— J'attends. Je vous fais confiance. Vous allez être brefs. Pour trois raisons : la première en est que vous êtes en pleine adolescence, la seconde que vous avez l'habitude et la troisième que l'on ne va pas tarder à venir chercher le mort. Maintenant il se peut que vous ne vouliez pas accomplir la besogne en question ou bien que la sécrétion de vos glandes soit *coupée* pour différentes raisons. Dans ce cas, regardez ce couteau, j'en promène le tranchant sur l'ongle de mon pouce et voyez! il l'écorne à la perfection. Il se peut également que le maître de céans vienne nous surprendre. Dans ce cas, il y a trois jours et quelques heures, vous vous en souvenez, je disposais d'un couteau et je ne m'en étais pas servi. *Maintenant, celui-là,* je vous assure que, si le Seigneur entrait, il m'échapperait des mains comme une flèche.

Je croisai méthodiquement mes jambes.

— Afin de ménager votre pudeur, ajoutai-je, vous pourriez vous placer face au mur. Lorsque vous aurez terminé, s'il vous plaît, utilisez les buvards que je vous ai remis. N'éclaboussez ni les meubles ni le mur ni le plancher.

Est-ce que les chattes souffrent lorsqu'elles mettent bas ? Peut-être était-ce une chatte en douleurs. Ou en rut. Ou bien encore, Dieu seul a la connaissance des choses, quelqu'un s'amusait-il à peler ce félin, poil par poil, comme un arracheur de dents de la place Benghazi — délicatement. Je n'allai pas à la fenêtre, je ne haussai pas les épaules. La fenêtre était munie de barreaux. Par où entraient le hurlement — et la chaleur. Comme une paire de coups de poing.

Ma chambre était petite, carrée, à plafond bas. Les murs étaient blancs. J'en aimais les meubles lourds et sombres, le cuir ridé des fauteuils, les bosses et les creux du divan, la vénérabilité des livres de la bibliothèque d'angle. Roche m'avait parlé de Londres, comme d'une bonne vieille ville où tout était maternel, bruits assourdis, façades endormies, brouillard indulgent. Un peu Londres, ma chambre — dans la maison *brute* du Seigneur.

Et ces deux balourds, mes frères, y étaient entrés, traînant leurs semelles à clous sur le parquet que tous les soirs je cirais, ouvrant la fenêtre toute grande, à bas le clair-obscur et la poésie! nous sommes au Maroc — violant le chaud nid des sièges qui, depuis le temps que je m'y assois, ont fini par prendre le pli de mes fessiers, ils sont pointus, mes fessiers, maigres, mais les miens ; où, pipe aux dents et livre ouvert sur les genoux, je me suis recueilli des heures pour je ne puis plus préciser quels rêves de petite fille. Je sais également mon journal intime, quoiqu'écrit en caractères gothiques, défloré, pollué. Les clins d'œil n'ont pas manqué ni les sourires obscènes. Et j'assure qu'une araignée devient homicide lorsqu'elle a fini la confection de sa toile, en fait le tour avec délectation pour qu'ensuite s'y abatte un balai, tu te réjouissais, bestiole!

J'ai, considérant mes frères qui se masturbent, comme une impression de perte. Par deux fois, l'un a failli s'enfuir, l'autre s'est retourné et s'est croisé les bras. Et les deux fois ils ont rencontré mon œil ni triste ni dur — *animé* d'une absolue indifférence. Lorsqu'ils se sont remis au travail, je me suis demandé s'ils n'y avaient pas plutôt retrouvé l'iris noir et la pupille brillante du Seigneur.

Reste le chat. Ce n'est certes pas moi qui lui ai marché sur la queue ou qui l'ai chatouillé. S'il a miaulé, je ne veux plus savoir pourquoi. L'essentiel est qu'il l'ait fait — jusqu'à devenir élément du drame. Il a miaulé trois fois puis n'a plus donné signe de vie. Je guette. Comme un supplicié de la goutte d'eau.

— Et toi ?

Précautionneusement, Abd El Krim me tend son buvard.

— Et toi ?

— Hé ! s'écrie Nagib, je n'ai pas encore...

— Dépêche-toi !

Boutonnant sa braguette, Abd El Krim me jauge d'un air sombre. Il s'était masturbé consciencieusement. Pour lui, mon ordre avait été ce que signifie le dicton : « Frappe le clebs à l'aide d'un gigot, il sera plutôt content. » Maintenant le spasme était passé. Alors il me considérait d'un air sombre. Honnêtement j'interprétai ce mutisme : vieille peau de vache, ordure puante, lèche-Juifs... et l'ordinaire chapelet d'injures familier aux jeunes gens de bonnes condition.

Nagib râla brièvement. Ses genoux avaient fléchi, agités d'un tremblotement léger. Je me gardai de bouger. Je savais que si je bougeais Nagib ferait volte-face pour me sauter à la gorge. Parmi tous les fœtus de haine, il me vouait une solide haine. Je vis son dos se raidir. Tant que la masturbation avait duré, il avait été strictement charnel ; maintenant, comme un vieux remords, il retrouvait sa douleur et le besoin de sanglots. Mon impression de perte s'accentuait.

Nagib se laissa choir lourdement sur le plancher et, maintenant sa tête à deux mains, se mit en devoir de me considérer. C'était réellement étrange. Des années nous vivons parmi des êtres dont le moindre friselis intérieur nous est perceptible, familier ; et nous nous apercevons un jour que ces êtres, nous sommes incapables d'affirmer qu'ils ont les yeux bleus ou le nez camus.

Comme Nagib tombait accroupi, je ne m'étonnai pas : s'il avait du nerf, ce nerf était à bref influx ; mais je sursautai de *réaliser* subitement que mon frère était un oreillard remarquable à l'apophyse mastoïde prononcée. Cette découverte me fit réfléchir. Un instant, je me demandai quel pouvait être le deuxième angle du problème ; si, pour mes frères, tout simplement j'étais la brebis galeuse : elle est galeuse ? de ce fait tout autre détail signalétique devient inutile ; et quelle serait leur stupéfaction s'ils s'avisaient un jour que j'avais membres, torse, visage... et, comme la sonde d'un marécage, il y avait les autres, ceux que j'aimais, ceux que j'admirais, et les enviés et les indifférents — puis tout le vaste reste des choses qui n'ont poids ni mesure sinon un nom, un mot : est-ce en raison de cet ordre de connexion qu'un fidèle, parlant d'une brosse à dents, dira : « c'est une poire » — si par malheur le Coran a jugé : c'est une poire ?

J'allai ramasser le buvard de Nagib. Son sperme avait un caractère d'apophtegme : sec, anguleux. Comme je me remettais debout, Nagib glissa brusquement sur le dos et lança son pied droit en direction de mes tibias. Exactement le coup que j'attendais. Je l'esquivai et, comme par mégarde, j'écrasai sa main sous mon pied, levant l'autre pour donner plus de poids à mon corps, longuement, sûrement, jusqu'à ce que — Nagib ne cria pas une seule fois — son visage fût passé de l'apoplectique au blême. Cependant je m'interrogeais : pourquoi me haïssaient-ils ? et pourquoi, moi, je ne pouvais les haïr ? A regret j'ôtai mon pied.

Abd El Krim s'était accoudé à la fenêtre. Je lui tapai sur l'épaule, le priant de mélanger les spermes. Attentivement je le dévisageais. Lui aussi m'était familier. Or ces taches de rousseur, quand et depuis quand avaient-elles piqué sa face ? Il avait découpé un morceau de buvard et s'en servait comme d'une spatule.

Tête baissée, il battait le mélange D'où tenait-il son prognathisme ? Les Ferdi ne se commettent pas — ni les Zwitten L'illustration du Seigneur : « Semez des pois chiches, il croîtra des pois chiches ; et, si par surcroît vous récoltez du raphia, louez l'Eternel : notre vieille Mère Nature est une sacrée catin. » Me visant indirectement, ainsi parlait le Seigneur.

Abd El Krim battait le mélange. Il le battait à la façon des lendores. Il fleurait le savon de Marseille, la sueur réchauffée et l'oisiveté foncière. Je pensais à ce maçon de Mogador qui venait de bâtir une maison. Il alla trouver le propriétaire. « Ta maison est achevée, Sidi. Qu'est-ce que je peux faire maintenant ? — La détruire. » Ce qui fut fait. — « Et maintenant ? — La reconstruire. » Il paraît que le maçon n'a jamais compris qu'en fait de maisons il construisait plutôt des patates à grande échelle et je crois bien que, si les concours, prix et records venaient à être instaurés au Maroc, les Etats-Unis seraient prestement détrônés. Ainsi, je connais un vieux taleb du Souss qui n'a jamais consommé de haricots de la variété dite Mangetout Saint-Fiacre blanc.

— Ne me dis pas que la vie est une foutaise, fis-je remarquer. Je serai d'accord avec toi. Je te vois tourner et retourner ces spermes et tu as envie de me voir crever et j'ai envie de te voir crever. Tu te dis que celui qui est en bas, sur son matelas, ne l'a pas mérité, d'être sur son matelas. D'autres auraient dû mourir à sa place. Je suis toujours d'accord. Pourquoi lui et non toi, par exemple ? Tourne, vieux frère, tourne !

Il avait quelques poils au menton et son rictus était pénible... je suis à bout, j'en ai marre, laisse-moi tranquille !... Rien n'est plus laid que la sénilité d'un être jeune.

— Arrête ! criai-je, c'est assez mélangé comme ça et je suis obligé d'être ton frère. Non, vois-tu, ce qui me dégoûte, c'est que toi aussi...

Par-dessus mon épaule, je fis subitement voltiger mon poing droit. Avec conviction je l'assenai sur la

126

main de Nagib. Subrepticement, tandis que je lui tournais le dos, il s'était relevé, s'était emparé du couteau. Il lâcha l'arme et alla de nouveau s'accroupir, frottant son poignet.

— Ce qui me dégoûte, repris-je, c'est que, toi aussi, tu es obligé d'être mon frère. Et toi aussi, tu constates cette obligation et tu en es dégoûté. Ceci étant, va te rasseoir ou reste debout ou bien encore efforce-toi de planer, si dans ta petite boîte crânienne à forme de pain de sucre et dont tu es fier il est dit que tu ne m'obéiras point.

Il s'allongea sur le divan. Je souriais : ses instincts étaient encore puérils. J'assujettis un *cc* de sperme entre les lamelles du microscope.

— Tout à l'heure, dis-je, lorsque je suis entré, toi, Nagib (il avait l'air d'avoir froid), tu tenais cet instrument sur tes genoux et tu examinais un crachat ; toi, Abd El Krim (il grattait son interfémoral), tu consultais le dictionnaire à la recherche d'un mot tacite. Vous n'allez pas me dire que vous vous êtes dérangés pour une bénignité. Vous me diriez que, ce crachat disséqué et ce mot défini, tranquillement vous vous en seriez allés, que je vous répondrais : je suis un authentique vilebrequin. Simplement je savais que vous n'oseriez pas. Alors je suis entré et je vous ai aidés, peut-être trop durement à votre goût, mais est-ce que vous méritez autre chose que des arguments frappants, je vous le demande ? Maintenant l'ouvrage est prête, et de la belle ouvrage... j'ai presque envie de rire. Vous n'avez plus qu'à vous donner la peine de satisfaire votre curiosité. Voici le microscope, voici le sperme, j'ai tout réglé. Et je crois bien que je m'en vais vous laisser. Si par extraordinaire, examen fait, vous ne remarquez rien de réellement curieux : c'était donc ça ?... ce n'est que ça ?... dans ce cas appelez-moi, je suis en bas. Je monterai et nous discuterons afin de trancher le dilemne : ou bien foutre ce fameux microscope à la poubelle ou bien vous casser la figure. D'ici là, je pense que vous aurez résolu qu'il ne pouvait s'agir d'examen de sperme pour Hamid et moi. Que, lorsque nous ouvrions un livre, nous n'y cherchions pas de terme infect. Et que, ce qui nous unissait, ce qui faisait de nous deux copains — des frères ? je vous ai —, ce n'était ni microscope ni dictionnaire, ni pipes ni *taille-zeb*, pas même l'envie de parler de vous qui nous épiiez, espèces de testicules ! Quant à cette porte...

Je décrochai la louche de la patère.

— J'y avais laissé mes clefs et vous l'avez ouverte. Gardez-les, ces clefs. Vous pourrez de la sorte entrer et sortir quand il vous plaira, autant de fois qu'il vous plaira. Même la nuit, entrez donc. Afin de contempler un nommé Driss Ferdi, fils de patriarche, petit-fils de saint et qu'une sombre destinée — que Satan soit maudit et ses yeux crevés ! — a rendu chrétien. L'on dit que ceux qui dorment sont dans un état voisin de la mort et même moi, le chrétien, quand je dors je ne sais précisément comme. Un chrétien est sujet d'étonnement. En conséquence vous me regarderez dormir. Ensuite vous me ferez savoir si je ronfle, pète ou si j'ai des cauchemars. Vérifiez également l'adage : « Un chrétien qui dort est un pourceau. » Je vous prie de bien vouloir me sentir, je pue la nuit, on ne sait jamais. Quant à cette porte, disais-je, vous avez pu remarquer, lorsque vous l'avez ouverte, que la serrure fonctionnait avec difficulté. Ceci étant...

Je fis décrire un arc brusque à la louche. Si la serrure a profité de cet arrosage, accusez la fatalité.

— ... je la huile. Regardez ! maintenant la clef tourne... comme dans une motte de beurre... et pas un seul bruit. Je vous prépare le terrain, je supprime les obstacles et j'aplanis les petits trucs retors. Pour que vous vous sentiez chez vous. Et parce que je vous aime.

Je ramassai le couteau.

— Je le reprends. Il m'a servi. Mais en vérité, celui auquel je le destine ne s'est pas encore manifesté. Au revoir !

Comme je sortais, une main se plaqua sur mon épaule. Je savais que c'était celle de Nagib et vélocement je me préparai à l'attaque. Le loup se fait enculer deux fois, ensuite il devient enragé. J'étais enragé.

Je me retournai et les yeux de Nagib me plurent. Jamais de ma souvenance il n'avait eu ces yeux-là. Peut-être me trompais-je. Peut-être me trouvais-je dans un état émotionnel trop aigu pour ne pas me demander si je ne me trompais point. Les yeux étaient coactifs et la main que je serrai presque fraternelle.

— Driss, murmura Nagib, compte sur moi. Je suis probablement une brique neuf trous mais tu peux compter sur moi.

Son visage se crispa. Je serrais la main que tout à l'heure j'écrasais. Je la libérai.

Il ajouta :

— Je te raconterai tout, comment Hamid est mort, ce qui a provoqué...

— Tout à l'heure, dis-je.

— Tout à l'heure, répéta-t-il.

Ce fut tout. Les grandes lignes de mon plan étaient en marche. Pas une seule fois, tandis que je traversais le patio, l'idée ne me vint que Nagib agitait derrière moi un poing rancunier.

Le battant capitonné que je poussai résista. Je lui administrai une série de coups de pied à intérêt progressif. Je m'attendais à ce qu'il cédât et ce fut ma mère qui vint ouvrir.

— Qu'est-ce que c'est ? demanda-t-elle. Et se rendit compte qu'en prononçant ces mots elle venait de perdre quelques secondes dues aux sanglots. Elle frappa dans ses mains et les tordit.

Elle portait en guise de ceinture un obi polychrome. Je lui demandai en quel honneur. Elle leva la tête et, si elle remarqua dans mon regard un nome inhabituel, elle en conclut certainement des bêtises.

— Driss mon fils.

— Driss ton fils est là.

Le *Cheval Vapeur* nous avait déchargés, elle et moi, au terme d'un virage sur deux roues, devant la maison du Seigneur. Cette maison, elle en avait franchi le seuil comme une catastrophe. Précédée de ses voiles défaits et abandonnée par des babouches de fils d'or qui ne pouvaient la suivre. Avant qu'elle ne se fût jetée sur le cadavre, les bras du Seigneur l'avaient maîtrisée. La secouant comme un sac de noix puis comme un sac de noix la transportant dans la chambre conjugale. Mets-toi là, pleure si tu veux, racle tes joues avec des tessons de bouteille si bon t'en semble mais ne fais pas de scandale. Nous avons dit.

— Driss mon fils, répéta-t-elle entre deux hoquets.

— Je te dis que Driss ton fils est là.

Je commençais à comprendre. Dans ma main droite se balançait le couteau, dans ma main gauche se balançait la louche, comme sur mes pieds joints je me mettais à me balancer, moi. Je m'inquiétais du sort de ce chat qui n'avait gémi que trois fois. A mon goût trois gémissements n'étaient pas suffisants et j'estimais que celui qui s'était amusé à peler le félin n'avait pas eu assez de patience.

— Pourquoi cet obi ? demandai-je. Je perçus la douceur de ma voix et j'en fus surpris.

— Driss mon fils...

— Eh bien quoi, Driss ton fils ?

Autrefois je lui baisais les mains et les pieds. Elle cachait les mouchoirs conjugaux sous son matelas et lorsque je venais à les découvrir elle s'empressait de m'expliquer : j'ai été enrhumée cette nuit, je m'y suis mouchée — et je psalmodiais : ce-sont-les-mouchoirs-où-maman-s'est-mouchée ! Elle m'eût béni que je n'en eusse pas souffert.

— Qu'est-ce que c'est que ça ? scandai-je, désignant la ceinture.

L'insolite était aussi bien dans ma voix que dans mes yeux. Il l'inquiétait et lui était détestable. Elle s'attendait aux bras ouverts de Driss son fils dans lesquels elle se serait réfugiée. Je lui aurais affirmé que la mort d'Hamid était un cataclysme, que j'étais âme sans corps et chair sanguinolente et que sa douleur à elle était au moins l'égale de celle du Christ sur Sa croix. Au lieu de cela je me balançais sur mes pieds joints et lui posais des questions.

Je la jugeais faible et malhabile. Mangeant, buvant, dormant, excrétant, coïtant. Respectivement les menus établis par le Seigneur, le thé du Seigneur, cinq heures par jour, deux fois par jour et selon la volonté du Seigneur. Dans l'intervalle, elle cuisine, nettoie, balaie, lessive, coud, reprise, raccommode, tricote, fait le pain, tue les souris et les blattes, moud le blé, le tamise, tient la « comptabilité mentale », brode des mouchoirs, tape sur un tambourin et danse pieds nus, chasse les mouches. Cela, je l'admettais.

— Je te jugeais faible et malhabile, dis-je. Mangeant, buvant, dormant, excrétant, coïtant. Respectivement les menus établis par le Seigneur, le thé du Seigneur, cinq heures par jour, deux fois par jour et selon la volonté du Seigneur. Dans l'intervalle, tu cuisines, nettoies, balaies, lessives, couds, reprises, raccommodes, tricotes, fais le pain, tues les souris et les blattes, mouds le blé, le tamises, tiens la « comptabilité mentale », brodes des mouchoirs, tapes sur un tambourin et danses pieds nus, chasses les mouches. Cela, je l'admets. Ce que je ne comprends pas, c'est cet obi. Pourquoi cet obi ? Ce n'est pas un jour de fête, que je sache. Et ces lèvres peintes au jus de coquelicot ? et ces paupières koholées ? et ce fard et ces ongles et ce bordel ? qu'est-ce que c'est ? Veux-tu me dire pourquoi tu sanglotes ?

Elle me prit la main qu'elle porta à sa bouche. Elle y imprima, sous forme de baiser, une telle détresse que je me cabrai.

— Driss mon fils...

— Driss ton fils t'a posé une question. A laquelle il *faut* répondre.

Elle le fit spontanément. Si spontanément que j'eus l'impression que c'était intentionnel ; propre à rendre sa réponse inintelligible. Ce qui créerait une confusion dans mon esprit et m'obligerait à la faire répéter, mais d'ici là ou bien la résonance se serait établie, ou bien je me serais un tant soit peu accoutumé.

— C'était mon tout-petit, répéta-t-elle... maintenant je voudrais le remplacer.

Ces mots. Et, comme pour les souligner, le miaulement. Qui jaillit lugubre et s'échelonna sur un leitmotiv de trois notes — brève, longue, brève ; avec, entre deux notes, un petit silence mesquin.

Moi, continuant de me balancer, je souriais. D'un sourire dont mes rictus étaient endoloris. Tandis que le chat miaulait, que ma mère frissonnait et que dehors, sous les nappes de soleil, bêtes et gens étaient inertes, je cherchais quels termes lapidaires et de quel ton cruel les jeter à celle qui me tenait la main.

Je criai .

— Coffre à grossesses !

Je répétai :

— Coffre à grossesses !

Et tournai les talons.

Comme je descendais les marches de béton, le miaulement cessa et je me rappelai que je m'étais rappelé quelques instants plus tôt, en montant ce même escalier, que le Seigneur était ruiné. Combien d'heures, combien de minutes... A peine cette dérivée. Le temps avait déjà repris sa marche.

Dans la cuisine, le balai, s'il repose toujours sur ses détritus, semble fautif. Le manche en a légèrement glissé, mû par je ne sais quel caprice de la pesanteur. L'huile de la jarre glougloute lorsque j'y précipite la louche — puis se planifie, bulles retardataires et ronds s'amplifiant. Je découvre la marmite. L'eau en a bouilli, rebouilli, ensuite a décidé d'être inerte, bien que, sous elle, le foyer reste intense. J'y laisse tomber un abondant crachat. Si vous en accusez mon subconscient, je m'empresserai d'applaudir.

Tout à l'heure nasillaient dans la cour une paire de mouches, accouplées. Elles le sont encore, nasillant et accouplées. Je les soupçonne d'avoir joui au moins une demi-douzaine de fois, mais je n'en suis pas sûr. Comme je ne peux certifier que Madini a vidé ses intestins jusqu'aux glaires ou s'il est simplement constipé. Martelant du pied la porte des vécés, je lui pose la question. Il interrompt ses sanglots.

— Ho !... fait-il, qu'est-ce que c'est ?... C'est occupé...

Je transforme mon talon en boutoir et la porte cède.

— Excuse-moi, dis-je. C'est pour une petite vérification.

La bougie mesure à présent quatre doigts. Une
larme séchée distinctement barre la joue d'Hamid.
Je ne l'ai quitté que peut-être une demi-heure, mais
ce temps a suffi : il est devenu rigide, s'est allongé.
Sans doute veut-il me faire comprendre ainsi qu'il
est bel et bien mort et qu'il n'est plus qu'un
cadavre. J'accepte. Je l'appelais mon petit oiseau.

Je suis immobile. Subitement le silence est
tombé. Quelques portes s'ouvrent ou se ferment.
Des herbes brûlent, répandant une odeur âcre. Je
sais. Cette odeur-là est souveraine, purificatrice,
chasse celle de la mort. Comme bientôt, lorsque
Hamid et son matelas seront hissés sur un car
hippomobile, des dizaines de seaux d'eau seront
partout déversés dans la maison, mon petit oiseau.

Mon petit oiseau, je resterai debout devant tes os
et ton crin végétal jusqu'à ce que le centimètre de
bougie se sera transformé en un grésillement
fumant, jusqu'à ce que des ânonnements coraniques auront noyé le silence.

Le long des façades, la foule s'étire en deux haies.
Portant le matelas, à l'instant où nous descendons
le perron il se produit un brouhaha. Je lui attribue
sa juste valeur : « Lui, c'est Haj Fatmi Ferdi ; l'on
dit qu'il a tué son fils... des coups sur le crâne, je
crois ; mais les méchantes langues ne chôment pas
et je ne te garantis rien... l'autre, c'est le chrétien ;
même pour les obsèques de son frère, il est resté
habillé en chrétien... l'on dit qu'il... » A peine
quelques secondes et la foule entame le cantique
des Morts.

Le ciel est flambant blanc, si blanc que je n'en
distingue pas le soleil. Derrière nous, la porte s'est
lourdement rabattue ; sur laquelle frappent les

134

poings et heurte le front de ma mère à qui la Loi interdit d'assister aux funérailles. Son hurlement est effroyable... Saints de l'Islam et de Mahomet, je ne vous ai pas invoqués, vous vous êtes vengés, vous m'avez enlevé mon tout-petit... Saints des Grecs et des Russes, je vous ai invoqués, vous ; vous m'avez plus qu'exaucée, vous m'avez enlevé mon tout-petit... Saints des Juifs et des Tartares, l'on dit que vous existez : pourquoi n'existeriez-vous pas ? Alors ouvrez cette porte... si vous voulez, je suis Juive, si vous voulez, je suis Tartare, une chienne, une pourriture, une merde, s'il vous plaît, ouvrez cette porte !... ou-vrez-cette-porte !... A cet instant, je crois que je l'aurais écrasée dans mes bras.

Tout de suite le soleil a cinglé le linceul blanc, jusqu'à le rendre miroitant. Lentement, précaution-neusement, nous descendons le perron et, comme il marche devant moi à reculons, le Seigneur a levé les bras. De la sorte Hamid est resté dans la position horizontale et j'ai presque de la gratitude pour ce geste.

Descendant la dernière marche, je fais connais-sance avec le chat. Il est roux taché de gris, à museau rose et yeux humides. Il est à moitié enfoui sous un amoncellement de graviers, pierres, boîtes de conserve. Il est immobile et las, comme s'il venait de recevoir sur la tête toutes ces décombres ; il a tenté de se dégager, il a lutté, pleuré, transpiré ; il est épuisé : tout à l'heure il sait qu'il va mourir. Comme je l'enjambais, il ne m'a pas regardé : il attend paisiblement que, moi aussi, je lui jette une pierre.

J'avais dit à Jules César d'être là. Il est là. Il me fait signe de la main et je lui réponds en hochant la tête. Je lui avais recommandé de trouver quelque chose. Il a trouvé. Le *Cheval Vapeur* ronfle, bondé jusque sur le toit de drilles qui tiennent qui un violon, qui une guitare, qui un tambourin. Installé sur le pare-choc, Jules César a l'air mi-ennuyé mi-indulgent du chef d'orchestre qui attend que la foule veuille bien se calmer. Lorsque je passe tout près de lui, il lève la tête. Ses yeux sont bien noirs et bien candides. « Alors ? semblent-ils dire. On va l'enfoncer, ton salaud de père ! »

Mon père n'a rien vu. Il ne connaît pas ces gens-là. Bien qu'à reculons, il marche droit, tient le chef droit et ses traits sont taillés dans le roc. Peut-être ses épaules ont-elles légèrement fléchi, mais sans doute n'est-ce que l'effet du poids qui l'oblige à se raidir. Et je me trompe encore, la luminescence est telle que tout est avachi.

Le cantique des Morts dit : « O Dieu ! Louange à Dieu ! Il n'y a d'éternel que Dieu, Dieu est très-haut, de puissance et de gloire il n'y a que celles de Dieu, misère est notre misère et périssables sont nos corps. » Sur tous les visages la sueur coule et les voix sont, je le jure, ferventes. Un silence *se creuse* à l'instant où nous déposons le matelas sur le char, puis les chevaux s'ébranlent, le chœur reprend.

Les façades sont hautes, barrées de fenêtres grillagées où des têtes sont immobiles dont les lèvres murmurent le cantique. Les poteaux télégraphiques s'ornent de croix gammées et de propositions équivoques, au pied desquels s'étale comme une mare parsemée d'îlots : lieux de mictions et d'excréments. Les odeurs *sui generis* se sont depuis longtemps évaporées. C'est pour cela sans doute qu'un chien, pourtant gras et d'apparence bien équilibré, le museau dans la vase et la queue battant un petit tas de l'avant-veille, dans une de ces mares somnole.

Nous suivons au pas le car hippomobile, le Seigneur et moi. Il s'est détaché de la foule une douzaine d'âmes sensibles, qui nous suivent. J'évalue leur nombre à douze, quinze au plus, peut-être moins, à leur piétinement. Ferment la marche Jules César et ses voyous d'où m'est parvenu un grincement de violon, qui n'a été qu'une tentative. Je devine pourquoi cela n'a été qu'une tentative. L'émotion qui me gagne les a gagnés. Misère est notre misère et périssables sont nos corps.

Cet homme qui marche à mes côtés est mon drapeau. L'on aime le drapeau sous lequel on combat — comme on peut très bien le haïr. Un pas devant l'autre, babouches fines et jarret souple, il marche. Particulièrement ses mains m'intéressent. Elles se sont sûrement abattues sur le crâne de celui que l'on conduit au cimetière, elles lui ont fermé les paupières et fait sa dernière toilette, eau chaude et salée, paume caressante et doigts experts. Ensuite, jointes, augustes, sobres, l'ont béni. « Tu étais le fruit d'un de nos accouplements légitimes, Hamid ; et tu as vécu tel jusqu'à l'âge de neuf étés, puisque tu es né en été, Hamid ; or il était écrit qu'à cet âge-là tu retournerais au règne minéral, Hamid : misère est notre misère et périssables sont nos corps, ainsi soit-il ! » Sans une larme, sans un frisson sur son visage digne.

Il balance ses mains tandis qu'il marche. De la façon naturelle dont il le fait, l'on dirait qu'elles appartiennent à quelqu'un qui fait un tour de promenade. Si, lui aussi, il psalmodie le cantique, c'est parce qu'il s'est octroyé la charge d'officiant. Et, s'il souffre, ses épaules ne s'en sont nullement affaissées, son dos est resté vertical et son masque est empreint de la rigoureuse dose exacte de l'impassibilité habituelle. Il est son propre confident comme son propre juge. Subitement ma main attrape la sienne, qu'elle serre.

— Père, je suis si...

— Marche ! dit-il.

J'attendais de sa main large et ferme une pression. Elle se produit. Des édifices défilent, des terrains vagues, le pavé brille.

— Père, si vous saviez...

— Marche !

Le cimetière est tranquille. Je ne sais d'où venu, je ne sais comment il peut exister, mais il y a là un vent doux qui froufroute dans les arbres. Les talebs braillent toujours leur Coran. Il s'en trouve toujours dans les cimetières, à demeure. Grossis de ceux que le passage du corbillard a mis debout comme des ressorts, ils *dorment leur vie* dans des renfoncements de portes, sur des corniches, le long des caniveaux et ne s'éveillent que pour aller hurler sur une tombe, tout à l'heure ils s'en retourneront reprendre leur léthargie, même pas interrompue.

Le pic du fossoyeur étincelle chaque fois qu'il le relève. Car il faut creuser la tombe. Il n'en a pas de prête. Il fait : « Hi ! Hi ! », son torse se plie et se déplie, la sueur ne coule plus de son crâne ras : elle a coulé. Il travaille bien, il fait une honnête tombe, non pas dans le friable, mais dans le dur. Il sait qu'il a affaire à un riche.

Assis par terre, en rond et des mains battant la mesure, ceux qui criaillent les versets saints trouvent que le travail est lent. Ils s'encouragent. Chaque fois que leurs voix baissent d'un ton, il y en a un qui saute au chapitre suivant et les voix et les courages remontent. Ils sont vingt ou trente. Et leur yeux luisent. Bientôt, ils auront une bonne platée de couscous.

La main du Seigneur s'élève et s'abat, si sèche que les deux gestes ont été confondus. Se courbant jusqu'à terre, le fossoyeur a descendu Hamid dans la tombe. Sans coffre ni couverture. Juste dans son linceul de finette blanche. Il a calé sa tête par une pierre que le pic, en deux coups, a nivelée. D'autres pierres sont tombées sur le corps et la terre rouge a bouché le trou.

Je m'étais jeté à genoux. Je me relevai. Un lézard frétillait dans la broussaille, un pigeon fendait l'air chaud d'une aile sifflante. Les plus consciencieux des talebs étaient encore assis, indécis, baragouinant les derniers mots du dernier verset. Je me relevai tout à fait. Et vis, immobile, nu-tête, le Seigneur. De l'index, il lissait sa barbe noire et, sous le cerne de ses yeux, il était apparu une veinule. Qui battait spasmodiquement.

A partir de cet instant, les événements se sont déroulés sans un heurt, sans un pli, d'un débit rapide et sûr. Comme si l'enterrement d'Hamid eût soudain transformé ces podagres pâturants en coursiers effrénés, gratifiant leur croupe d'un jet de vitriol.

A la porte du cimetière, un fiacre stationnait.

— Viens-tu avec nous ? me demanda le Seigneur. Nous allons à Aïn Bordja.

Les talebs chuchotaient qu'il faisait très chaud, que cette journée avait été la plus chaude du Ramadan et qu'ils entendraient avec satisfaction tonner les canons du soir.

— A Aïn Bordja, expliqua le Seigneur, se tient cette année le souk des céréales. Il est possible que dans quelques heures naisse la nouvelle lune, par conséquent demain ce serait l'Aïd Seghir, fête religieuse par excellence que tout croyant comme nous se doit d'honorer par une distribution de blé dur ou d'orge à quelques nécessiteux. Un geste que nous jugeons adéquat pour remercier la Providence qui vient de nous faire jeûner, nous, durant 29 jours. Nous utiliserons ce fiacre pour nous rendre à Aïn Bordja.

Jurant à mi-voix, Jules César tournait autour de

son car. Tête basse, il examinait le sol, faisait un pas. Peut-être le sol était-il miné ? Avec application et méthode.

— C'est comme tu veux ! conclut le Seigneur.

Il s'installait dans le fiacre lorsqu'il ajouta :

— Tu t'occuperas donc des talebs. Donne-leur du couscous, nous avons conseillé à ta mère d'en préparer ; mais ne les fais pas entrer : ils trouveraient le moyen d'être encore à la maison lorsque nous serons de retour. Fouette, cocher !

Une espèce de matraque, jadis pneu de vélocipède, s'abattit sur les chevaux et l'instant d'après un nuage de poussière me déroba fiacre et cocher.

Jules César s'était immobilisé.

— Peux-tu...

— ... introduire ces talebs dans mon car ? bien sûr ! Gardes !

Quatre hommes nous entourèrent aussitôt. Jules César me les présenta :

— *Le Kilo*, ainsi surnommé parce qu'à l'en croire son appareil génital totaliserait ce poids... *L'Ane qui rit*, je ne sais si tu as déjà vu un âne rire, mais nom de Dieu ! regarde ce gars !... Celui-ci, c'est *Staline*. Pourquoi Staline ? je me le demande. Peut-être parce qu'il n'a ni sou vaillant, ni toit, ni loi. Et qu'il puise dans nos bourses et baise nos femmes. Il appelle ça « communisme », je n'ai pas encore très bien compris... Et enfin *Victor Hugo*. Il nous récite des vers de Victor Hugo, qu'est-ce que tu veux que ça nous fasse, à nous paillards et truands ? Des vers de Victor Hugo !

Les gardes s'occupèrent des talebs qu'ils enfoncèrent par les portières, à grand renfort d'injures et de contrordres. Jules César donna un demi-tour de manivelle et le *Cheval Vapeur* partit en flèche, Staline à cheval sur le capot et Victor Hugo couché sur une aile.

— De drôles de gardes du corps, me dit Jules César, changeant les vitesses. Tous quatre fainéants, batailleurs et hâbleurs, mais ils me sont dévoués et c'est l'essentiel.

Il conduisait très vite, selon son habitude. Assis tout contre lui, presque sur ses genoux, je voyais ses mains crispées sur le volant et ses narines frémir.

— Tu m'en veux ?

— Je ne sais pas, dis-je.

— Tu en as le droit, reprit-il avec force. Réunir tous les copains, monter un numéro de cirque, apprendre le *Te Deum* en un temps record que nous aurions exécuté au moment de la mise au tombeau... et le résultat ? personne n'a bronché, pas même moi. Quant à te dire pourquoi, j'en demeure incapable. Tu peux expliquer ça, toi ?

— Je ne sais pas, répétai-je.

De nouveaux tortionnaires avaient dû s'arrêter devant le perron. Je l'estimai à l'accroissement volumétrique du monticule de pierres. Du chat n'étaient plus visibles que la tête, une patte et un bout de queue. Il n'avait pas encore expiré. Avec douceur il me regarda gravir les marches.

— Et bien, quoi ? criai-je. Qu'est-ce que vous attendez pour me suivre ?

Ils voulurent tous m'obéir. Mais je ne fis entrer que Jules César et ses gardes.

Les mains dans les poches et l'air méditatif, Nagib se tenait debout sur le palier.

— Que veut dire ce boucan ?

— Justement ! Tu vas descendre et leur dire de la fermer. Une fois qu'ils l'auront fermée, arrange-toi pour placer tout ce monde-là en cercle de telle façon qu'un poids de 50 kilos précipité par-dessus le mur de la terrasse puisse atterrir sans matraquer personne. Ensuite tu attendras les événements. Ah !... si tu vois près du perron un chat aux trois quarts

141

enfoui et aux trois quarts crevé, ne l'achève pas. Je me le suis réservé.

— Compris.

Gardant ses mains dans ses poches, il dégringola les escaliers.

Le loquet qui fermait la porte du grenier était en bois. Au lieu de simplement le tirer, je le fis sauter. Le Kilo émit un sifflement admiratif.

— Eh bien! dit-il. Pour des provisions, c'en est, des provisions, nom d'un con de vierge! De ma chienne de vie je n'ai vu une telle baraca. Si, cet hiver, j'avais pu soupçonner... Cigarette?

— Tu aurais fait un séjour en prison, dis-je. Ou bien tu serais à demi dévoré par les vers à l'heure actuelle. Parce que le Seigneur mon père n'aime pas les cambrioleurs. Pour la cigarette, je veux bien. Et même plusieurs si ça ne te fait rien.

J'en allumai une dont j'envoyai précipitamment la fumée dans mes poumons.

— Que fait-on? demanda Jules César. J'avoue que je ne comprends pas pourquoi tu nous as fait monter.

— C'est bien simple, pourtant. Ecoute bien. Je suis musulman et le Carême risque de prendre fin ce soir, d'une part; de l'autre, dehors il y a tes copains et quelque trente talebs, tu ne vas pas me dire qu'il s'en trouve parmi eux un seul qui mange à sa faim?

— D'accord. Mais je ne vois pas...

— Alors il y a ces provisions.

Je n'en dis pas davantage, tout à ma joie de fumer. Tout à coup, sautant sur ses pieds, il s'exclama:

— Ah bon!

Je retournai une caisse vide, la poussai dans un coin peu ensoleillé et m'assis. Lorsque je me relevai, j'avais fumé cinq cigarettes et le grenier était complètement vide.

— Parfait, dis-je. C'est du beau travail et j'en suis remué d'aise. Reste une chose : le nettoyage. Vous allez descendre et nettoyer la rue et les environs. Je ne veux pas un seul brin de paille, un seul grain de blé. Mais ne soyez pas trop méticuleux. Cela risquerait de donner l'éveil au maître. Ensuite dispersez le troupeau et allez-vous-en.

J'avais jeté mon mégot et l'avais écrasé sous mon talon. Jules César le ramassa, le désaplatit entre ses doigts.

— Passe-moi du feu, dit-il. Tu ne crois pas que les voisins...

— Je ne crois pas, coupai-je. Pour deux raisons. Si tu as entendu parler du Seigneur, tu as dû également entendre parler de son Mur du Silence. Il n'a pas de voisins. Et si par extraordinaire une âme charitable s'avisait de vouloir lui dire quelque chose de plus que le réglementaire « salamalec, Seigneur ! », sois sûr qu'il poursuivrait son chemin. Il n'a pas de voisins. Deuxièmement. Il est trop bien connu pour que l'on ait pu supposer un seul instant que le déversement de son grenier dans la rue a été fait autrement que sur son ordre.

Il n'avait pas l'air convaincu. Mais il me tendit la main.

— Au revoir, dit-il.

— Au revoir.

Sa poignée de main fut brève et il semblait pressé de s'en aller.

— Naturellement je peux compter sur toi ?

Il y eut un silence. J'ajoutai :

— Si par hasard j'ai encore besoin de toi ?

— Toujours.

— Parce que d'un instant à l'autre je peux avoir besoin de toi.

— Toujours. Au revoir !

— Attends.

Je reniflais soudain une eau trouble.

— Où puis-je te joindre ? Par exemple ce soir si le cas s'en présente ?

Il battit délicatement des cils et haussa violemment les épaules.

— C'est-à-dire que ce soir je suis invité. Un de mes cousins qui se marie. Et demain dès le petit jour je mets le cap sur Fès. Il ne faut pas que je chôme trop longtemps. N'importe comment...

— N'importe comment tu as la frousse. C'est-à-dire que tu veux bien être révolté mais jusqu'à une certaine limite. En toute quiétude. Tu passes des barils de poudre en fraude mais tu n'aimes pas beaucoup être l'ami du fils de Ferdi, sachant très bien que tes barils contenaient tout au plus de la chaux — j'ai vérifié — mais que mon père pourrait être pour toi une source d'ennuis. Si tu te considères affranchi, il y en a ici même qui le sont sans calcul, mes frères, et qui ne s'appellent pas Jules César.

Il haussa de nouveau les épaules. De la façon désabusée dont il le fit, je compris que la liste de ceux qui ne m'aimaient pas venait de s'allonger. J'allumai une cigarette.

— Tu te trompes, Driss.

— Je veux bien. Mais, dis-moi, est-ce que je me trompe aussi en jugeant inutile de te rappeler que je t'ai recommandé de nettoyer la rue ?

— C'est en effet inutile.

— Alors adieu !

Le Kilo fut le dernier à s'en aller.

— Moi, dit-il avec un soupir, je suis prêt à te donner un coup d'épaule.

— Toi ?

— Et alors ? Tu m'appelleras peut-être un jour pour dévaliser les meubles et ce qui reste dans cette maison, on ne sait jamais. Et puis tu me plais. Voici mes différentes adresses.

Il tira de sa poche un cachet et un tampon encreur ainsi qu'un calepin. Il détacha une feuille sur laquelle il donna un coup de cachet.

— Je ne sais pas écrire, s'excusa-t-il.

Il me remit deux paquets de cigarettes :

— Je crois que tu es privé de tabac.

Et partit en se frottant les mains.

Assise sur un pouf, ma mère m'attendait. Elle avait partagé sa lourde chevelure en bandeaux réguliers, ce qui lui étriquait le visage et lui tirait la peau du front. Un encensoir avait brûlé dans la chambre environ un quart d'heure, voilà à peine un quart d'heure.

— Entièrement de ton avis, dis-je. Hamid est mort et enterré, des Vandales ont envahi la demeure du Seigneur et une cigarette allumée pend au coin de ma bouche.

Je m'accroupis à ses pieds.

— Ne parle pas, repris-je. Surtout ne parle pas. Si tu parlais, les poils de mes aisselles aussitôt blanchiraient. Parce que, si tu as quelque chose à me dire, je le sais ; et, misère est notre misère, je l'ai déjà entendu. Et que, si tu as quelque chose à me répéter, tu le ferais de la même plainte monocorde dont tu ne te départis jamais et que je connais bien. Donc tais-toi, donne-moi la main et n'aie pas peur.

Ceux qui sortent du ventre de leur mère savent ce qu'ils font. Comme moi, un jour ils s'assoiront à leurs pieds, leur prendront la main et leur demanderont des comptes.

— Tout s'est bien passé, continuai-je. Ce qui revient à dire qu'il a eu une sépulture assez convenable, un mètre de profondeur dans la pierre de taille, entre un figuier nain et un aucuba, les seuls arbustes du cimetière. Ailleurs, il croît de la broussaille, du doum, du chiendent. Je t'y emmènerai un jour, de préférence par un soleil torréfiant comme aujourd'hui et nous nous assoirons, toi sous le figuier, moi sous l'aucuba, parce que le figuier donne plus d'ombre que l'aucuba, eu égard à ton âge et à ton titre de mère. Eu égard aussi à ta douleur qui se manifesterait plus violemment et il serait digne alors qu'elle se manifestât sous un figuier plutôt que sous un aucuba. A tout prendre, ensuite nous ferons le tour complet du cimetière, quelque soixante mille pierres tombales à deviner dans la broussaille, le doum, le chiendent. Et le soleil, le sacré soleil, plus le fossoyeur, ou son frère, ou son remplaçant, à demi émergeant d'une fosse rouge. Ceci pour Hamid, Dieu a certainement son âme et les vers en ont déjà grignoté le derme. Parlons d'autre chose. Parce que assis à tes pieds et tenant ta main, justement je suis ici pour te parler d'autre chose.

Ceux qui ont décidé de demander des comptes à leur mère l'ont surtout décidé. Passant à l'exécution, ils se retrouvent vagissants. Ma mère allait me prendre sur ses genoux, me remplirait la bouche de sa mamelle, puis me talquerait les fesses. Et plus tard, lorsqu'elle aurait à raconter cet épisode de sa vie, il se serait mué en un fantastique embrouilla-mini... oui, ma chère, je vous dis que j'étais assise sur un pouf, dans la chambre conjugale, par une fin d'après-midi d'été... il faut vous dire que ce jour-là Hamid, vous savez bien ! Hamid... alors Driss est entré... sur le moment j'ai cru qu'il plaisantait... et puis je me suis dit que la douleur... mais je n'oublierai jamais... il m'a tenu un langage de fou, oui, ma chère, de fou... il avait des yeux hagards et il serrait ma main à en faire une bouillie... ses yeux surtout me faisaient peur...

— Donc tu as enfanté sept garçons. L'un d'eux est mort. Restent six. Parlons-en.

Je comptais : trois rides transversales sur le front, une médiane, deux rictus. D'ordinaire son teint était pâle. Elle l'avait avivé d'un fard à base de coquelicot. Au naturel les rides étaient jaunâtres et bénignes. Maquillée, elles ressortaient brique et profondes. Les chevaux dorment debout. Le jour où ils ont dormi autrement, ils sont devenus attractions pour cirques. L'illustration est du Seigneur. Si j'y ajoute un pet, je me ferai taxer d'irrespectueux.

— Qui sème et qui récolte sont gens qui m'indiffèrent, continuai-je. L'essentiel est qu'entre les deux opérations le grain ne soit résigné à croître. Ainsi de toi, partie de Fès à quinze ans avec ta tendresse et la sécrétion parfaite de tes glandes. Te revoici ce 29 Ramadan fonctionnant pour ce qui est des glandes par retentissement et pour ce qui est de la tendresse à rebours. Dans l'intervalle la terre a tourné autour du soleil vingt-quatre fois et sept fois ta matrice a éjecté. Faisons le bilan. Un cadavre, un ivrogne, deux loufoques, deux ombres et moi. Plus un maître, l'espoir d'un nouvel enfantement et cette main calleuse à force d'être servile.

Violemment j'y frottai une allumette. Ma cigarette s'était depuis longtemps éteinte. Si la main s'est prestement retirée, la bouche resta close et si digne que je faillis en retrousser les lèvres. Je poursuivis sur un ton saccadé :

— C'est cela, ne parle pas. Non pas parce que je t'en ai priée, mais parce que tu appelles de toutes tes forces l'intervention soudaine du Seigneur. Dommage ! Il est à Aïn Bordja et j'ai devant moi un bon bout de temps. Et, s'il te plaît, communique à ta face un tant soit peu d'intérêt pour mes paroles. Ou peut-être *madame* est-elle fort ennuyée ? Elle a payé le tribut des pleurs et des hurlements ; tout à l'heure, au coup de canon, elle se retrouvera devant un plat de fèves, même mendiant, même attente, même trapèze... elle s'est batifolée, peinturlurée, parfumée ; avec un peu de chance, un peu de doigté, il est possible que l'époux en tire cette nuit des sécrétions copulatives. Et la vie continuera. Je dis : c'est impossible.

Je me levai, allumai ma onzième cigarette, la jetai sur le tapis, la foulai aux pieds. La bouche s'était crispée : sale petit gamin, je te croyais fou et tu n'es que méchant... Et j'aperçus, les mains dans les poches et de la paille dans les cheveux, Nagib adossé contre le chambranle de la porte. Il était entré silencieusement et attendait. Il attendit que mes yeux eussent rencontré les siens pour annoncer :

— Les talebs sont partis, l'autocar aussi. Puis-je rester ?

Cela fut dit très lentement, d'une voix tranquille. Une fourmi se chauffe au soleil ; ou : l'Océan Atlantique vient de tarir. Certainement, il était là depuis quelques instants déjà.

— Pas tout à fait, répondis-je. Que fait Camel ?

— Ivre mort.

— Abd El Krim ?

— Il dort.

— Madini ?

— Il est assis.

— Et Jaad ?

— Je ne sais pas.

Je battis l'air de mes bras.

— Fais-les monter. Installe des matelas derrière cette porte. Qu'ils dorment là ou ailleurs, quelle différence ? Je te ferai signe et tu les introduiras un par un.

Grattant les poches de son pantalon, il disparut.

Ma mère avait à peine déplacé l'axe de sa dignité. Entre ses paupières sans cils elle me regardait. Comme je m'étendais sur le seddari, j'entendis le tic-tac. Je levai la tête et vis l'horloge à poids. Le balancier en était régulier, le tic-tac séculaire. Et je sus que ma mère comptait les secondes. Si tendue qu'elle semblait vouloir précipiter la marche du temps.

— Parce que, repris-je, ce que je viens de te dire était à dire. Mais ne constitue qu'un préambule. Que tu as écouté ou n'as pas écouté. Dans le premier cas, il te sera utile pour comprendre ce qui va suivre. Dans le deuxième cas, tu comprendras quand même. Parce que dans les deux cas tu ne pourras faire autrement que m'écouter. Ecoute ! Je vais te raconter une histoire.

Désespérément, dans ma voix, je m'efforçais de faire aboutir mon quanta d'émotion. J'étais probablement la lueur d'une bougie en plein soleil mais le coup était à tenter. Si je gagnais ma mère à ma cause — et nul n'est plus difficile à « dégonder » qu'un médiocre — le reste deviendrait aussi simple qu'un simple d'esprit.

— L'histoire se situe par une nuit d'hiver, voilà quelque quinze ans. Nous habitions Dar El Chandouri, à Mazagan, et nous n'étions d'enfants que Camel, Abd El Krim et moi. Camel dormait, Abd El Krim était dans son berceau, il venait d'avoir la rougeole et tu l'avais oint d'huile d'olive et bourré de miel. Tu somnolais sur un ouvrage de tapisserie entrepris dès le début de cette rougeole — parce qu'il t'avait été payé d'avance, pour pouvoir acheter ce miel et cette huile. Que disait le Seigneur ton époux ? « S'il était écrit qu'un de nos enfants... »

— Driss, Driss mon fils, je t'en supplie...

— Si tu me laissais parler ?

J'avais gagné. De quoi je devais ne pas me féliciter tout de suite. Il fallait ferrer le cheval en plein galop.

— Il a toujours eu des lois abjectes. Il était

149

dehors ce soir-là. Il était une heure du matin. Et tandis que tu tapissais, tu me disais les souvenirs de ta ville natale, des contes de fées, me posais des devinettes. Pauvre maman! Je les savais par cœur et c'était surtout la monotonie de tes histoires qui me tenait éveillé — comme si j'espérais une variation, un thème encore inédit. A la longue je finis pourtant par m'endormir.

— Pourquoi rappeler ces souvenirs? Je souffre déjà. Pourquoi me faire souffrir davantage?

— Pourquoi? Il y a des chiens qui jappent continuellement. Le système est de leur « foutre une trempe » une fois le temps. Ils japperont pour de bon.

Je m'étais donc endormi. Un volet quelque part dans la maison claquait à intervalles réguliers, mis à mal par un vent qui soufflait en rafales. Plus que ma faim, ce volet-là m'aida à m'endormir tout à fait.

Ce qui me réveilla fut le silence. Le vent était tombé, il avait plu ou il n'avait pas plu et absolument rien ne pouvait me certifier que je n'avais dormi qu'une heure ou deux — au lieu de trois ou quatre jours. J'ouvris les yeux.

Ma mère, abrutie de sommeil et le dos voûté, épinglait des billets de banque en liasses de dix et de vingt, faisait des tas sur la natte. Un crayon jaune derrière l'oreille, le Seigneur comptait les pièces de monnaie avec un bruit de ruissellement métallique. Ses lèvres remuaient et ses doigts étaient noirs à force de manier le nickel et l'argent. Il en faisait des piles, chiffrait sur le mur blanc, remettait le crayon derrière l'oreille. Cela dura longtemps. Puis il ramassa la monnaie dans une bourse en toile forte, mit les billets dans un sac et son pied droit les y tassa. Sac et bourse furent jetés dans un coffre dont il ferma serrures et cadenas. Il remit autour de son cou le chapelet de clefs, sortit et je l'entendis faire ses ablutions. Il rentra, soliloqua sa prière du soir, se coucha, péta très fort. Quelques instants après, les yeux fermés à demi, il faisait entendre des ronflements paisibles.

Ma mère alla le border. Je la vis un instant debout devant son matelas, le regardant intensément, le menton tremblant, les mains jointes dans une expression de souffrance, prête à défaillir. Mais il n'en fut rien. Elle se retourna lentement, comme à regret, prit une bougie, l'alluma, la planta dans un goulot de bouteille, décrocha la lampe pour en jeter le carbure et sortit. Elle aussi fit ses ablutions et sa prière du soir. Elle resta agenouillée sur le tapis pieux à égrener son chapelet et à balbutier des litanies en l'honneur de Moulay Driss, le saint de sa ville natale. Puis elle souffla la bougie, s'étendit sur un lit proche du mien.

Je ne pouvais plus dormir. Jusqu'à l'aube j'entendis un sanglotement très doux. Je n'en étais pas sûr. Mais, le matin venu, ma mère avait les yeux plus creux que d'habitude.

Ces yeux-là à présent me regardaient. Si grands dans sa tête si minuscule que l'on finissait par ne plus les remarquer — et si *nus* au milieu de ce fard que je fermai les miens. Ils n'exprimaient plus rien, ni reproche, ni désolation — pas même l'indifférence.

— Cette nuit-là est né Driss ton fils, conclus-je. Battant le pavillon de l'amour, je n'ai cessé de t'aimer. De te soutenir. De prêter une oreille fidèle au moindre de tes adages, à la moindre de tes chimères. Unilatéralement. C'est-à-dire que, si tu recevais de moi l'affection et la compréhension, veux-tu me dire si une seule fois tu t'es demandé si moi aussi je n'étais pas un chien perdu? A lui caresser la tête, à épouiller lorsque couvert de poux, à flatter sinon bourrer de coups de poing, parce que figure-toi que je les attendais, ces coups de poing, je les ai toujours attendus, j'aurais levé la patte et « fait le beau », ou mordu, mordillé, j'en avais besoin, trop d'énergie, pas de dépense... Et, lorsque tes genoux, j'acceptais encore une fois que je ne m'y fusse pas blotti, lorsque ta main que je n'avais pas léchée me chassait : allons ! file ! tu reviendras demain et je pleurnicherai la suite du feuilleton... alors je m'en allais, tout petit, sur une paillasse, dans un coin sombre, où je pleurais ma détresse et la détresse de ma détresse ; un peu plus grand, contre la poitrine de Camel à qui je balbutiais des logomachies, qui admettait une patience d'exactement deux minutes, puis m'écartait brutalement de lui : bordel de bordel ! je ne peux pas faire un pas sans recevoir cette mouche à viande !... et, adolescent, vers mon bureau, dans le creux de mon fauteuil et la pénombre familière, j'ouvrais un livre lu et relu, bourrais une pipe avec du vieux tabac, l'allumais, vidé jusqu'à la tourmente...

Je marquai une pause. Moins pour reprendre mon souffle que pour faire acte. Ponctuant un drame, une pause sert de tremplin. L'on juge de ce qui vient de se dérouler et l'on prend une sorte de recul pour mieux bondir dans la minute qui va suivre. Ce que je fis. Et j'allumai une cigarette. Mes yeux étaient toujours clos.

— Durant des années, hurlai-je. Ou le soleil se levait ou il ne se levait pas, je n'en savais rien. Les coupures du temps étaient : boustifailles, prières, attentes du soir. Si fonctionnelles que, lorsque je te dis que j'ignorais s'il faisait jour ou nuit, il faut me croire. Comme il faut croire ceci : Driss ton fils en a assez.

J'ouvris tout de même les yeux. Et, si j'aperçus une forme prosternée — je vérifiai : en direction de la porte ; je calculai : en direction du Seigneur qui allait entrer par cette porte — j'élevai encore ma voix d'un ton.

— Driss ton fils est mort. Mort pour toi, mort à cette vie de clebs. Et il va partir. Mais auparavant — imagine-toi un chêne scié à la base — j'aurai mis à bas le Seigneur, mon père, et, toi, je t'aurai traitée d'espèce d'imbécile.

Je fus debout, fus sur elle, la relevai, l'agrippai au collet.

— Espèce d'imbécile, répétai-je tranquillement. Le chêne est ébranlé, comprends-tu ? Il faut immédiatement l'abattre, comprends-tu ? Ou bien — il y a des passions comme ça — préfères-tu rester une loque ? Parce que, dans ce cas, dis-le-moi et, au lieu de simplement te traiter d'espèce d'imbécile, je te traiterai comme une loque.

La maintenant toujours au collet, je m'assis.

— Et il ne t'est jamais venu à l'idée que je n'étais pas fier de toi, qui pouvais être une mère et qui n'es qu'une loque ? Ou supposes-tu que, du moment où tu m'as foutu dehors avec trois ou quatre cents grammes de placenta, j'allais passer ma vie à te bénir ? Mon œil !... Alors ?

Je n'ignorais pas : si elle était totalement soumise à son maître, de moi elle ne pouvait absolument pas admettre cet *alors* ?

— Alors ?

Pourtant j'étais conscient : à moins d'un défaut d'optique, le Seigneur s'était pleinement reproduit en moi. Et j'avais le droit de crier :

— Alors ?

Avec cette différence énorme qu'il se serait contenté d'une seule interjection et que j'étais en train de me conduire comme un gamin.

— Alors ?

Je la lâchai.

— Bien !

Et j'ouvris la porte :

— Au suivant !

J'étais las.

— Assieds-toi. Tu t'appelles Abd Ed Krim et tu es mon frère. Avant tout, une question de principe : as-tu, toi aussi, décidé de la boucler ?

Il s'était assis mais il hésita à me répondre.

— Au suivant !

Ma fatigue s'appesantissait.

A mesure que je parlais, elle s'appesantissait. Droite, gauche... le disque du balancier était en cuivre jaune. Par un jeu d'ombre et de lumière, il prenait des tons plus ternes, puis pâlissait, virait au brun noir. Je parlais.

Je les avais tous fait entrer. Quelques-uns s'étaient assis, Camel ronflait, Nagib était demeuré sur le seuil, statique entre deux indécisions : franchir ce seuil et m'applaudir — ou bien faire un pas en arrière et hausser les épaules. Pourtant le seul à m'écouter.

Les quarts, les demies, les heures sonnaient. Les vitres perlées des fenêtres avaient jauni, rougeoyé, s'éteignaient délicatement. La fumée de mes cigarettes avait essayé de se dissoudre, quelques dilutions dans les coins sombres, des flocons inertes devant chaque fenêtre. Dehors, encore lointain, montait le premier flux de la mendicité. J'avais sauvagement besoin de dormir. Je me tus. Nagib ferma la porte.

— Je vais tâcher de te répondre, dit-il. Notre père est affaibli en deux points : la ruine de ses entreprises commerciales et la mort d'Hamid. Soit ! Deuxième stade : à partir de là, tu t'es dépensé durant près de trois heures afin de nous persuader — rappelant à chacun de nous un souvenir propre et particulièrement cuisant — qu'il faut agir, à savoir en quelque sorte tenter un coup d'État. Finissant ton exposé, tu te déclarais stupéfait de n'avoir obtenu de nous que le silence et de ne pas comprendre. *Maintenant*, frère Driss, si je te disais — et je parle au nom de tous — que, nous non plus, nous ne comprenons pas *pourquoi* tu voudrais nous persuader ?

Il vint en deux bonds s'asseoir à mes côtés.

— Je sais. Tu as émergé de notre sphère. Mais pourquoi diable crois-tu que *nous*, y restant, y souffrons et en souffrons ? Tu te trompes ou déjà nous ne pouvons plus nous comprendre. Je ne sais pas m'exprimer comme toi, mais je pense que ces quelques mots te suffisent. Mais, dis-moi, si véritablement tu étouffes ici, que ne prends-tu la porte tout simplement ?

— Je suis assez compliqué, me contentai-je de répondre.

— Je vois ! Tu veux faire une révolution ? Libre à toi, mais laisse-nous tranquilles... Tout au plus je t'ai promis de te raconter à la suite de quelles circonstances Hamid est mort. Ecoute !

J'écoutais encore lorsque la porte s'ouvrit. Les lustres s'allumèrent et je vis le Seigneur qui déchargeait son épaule d'un sac d'orge. S'y asseyant, il déclara :

— Celui qui vous a réunis ici a eu une bonne idée.

Les canons d'El Hank aboyèrent leur première salve.

Les colons ? Coloniseraient-ils le Sahara qu'ils vivraient en Métropolitains. Problème inversé, pourquoi nous étonner d'un ouistiti de zoo ? S'il est resté ouistiti. Seul le décor a changé.

Bien sûr, le trapèze contre le mur ne comporte plus que quatre hachures. Mais elles se sont espacées en conséquence et le trapèze est là. Pacifique d'attitude, morne d'yeux, muet, mesquin. A la droite du Seigneur, Camel. Ivre, je le sais. Mais ni sa face ni son torse ne laissent présumer qu'il l'est. A ceci près que son créateur le sait. Comme il n'a pas pu ne pas avoir vu les trois ou quatre matelas qui ont servi de salle d'attente. Et il a parfaitement reniflé le tabac refroidi, en a défini l'origine et le sens — comme il a dû immédiatement flairer l'insolite qui l'a accueilli. C'est pour cela que, lorsque sa phrase rituelle tombe, dernière salve d'El Hank, explosion du concert des muezzins :

— Tout le monde est-il encore en ablutions ? (je me trouvais assis à sa gauche); accomplissant une culbute, j'attaque :

— Non.

— Qui ?

— Vous.

Je comprends tout à coup pourquoi les bourricots se mettent parfois sur le dos. Ils apaisent ainsi les démangeaisons de leur échine, certes. Ensuite, demeurent dans cette position, immobiles, des heures. Le ciel est au-dessus d'eux, où leurs yeux se perdent. Si leurs sabots pouvaient s'y imprimer, dans cette voûte de bleue innocence, qui déverse sur leur dos de bourricot, une vie de bourricot durant, une continuité de soleils !

Moi ? Et pourquoi pas ? Un bourricot. Agé de dix-neuf ans. Et depuis dix-neuf ans enfourché par mon père. En conséquence, veuillez agréer ma ruade.

S'il avait rugi : que veulent dire ces matelas ? Ou bien : Tu te permets maintenant de fumer ? Et dans notre chambre ? Ou tout autre chose de ce genre — s'il m'avait battu, je n'aurais rien fait, rien dit. Mangé mes fèves, allé dormir. Très peu de fèves, une catalepsie. Cela, je vous le jure. Mais...

Il n'ignore rien de ce qui s'est passé en son

absence. Il en a conclu : signé Driss. Et son ciboulot
de Seigneur a travaillé, supputé, sanctionné : indifférence de Seigneur. Son balai est trop propre pour
qu'il consente à se commettre avec mes ordures.
Soit ! Je m'explique :

— Parce que le problème est mal posé, avouons-
le...

— *Nous* n'avouons rien du tout.

— Si vous voulez ! mais mal posé il reste. Cette
petite phrase tous les soirs comme un coup de gong
s'abat : « Tout le monde est-il encore en ablutions ? » De vous à nous, de vous le théocratique et
l'immaculé à nous a priori sujets aux souillures. Je
dis : de quel droit ?

Tentures, tapis, soieries, dorures et arabesques et
lustres scintillants, les objets ont pris des reliefs et
des tons vifs, eux qui d'ordinaire sommeillent.
Voudraient-ils de la sorte, en leur langage d'objets,
exprimer leur participation au drame ? Jusqu'au
sac d'orge, accroupi sur le seuil, qui devrait dénoter
et qui ne dénote pas. L'air s'est surchauffé, un
instant j'ai cru qu'il allait se rafraîchir, j'en jubilais
déjà, alors il s'est surchauffé.

— Continue.

Et comment !

— Et comment ! Par manière de lame à double
tranchant. Et d'abord, le mort étant enterré, la vie
doit reprendre et votre loi continue. A ce sujet, vous
avez certainement un laïus à nous faire ? Après la
prière, réglementairement, il serait plus solennel.
Et pas d'autre moralité au programme, pas de
parabole, pas d'entretien philosophique ? Non, vraiment ? Passons !... En fin de soirée un plat de fèves,
je vous le signale... ah bon ! vous savez ? Passons !...
Et ainsi, véritablement, vous jugez qu'il n'y a rien
de changé ?

— L'autre tranchant, s'il te plaît ?

— Tout à l'heure !

Il est poli, très poli. Je désirerais être obscène. « J'ai assis la Beauté sur mes genoux et je l'ai trouvée amère et je l'ai injuriée. » Ah oui ? Et elle s'est laissé faire ? Sacré Arthur, va !

— Tout à l'heure. Vous êtes pressé ? Et d'abord, l'avez-vous tué à coups de poing ou vous êtes-vous servi d'un gourdin ?

— Corrigé, non pas tué. Deux taloches ont suffi.

— Vous auriez dû employer un gourdin. Il serait peut-être encore vivant à l'heure actuelle. Nagib !

J'ai frappé dans mes paumes mais Nagib reste immobile. Il est possible que le chat ait de nouveau gémi — ou ai-je plutôt, à cet instant précis, attendu qu'il le fît ? « Haj Fatmi Ferdi, tu es haj quatre fois, je suis haj une fois... », mais le mendiant est là, à cinq ou six mètres sous cette fenêtre, cuir du crâne et des joues luisant, dentition complète et solide, voix de stentor.

— C'est bien, Nagib. Il est naturel que tu aies la frousse et je parlerai à ta place. Père, il y a trois jours, vous m'avez ordonné de me tenir prêt à accompagner ma mère à Fès. Et vous êtes allé dormir. Père, lorsque vous vous êtes réveillé, vous avez constaté que, ma mère et moi, nous étions déjà sur la Route Impériale. Egalement la disparition de quelques banknotes dans votre portefeuille. Un billet laconique : « Père, je me suis servi, l'argent du voyage, j'avais peur de troubler votre sommeil, bye bye ! Driss. » Quelqu'un a dû vous dire que j'avais un complice : Hamid. Quelqu'un que vous regardez en ce moment : la deuxième hachure du trapèze à main gauche.

— Ce n'est pas moi.

— C'est toi, Nagib, dis-je doucement.

— Continue ! dit le Seigneur

Quand même ! La complainte du mendiant s'est

surchargée de couplets nouveaux. Il les débite avec hésitation et discordance. Mais allons donc ! je suis sûr que demain il les hurlera à la perfection.

« Haj Fatmi Ferdi, maintenant qu'une partie de toi dort sous quatre pieds de terre ;

« M'entends-tu, m'entends-tu ?

« Maintenant — n'aie pas honte — que ta puissance s'en trouve allégée ;

« Haj Fatmi Ferdi, m'entends-tu ?

« Alors lance-moi un pain de blé tendre, une demi-livre de thé — ou bien une cuisse d'agneau... »

— Continuez ? Vous êtes cynique. Vos deux taloches, savez-vous ce qu'elles signifient ? Traumatisme, hémorragie cérébrale, homicide volontaire : vous êtes un assassin. Et malheureusement je ne peux rien. Le médecin légiste est passé : un cadavre de bicot, typhus ou peste, qu'est-ce que ça pouvait lui faire ? Je ne lui ai rien dit. Je lui aurais dit : Monsieur, il s'agit d'un crime, j'aurais aussitôt pris le chemin d'un asile d'aliénés. Votre parole est de poids.

— En effet.

— En effet vous êtes ignoble.

Je sais. Les minarets se sont illuminés, les marchés parfumés, les façades pavoisées et chacun va répétant que le Ramadan est mort. Un patriarche tout à l'heure entrera dans une mosquée et lira le chapitre de la vache. « Dieu clément et miséricordieux, nous Te remercions pour le jeûne que tu viens de nous faire accomplir... » Traduisez : « Nom de Dieu ! durant 29 jours on s'est serré la ceinture, on ne s'est pas saoulé, on n'a pas baisé, respectant une tradition de con ; maintenant, bon Dieu de bon Dieu ! qu'est-ce qu'on va bouffer, boire, baiser !... »

Je bondis sur mes pieds.

— Premier paragraphe terminé, annonçai-je. Avant de passer au second, petit intermède.

Ce mendiant qui beugle me l'a fourni : il est là par nécessité, il a peut-être envie d'aller faire un tour au bordel. Un mendiant baise, je vous le certifie.

— Petit intermède en l'honneur de ce mendiant, Seigneur. Pas de signe de la barbe ? Un demi-pain d'orge ? Ou bien l'idée d'aumône doit-elle obligatoirement venir de vous-même ? Dans ce cas, vous avez le temps. En attendant...

Je soulève le sac, en dénoue la ficelle. En déverser le contenu par la fenêtre, entre deux barreaux, m'a sans doute coûté trois secondes.

— Et voilà !

Je m'assieds. Un papillon jaune est entré, qui voltige d'un lustre à l'autre. J'ai jeté un coup d'œil à ma mère. Sa ceinture est moins vive dans les lumières et ses yeux me regardent mais ne me voient point. Elle dort.

— Ce sac multiplié par soixante — j'ai compté — trois de sucre, quatorze caisses de thé, tomates, dattes, piment, riz... votre grenier est aussi vide que ce sac. Les talebs du cimetière, vous vous rappelez ? et les voyous que vous n'avez pas daigner honorer de votre regard. Ils ont tout emporté. Alors : le gourdin, les taloches, la malédiction ou l'indifférence pure et simple ? Le gourdin, je le casse. Les taloches, je sais me défendre. La malédiction, qu'est-ce que ça peut me faire ? Votre fameuse indifférence, discutons-en.

« Félicité à Monseigneur ! clame le mendiant. Gloire à Monseigneur ! longue vie à Monseigneur ! par le ventre flasque de ma mère, tout ce grain ?... Saint Driss Ier te donne bon pied bon œil... Saint Driss II décuple tes récoltes... Merde ! encore de l'orge !... Juif fils de Juif, avare, cochon... »

Le Seigneur s'est levé.

— Tel serait notre désir, dit-il. Cependant regarde.

L'horloge indique 10 heures. Je ne l'ai pas entendue sonner.

— La prière d'abord ! répond-il. Et nous pensons que tes paroles ont infesté ce lieu et tout le bâtiment dont il dépend. Une mosquée est à présent nécessaire. Nous purifierons nos oreilles par la même occasion. De retour, nous aurons plaisir à reprendre cette conversation.

— Sans blague ?

J'ai écouté attentivement. Je ne suis pas dupe. Il est bel et bien acculé.

— Je ne suis pas dupe. Vous êtes bel et bien acculé. Aller prier dans une mosquée ? Je vous rappelle que cette soirée a débuté par le mot : vous. Vous n'êtes pas en ablutions. Pourquoi une mosquée ? Vous n'êtes pas en état d'y aller. Même ici, vous êtes impur. Le deuxième tranchant que vous réclamiez tout à l'heure, père. Et, afin de vous en pénétrer dans le détail, assis ou debout ? Décidez-vous. Moi, j'allume une cigarette.

Je l'allume. Il a accepté la lutte. Il s'est accroupi, a coiffé son genou de son tarbouch. Qu'il renifle distraitement. Crâne chauve d'un rose très délicat, presque blanc, à forme semi-ovoïde. Quelques gouttelettes sur le front.

— Parfait ! dit-il. Nous t'écoutons.

Et me revoilà pantin ! Les tapis sont de haute laine, les tentures viennent d'Izmir et l'encens qui a brûlé tout à l'heure est de nouveau perceptible — encore que persistent quelques relents de tabac.

— Eh bien ?

Eh bien, prenez-vous-en à ceux qui ont donné une dénomination et un sens aux états affectifs de deuxième ou quatrième ordre. Si magistralement que ces dérivées sont devenues effectives chez ceux qui se contentaient parfaitement de leurs états élementaires. Chez moi, par exemple.

— Eh bien, prenez-vous-en à ceux qui ont donné une dénomination et un sens aux états affectifs de troisième ou quatrième ordre. Si magistralement que ces dérivées sont devenues effectives chez ceux qui se contentaient parfaitement de leurs états élémentaires. Votre point de vue là-dessus ?

— Où veux-tu en venir ?

— Attendez. Je m'explique. Supposez que vous soyiez un chêne. De quelque trente mètres de hauteur. Imposant, vénérable. Moi, je suis le bûcheron. Que je sois *capable* de vous abattre me procure un sentiment d'orgueil intense. Il n'est pas donné à n'importe qui de pouvoir supprimer cet édifice, cette imposance, cette vénérabilité. Mais que je vous *abatte*, c'est autre chose.

— Des métaphores !

J'éteins ma cigarette.

— Vous n'aimez plus les métaphores ?

— Où veux-tu en venir ?

— Nous y sommes.

Mon mégot est encore fumable. Trois ou quatre bouffées lui importent peu — et me feront beaucoup de bien. Je le rallume

— Nous pouvons encore transiger. Tout ce qui s'est passé, je suis prêt à l'oublier. Que dis-je ? j'ai tout oublié. Prêt à manger mes fèves, à ne pas dormir si bon vous semble, à permettre à votre épouse la transcendance qu'elle espère — regardez-la : elle a pavoisé — et demain renaîtra Driss son fils et Driss votre esclave. A condition...

— Des conditions ? A nous, des conditions ? De qui se moque-t-on ici, ou quoi ?

Simultanément nous nous sommes levés. Cependant que son tarbouch roule et que j'éteins entre mes doigts le centimètre de mégot, je me demande si le mendiant s'en est allé, pourquoi l'horloge ne sonne plus, quelle heure il peut être et si le chat s'est décidé à mourir.

— A condition...

— Pas de condition. Pas de chantage.

— Vous allez peut-être me souffler dessus et me réduire en fumée ? Je ne crois plus aux mille et une nuits. A condition, dis-je, que vous vous résigniez à transformer votre théocratie en paternité. J'ai besoin d'un père, d'une mère, d'une famille. Egalement d'indulgence, de liberté. Ou alors il fallait limiter mon instruction à l'école coranique. Fèves, attente, prières, servilité, médiocrité. Une légère réforme que vous pourriez m'accorder sans qu'il soit porté atteinte à votre souveraineté puisque je reste sous votre tutelle. Le bourricot a grandi, il lui faut à présent trois sacs d'avoine. Et n'essayez pas de me soutenir que justement vous n'avez cessé d'être un père hors série, chose que, moi, je n'ai cessé d'ignorer. Je vous répondrais que ce tarbouch qui nous sépare est un potiron. Alors ?

— Sinon ?

— Sinon, le deuxième tranchant Assis ou debout ?

— Debout, chien.

— Chien si vous voulez, qui va vous mordre. Mais auparavant réfléchissez. Je vous fais confiance. Vous êtes intelligent, très intelligent, trop intelligent. Et je sais que vous ne tolérez pas — non pas l'idée que je me sois insurgé contre votre autorité (je le suis depuis l'âge de quatre ans et vous le saviez et vous l'acceptiez) — mais que cette insurrection ait pu aboutir. La théocratie musulmane ? la quatrième dimension. Cependant vous avez dû entendre parler d'Ataturk. Si vous continuez à vous toger dans votre intransigeance, il y en aura un second, d'Ataturk. Ici. Tout de suite. Me suis-je fait bien comprendre ?

J'ai haché mes mots, les criant ou les murmurant, je m'en moque et là n'est pas l'essentiel. Cinquante-huit ans, barbe noire, crâne chauve, bonne présentation, réduit à lui-même je l'aime bien. En Europe il eût fait un piètre épicier. Ou un fonctionnaire intègre.

— Tu as terminé?

— Je crois.

— Sors.

Ce petit mot éjecté du bout des lèvres — comme un crachat.

— Me chasser? Simplement me chasser? Je m'y attendais. Et je suis censé obéir? Au nom de Dieu clément et miséricordieux!

Je me mets à rire, quoique je n'en aie nulle envie. Ce plafond incurvé au-dessus de ma tête en est témoin: il l'aura voulu.

— Vous ne manquez pas de courage. Vous ne manquez de rien sinon de modestie. Ainsi je vous ai acculé et vous me faites front? Et vous me dites « sors » et je dois sortir?

— Va-t'en!

— Je puis vous donner encore une chance...

— Veux-tu t'en aller?

— Et votre imperturbabilité foncière?

— Veux-tu t'en aller?

Nous commençons à tourner. Quelques centimètres nous séparent. Il marche sur moi, je recule et nous tournons ensemble.

— Je croyais que le deuxième tranchant vous intéressait?

— Veux-tu t'en...

— Vous l'écouterez quand même.

La main qu'il a levée sur moi, je l'immobilise. Si je vous disais que je l'imaginais de fer, cette main, et qu'entre mes doigts elle s'est révélée chétive? Le

164

tout était d'oser. Les aiguilles de l'horloge indiquent qu'il est à peu près onze heures.

— Vous vouliez aller à la mosquée, hein? et pourquoi pas? Vous faites vos cinq prières par jour et votre chapelet pèse un kilogramme. Tout le monde vous respecte. Vous avez une barbe de patriarche. Vous êtes un homme de Dieu. Je vous admire et vous suis dévoué. Je m'incline devant votre sainteté. Vous êtes saint. Descendant direct du Prophète, Dieu le bénisse et l'honore! Vous allez à la mosquée? Justement je vais par là. Donnez-moi votre tapis de prière. Il me semble que vous le portez avec quelque difficulté. Vous ne voulez pas? Je vous comprends! Bien dissimulés dans ce carré de feutre pieux, *il y a cent grammes de kif.* Le spirituel et le temporel en même temps, n'est-ce pas? C'est la vie. Dieu est grand!

Adossé à la porte, je le vois blêmir. J'ai libéré sa main qu'il examine attentivement. Faite pour monnayer, corriger, commander, bénir, comment s'y prendra-t-elle pour me transformer en hachis? L'indifférence n'est plus de mise; il faut agir.

— Vous la regardez? Elle est faite pour monnayer, corriger, commander, bénir et vous vous demandez comment elle s'y prendra pour me transformer en hachis. L'indifférence n'est plus de mise et il vous faut agir. Je vais vous en fournir le moyen. En illustrant ce fameux deuxième tranchant d'un autre argument. Vous autres, vous m'entendez?

Ils m'entendent. Ne se grattent pas, n'éternuent pas, ne toussent pas, ne rotent pas, ne pètent pas. Mais m'entendent parfaitement. « Ça va durer longtemps, ce business, doit se demander Camel. Bordel de bordel! Si j'avais su, je serais resté au bordel. » Et ma mère! Ses lèvres sont scellées. Saints de l'Enfer et de l'Abîme, on m'a appris qu'il ne fallait pas vous invoquer! Je vous invoque. S'il vous plaît,

faites que la terre m'engloutisse séance tenante —
ou bien qu'elle engloutisse ce forcené ! »

Le papillon a disparu. Pourquoi serait-il resté ? Je
l'accuse même d'un certain culot d'avoir pu faire un
petit séjour parmi nous.

— Vous m'entendez. Vous ne vous grattez pas,
vous n'éternuez pas, ne toussez pas, ne rotez pas, ne
pétez pas. Mais m'entendez parfaitement. « Ça va
durer longtemps ? doit se demander Camel. Bordel
de bordel ! Si j'avais su, je serais resté au bordel. »
Et toi, ma mère, tes lèvres sont scellées. C'est-à-
dire : « Saints de l'Enfer et de l'Abîme, on m'a
appris qu'il ne fallait pas vous invoquer : je vous
invoque ! Faites que la terre m'engloutisse séance
tenante — ou bien qu'elle engloutisse ce forcené ! »
Je vous comprends tous. Tout à l'heure vous me
matraquiez de silence. Du moment que vous avez
vos fèves, qu'est-ce qu'une idéologie vient foutre là-
dedans ? Je sais : que l'on aille frapper à la porte
d'Hitler ou de Musso ou de Roosevelt et qu'on dise :
il y a un moyen de mettre un terme à cette guerre —
et vous présentez ledit moyen, un kilo de merde
d'hippopotame — pourquoi pas ? Vous vous verriez
décerner un Nobel. Que je parle de liberté, de
souveraineté, de réforme à ces têtes de bois
d'Arabes — silence, mépris, méfiance, incompré-
hension flagrante. Par ailleurs, je viens de vous
apprendre à l'instant des choses qui devraient vous
stupéfier. Vous restez trapèze, « ivre-assis », lèvres
scellées. Les fameuses fèves, pardi ! Vous avez vu
votre Seigneur blêmir — vos rétines seulement. Qui
se flatterait d'avoir vu la lune portant des lunettes
de soleil ? S'il a blêmi, eh bien ! par Allah, et la
Kaaba et Belzébuth, ça ne lui fait ni chaud ni froid
et ça ne va pas changer vos fèves en hachis de
langues de moineau. D'accord, Seigneur ! Je continue ?

Son visage s'est durci. La petite veinule qu'il avait eue quelques heures plus tôt, au cimetière, a fait saillie et bat. Il ouvre ses mains et les referme, et il me semble qu'il a quelque difficulté à respirer.

— Parce qu'il est encore temps. Vous faites un geste et je me tais. Quitte à me jeter à vos genoux, pardon et actions de grâces. J'ai renoncé à mes revendications. Et peut-être — vous si fort, si noble, je n'aime pas vous voir souffrir — finirai-je cette soirée en vous disant : tu. Comme autrefois, il y a très longtemps, quand je balbutiais mes premières syllabes. Père, je t'en supplie ! impose-moi silence.

— Trop tard, dit-il.

Ces mots. Petit marteau d'un commissaire-priseur, messe dans une église déserte. Il y a des soleils qui se lèvent désabusés — pour que les chantent *ardents* sur des cornemuses des mendigots nés aveugles.

— Je n'en disconviens pas. Je reste quand même persuadé... Et puis merde ! La preuve de ce que j'ai avancé ? Voici le tapis de prière, je l'ouvre, voici le kif. Entendez mes gestes fébriles comme il vous plaira. Je suis à bout. Deuxièmement.

Les muezzins clament de nouveau.

— Deuxièmement, deuxième impureté. Vous de qui nous sommes fonction, tenants et aboutissants, que signifie ? Votre ferme d'Aïn Diab est plantée de tomates. Ces plants de tomates, une petite ouvrière de Khouribga — j'ai vérifié — elles sont précoces, les filles de Khouribga — j'ai vérifié — treize-quatorze ans, les noue pendant le jour, les attache à leurs rames avec des brins de doum. La nuit ? Elle offre — j'ai vérifié : deux bâtards — à vos caresses et à vos morsures des seins durs — je n'ai pas vérifié, mais j'ai vu — qui vous font oublier les seins avachis de votre épouse légitime de par la loi

islamique et qui ont nourri sept enfants. Amen !
comme beuglent ces mendiants.

Ils beuglent aussi que la nuit est maintenant bien
noire mais que c'est la prière de la nuit. Que ceux
qui se trouvent couchés sur un corps de femme se
lèvent et prient. L'apaisement est illusoire dans un
corps de femme, alors que... et la suite. Que la
nouvelle lune est née. Que les muezzins doivent
être rangés dans la catégorie : pauvres. Une mesure
de blé ou d'orge risquerait d'être bien accueillie. Et,
bien entendu, Allah souverain dans le ciel et sur
la terre.

Je répète :

— Amen !

Sur le plateau à thé une cuiller que je remarque.
Je m'en saisis. « Si toutes les filles du monde... »
Faul Fort a écrit un jour cette ronde. Ce qu'elle est
devenue ? Lettre morte. Et, si j'ajoute : « sans commentaire », j'en aurai fait.

— Une cuiller. Je la prends et fais quelques pas.
Me voici devant la bibliothèque. Livres vénérables,
tranches dorées, papyrus, rouleaux de soie. Médita-
tions de Haj Fatmi Ferdi, sa nourriture, ses intros-
pections. Philosophes, théologiens, métaphysiciens,
historiens, le peuple de Mahomet est là. Je m'en
moque. Ce qui m'intéresse, c'est le dispositif mécanique qui fait pivoter toute cette sainteté poussié-
reuse. Parce qu'il y en a un. Je n'ai pas le temps de
faire des recherches. Alors je me sers de cette
cuiller. Je l'introduis dans cette rainure et méthodiquement je pèse.

J'ai pesé brutalement. Il se produit un craque-
ment. Je n'ai plus qu'à tirer le panneau.

Et d'annoncer :

— Vermouth, Martini, Saint-Raphaël, Cinzano...
Chablis, Gaillac, Montbazillac... Bourgogne, Cham-
pagne Geizmann, Cognac, Fine Napoléon, Porto...

168

« Le vin blanc provoque la danse de Saint-Guy — c'est cela, n'est-ce pas ? la danse de Saint-Guy ! — et le vin rouge est commun au menu peuple : roule et envoie au borgne. » Je ne fais que rappeler votre ironie de l'autre soir. Quel Château nous conseilles-tu, fils ? Vous avez le choix, père.

Tandis que je marche sur la porte, je ne regarde personne. A quoi bon ? Il y a des soleils qui se lèvent désabusés — pour que, sur des cornemuses, des mendigots nés aveugles les chantent *désabusés*.

— Vieilles cuvées, vieilles réserves, vieux crus. Ou peut-être n'est-ce que du jus de raisin ? Rendu vénérable par l'âge. Un hadith d'Abou Bekr le Véridique enseigne : « Vous croyez avoir pété. Mais réfléchissez, peuple de Dieu. Votre anus a-t-il éjecté une once de fèces ? Non ? Alors, tranquillisez-vous : vous n'avez pas pété. »

J'ouvris la porte.

Je m'étais emparé d'une bouteille d'Old Lady. Comme j'ouvrais la porte, le goulot heurta la lourde serrure — et sauta. J'en bus une large rasade.

— Jus de raisin, il n'y a pas de doute. Si l'étiquette dit : Scotch Old Lady, c'est un fichu mensonge. D'ailleurs Camel va en témoigner.

Je lui lançai la bouteille et m'en fus.

Sur la troisième marche du perron un barbu était assis. Je le saluai et il s'empressa de m'apprendre que sa mère était morte ce matin, son grand-père hier, que sa femme venait à l'instant d'être écrasée par une Jeep et que sa tante était en train d'agoniser. Il devait avoir soixante ans. Son sourire était on ne peut plus jovial.

Il se confectionnait une cigarette. C'est-à-dire qu'il *commençait :* j'insiste sur ce détail. Sur sa feuille à cigarette, de l'index il répartissait le tabac.

Cependant je m'étais penché sur le chat. Je déblayais les décombres des deux mains. Lorsque j'eus ôté la dernière pierre, il s'affaissa et sa tête vint retomber sur la dernière marche du perron, entre les pieds du barbu. A l'angle de la rue un réverbère brûlait ses lumens.

— Au nom de Dieu clément et miséricordieux, récitai-je en me levant, Père de l'Univers et Roi du Jugement dernier !

Je soulevai un pavé à hauteur de mon sternum et l'abandonnai à la chute libre. A la même fraction de seconde, le barbu (il souriait toujours) dit : Amen ! et les yeux du chat furent fluorescents. Je sus que l'un avait peur et que l'autre était mort.

Quelqu'un avait allumé les soixante-trois lampes des lustres. Cela créait des zones d'ombre dans les nappes de lumière. Ce que je constatai d'abord, murmurant le cantique des Morts. Ensuite je vis le Seigneur assis au milieu de la salle.

— Et que tout le monde se lève et crache sur nous ! disait-il.

Camel riait épileptiquement. J'allumai une cigarette.

— Plus bas que le sabot des mules, plus vil qu'un Juif de Tel-Aviv, vilipendé, miserere ! voilà ce que nous sommes devenu. Vous vous lèverez et vous cracherez sur notre face. C'est un ordre.

Les lèvres de ma mère tremblaient. Dehors l'on criait au viol. Ma cigarette s'éteignait. Je la rallumai.

— Haj, nous ne sommes plus haj. Père, nous ne l'avons jamais été. Seigneur, notre trône est à présent un tas de fumier, du fumier de porc et de chien. Nous attendons vos crachats.

Et j'écrasai ma cigarette sous mon talon.

— Philosophie du désespoir, dis-je. Avez-vous entendu parler de Sartre ?

Il ne répondit pas. Mes frères s'étaient levés.

— Calcul matriciel, poursuivis-je. Avez-vous entendu parler d'Einstein ?

Nagib s'était approché du Seigneur. Il visa, passa. Madini prit sa place. Un crachat coulait sur le front du Seigneur.

— Einstein n'a rien inventé, repris-je, ni Sartre non plus. S'ils assistaient à cette scène, ils se botteraient le cul.

Madini cracha, alla s'asseoir. Dehors, l'on hurlait que ce n'était qu'une femme qui venait d'être violée.

— Haj Fatmi Ferdi atteint dans sa puissance. A propos, comment vont les affaires ? Il pouvait reconnaître ses torts et faire amende honorable. Non, monsieur ! il lui fallait un acte de seigneur. Gandhi n'est pas musulman.

Camel cracha deux fois. Il titubait et son poing comprimait son estomac : il était sur le point de vomir. A la réflexion, il cracha une troisième fois. Ensuite courut vomir sur le plateau à thé.

— Vous avez calculé : l'acte le plus spectaculaire serait l'auto-avilissement. Et vous vous êtes assis. De nous, habitués à la servilité, à vous le tout-puissant sur nos corps et nos âmes, un crachat ne peut être qu'une glorification. Et demain votre joug serait plus lourd et plus sûr.

Jaad cracha, Abd El Krim cracha. Lorsque vint le tour de ma mère, elle se mit à sangloter.

— Crache ! cria le Seigneur.

Elle s'exécuta furtivement. Puis se prosterna devant lui. Dehors un crieur public quêtait un gosse perdu depuis huit jours.

— Reste moi, conclus-je. Parce que toute cette comédie s'adresse à moi. Le plus sensible, le plus violent de vos enfants, Seigneur.

Il me regardait. De sa tête couverte de salive et de

glaire, seuls les yeux étaient restés intacts. Ils me regardaient d'un *ton* qui était un renoncement.

— Celui que vous avez instruit, à qui vous réservez la jouissance d'un autre monde — et votre sceptre et votre couronne. Nous devinons en toi une explosion prochaine, disiez-vous l'autre soir. Et vous souhaitiez que cette explosion ne fût pour moi qu'une cause de transformation susceptible de faire de moi un homme moderne et surtout heureux. Vais-je cracher, moi aussi ? Vous me regardez et vous vous dites : il ne crachera pas. Il va pourtant le faire, Seigneur. Et, parce que je ne suis pas méchant, je vise les yeux.

Je crachai, il se leva, bouscula ma mère, me repoussa violemment.

— A nous deux, maintenant ! Au début de cette altercation, nous avions dit : sors. Sors !

Soixante-trois ampoules électriques s'éteignirent.

— Si je sors, ce sera pour ne plus revenir.

— Nous espérons bien. Sors d'abord.

La porte monumentale claqua derrière nous. Les portes du passé doivent claquer ainsi.

— Et je ne garderai de mon passé que la haine.

— Mieux que cela : la malédiction.

Il tourna le commutateur. Le patio s'emplit de ténèbres. Nous nous mîmes à descendre les marches de béton, moi à reculons, lui agitant les bras et me précipitant d'une marche à l'autre. Je sentais mon cœur battre la chamade. Je souriais.

— Tu sortiras maudit. Tu croyais triompher et nous aplatir et nous dicter des conditions. Nous ne pouvons t'exprimer quel dégoût est le nôtre. Tu étais dans notre cœur, dans notre sang et dans notre cerveau le préféré de nos enfants.

— Vos yeux coulent : pleurs ou salive ?

— Mais, comme chante le poète, il n'est pas mauvais de savoir quels grains donner à chaque volatile de tous les volatiles créés par Dieu. Nous te donnions notre confiance et notre amour. Nous ne savons même pas si, à présent, tu mérites notre mépris. Tu n'ignorais pourtant pas que ton avenir était plus précieux que l'or et quelle situation enviable parmi toutes tu as perdue. Tu t'es révolté ? Sois heureux comme les rats dans l'égout, car ta vie n'est pas autre chose maintenant.

Nous longions le corridor. Il éteignit la lampe de l'escalier.

— Parlez-moi de votre ruine.

— Tu étais un être béni, tu avais tout à attendre de l'avenir. Tu n'es plus notre fils et nous ne sommes plus ton père. Ne pense jamais à nous ni à tes frères. Tu es notre honte à tous. Ne murmure jamais en toi-même le nom de ta mère qui t'aime dévotement, nous le savons, et qui, frappée du même chagrin que nous...

Il ouvrit la porte d'entrée. Et se croisa les bras. J'aperçus ses yeux dans la pénombre. Ils étaient flamboyants.

— ... te maudit autant de fois qu'il existe de feuilles dans tous les arbres et arbustes du monde, autant de fois qu'il existe de grains de sable sur toutes les plages et dans tous les déserts, partout où il y a du sable, autant de fois qu'il existe de poissons dans toutes les rivières, dans tous les fleuves, dans toutes les mers, dans tous les océans du globe. Nous te maudissons tous au nom du Seigneur très-haut et très puissant, Père de la bonté et du châtiment. Amen ! Salut !

La porte en se fermant heurta mon dos. Je dégringolai le perron. Et, distinctement, j'entendis le Seigneur conclure :

— Aujourd'hui, nous avons enterré deux de nos enfants. Misère est notre misère et périssables sont nos corps !

CHAPITRE IV

LE CATALYSEUR

« *Les faux-monnayeurs.* »

Je me relevai.
— Finalement, ma tante est morte, me dit le barbu.

Adossé au réverbère, plutôt couché qu'assis, il souriait. .
— Et je viens d'apprendre que mon fils aîné s'est engagé dans l'armée française, ajouta-t-il.

Il tira la langue. *Mouilla consciencieusement le bord gommé de sa feuille à cigarette...*

*
**

D'abord je la crus folle. Elle jaillit d'une porte cochère en criant à tout vent :
— Tant pis !... Tant pis !...

Une petite femme maigre, si petite et si maigre qu'elle eût aisément tenu dans un couffin. Réflexion faite, je la rattrapai et, mettant une main sur son épaule
— Eh oui ! madame, tant pis, comme vous dites !

Elle me fit face. Le réverbère accusa ce qui lui restait de dentition : quatre crocs noirâtres.
— Vous l'avez vu ?

— Qui ça ?

— Mon chien, voyons ! Mon chien Tant-Pis.

— Ah bon !... Non.

La nuit l'avala.

*
**

Puis je me plantai devant une fenêtre ouverte.

Une chandelle brûlait dans une pièce exiguë où deux Noirs se tenaient assis. L'un remuait une louche dans un chaudron en terre cuite, l'autre pinçait les cordes d'une guitare.

Une natte, quelques coussins, une tête de léopard, beaucoup de vapeur, cafards et toiles d'araignée. Je fumai deux cigarettes.

— Je ne comprends pas. Voilà plus de trois heures que ces petits pois sont sur le feu et ils ne sont pas encore cuits.

— Passe-m'en donc une louchée, dit l'homme à la guitare.

Quelques arpèges, puis :

— Nous pouvons attendre, déclara-t-il. Il s'agit en effet de petits pois... et même complets : tu les fais *cuire avec leurs gousses.*

La guitare attaqua une danse berbère.

*
**

Comme je tournais l'angle de la rue, je faillis être renversé par un cycliste. Il freina, s'excusa et se mit à hurler :

— Mes merlans ! Mes merlans !

J'époussetai mes vêtements.

— Eh bien ? Je les vois là, reliés les uns aux autres par les ouïes, à l'aide d'une ficelle. Une sorte de collier que tu as suspendu à ton guidon. Je compte trois merlans ou je me trompe.

176

— Il y en avait quatorze, me dit-il d'une voix douce.

Les avait-il semés en cours de route?

Un feu rouge dans la nuit.

*
**

Ainsi furent peuplées mes premières minutes de liberté. Cocasses. J'arrêtai encore un passant.

— Pardon, monsieur.

Il fumait. J'ouvrais un paquet de *Favourites*. De l'index il tapota son mégot pour en faire tomber la cendre, en tira deux longues bouffées, m'en présenta le bout rougeoyant. J'y allumai une cigarette.

— Dieu t'ôte ce péché!

— Et à toi de même, mon fils!

Il s'en fut. Grand, roide, squelettique. Cela et rien de plus.

A la vérité, j'étais muni d'allumettes et, si je l'avais arrêté, c'était uniquement pour lui demander si, à son avis, il faisait froid.

Le deuxième passant à qui je fis signe portait deux sombreros. L'un sur la tête, l'autre sous le bras. Je m'apprêtais à lui parler. Je vis une cigarette qui pendulait au coin de ses lèvres.

— Du feu, s'il vous plaît!

Il s'était découvert, agitant son couvre-chef comme une sébile. Résigné, j'y laissai tomber ma boîte d'allumettes. Et mon mégot. Il se coiffa du sombrera qu'il tenait sous le bras.

— Dieu t'ôte ce péché, mon fils!

— Et à toi de même, mon père!

Je m'en fus. Grand, roide, squelettique. Cela et rien de plus.

Deux quiproquos, deux échappatoires, j'étais maudit, sentais le maudit. *Sui generis*, bons vêtements, appareil digestif vide — et l'huile sapide que suaient mes pores et cette expression mi-fauve mi-effrayée de qui ont fait claquer les portes derrière eux, puis s'enfoncent dans le désert de la rue et de la nuit. A tout hasard, j'arrêtai un troisième passant. J'avais froid.

— Monsieur, je n'ai pas d'allumettes et je ne fume pas. Fumez-vous ?

— Non ; je suis fqih.

— Tant mieux ! Vous allez peut-être me tirer d'affaire. Selon vous, fait-il froid ?

— Où ?

— Ici.

— Quand ?

— Maintenant !

Il me considéra.

— Permettez que j'aille me renseigner.

Il détala. Je sus ainsi qu'il régnait une chaleur d'enfer. Alors que j'avais réellement froid.

Des lumignons fumaient, des groupes gesticulaient, des charrettes à âne, roues cerclées d'acier, roulaient avec un bruit de ferraille, sacs de ciment, pastèques, volailles et du gravier et du fumier, des figues, des roseaux, de la paille, âne allègre, âne rêveur, trente, quarante, et des derviches qui mangeaient leur soupe dans une encoignure ou fumaient un sebsi de kif — un sebsi long, un kif âcre — soliloquaient, vomissaient ; des angles de rues que je prenais court, avec à chaque angle une résurgence de vies, de bruits, de lumières et le ciel violet piqué d'argent qui semblait ou bien m'attendre ou bien me narguer ; les phonographes lancés à toute hurlée, la chanson du Nil, Antar et Abla, Matrah Matrouh et l'inévitable Coran, furoncle par-ci par-là et, tel un furoncle dans une chair de femme à mordre, rabat-joie. J'avais froid.

Je m'engageais dans Derb El Kébir. Je me disais : « Tel un Américain. S'il perd sa brosse à dents, il perd ses mâchoires. La nuit est vaste, Driss, vaste comme ta faim, comme ta fatigue et ta désolation. Où vas-tu ainsi ? »

J'allai frapper à la porte de Berrada, 7, Derb El Kébir. Il me reçut en pyjama, mâchonnant un chewing-gum, souriant, satisfait, amène. Sur le seuil.

— La nouvelle lune est née ce soir, dit-il.

— Je ne l'ai pas vue, répondis-je tristement. Mais il paraît.

— Si-si, insista-t-il.

Et cracha son chewing-gum. Entre mon flanc et mon avant-bras droits, comme je lui tendais la main. Qu'il serra. Des deux siennes. Chaleureusement.

— Salut ! Puis-je entrer ?

— Salut ! Je me préparais justement à sortir. Mais puisque tu es là, tu voudras bien m'attendre une minute, le temps de m'habiller. Et nous ferons un tour de promenade ensemble.

— Je crains que tu n'aies pas compris.

Moi, je commençais à comprendre. Essuie tes pieds avec ma barbe, j'ai l'intention d'aller au bain maure.

— Permets. J'ai dit : puis-je entrer ? Ce qui signifie : puis-je passer la nuit chez toi ?

— Hum ?

— Berrada, tu es mon plus grand copain et je suis très ennuyé. Faim, froid, soif, besoin de dormir. Tu es mon plus grand ami et je viens te demander un bout de pain, une couverture, un broc d'eau, une nuit d'hospitalité. Ensuite tu pourras m'interroger, je t'expliquerai.

— Ecoute, Driss. Je suis...

— Non ?

Je lançai un coup de poing, un coup de pied. Ils aboutirent respectivement sur sa bouche hilare, sur la porte qu'il m'interdisait. Et qui s'ouvrit toute grande sur un corridor carrelé de blanc et noir qu'une serpillière venait d'humecter. J'aperçus même ladite serpillière aux mains d'une femme qui disparut en criant : au fou !

Berrada s'était écroulé. Pesamment, méchammant, je m'assis sur son thorax. Il se mit à labourer mes flancs de coups et d'ongles, avec application et méthode, sans mot dire hormis quelques interjections barbares lorsque le souffle lui manquait. La vieille femme réapparut avec un vieux gourdin. Elle le fit tournoyer tel un moulinet. Soi-disant pour l'assener avec plus de *baraka* sur mon crâne. Mais je la désarmai et elle disparut de nouveau en criant : au démon !

Lorsque je me relevai, la rue grouillait. Des voisins, des gosses au ventre ballonné, des femmes qui donnaient le sein à leur dernier-né mais dont le visage était islamiquement voilé — et des mendiants accourus là, dont un à vélo, on ne sait jamais ! et des suppositions, commentaires, ordres, contrordres, mentions marginales, quelle chaleur, c'est un chrétien...

— Je n'en suis pas un. La nouvelle lune est née, je l'ai vue.

— Elle-est-née !

Une seule clameur qui me couvrit comme une nuée de guêpes tandis que je trouais la foule. J'allongeai le pas. Pris une rue latérale, une autre, une autre encore. Je n'avais plus froid du tout.

Un fiacre déboucha de l'ombre. Il était attelé d'un vieux cheval mélancolique et répandait une odeur de peinture fraîche. Je le hélai.

— Ho ! fit le cocher.

Le cheval s'arrêta. Que pouvait-il faire d'autre ? Même au Maroc, les chevaux sont dressés.

— Je me rends à la ville européenne, dis-je.

Remarque que je peux faire le trajet à pied, quoique très fatigué. Seulement...

— Alors ?

— Si tu veux bien me faire confiance, je te paierai un jour. Parce que je préfère te déclarer dès maintenant que je n'ai pas un sou vaillant... Cependant...

— Hue ! dit le cocher.

Et le cheval se remit à trotter. Que pouvait-il faire d'autre ? Même au Maroc, les chevaux ne stationnent pas longtemps.

— Attends ! criai-je.

— Ho !

— Je suis le fils de Haj Fatmi Ferdi. Je crois que tu...

— Monte !... Hue !

Quelle gifle plus cuisante ? M'installant sur la banquette, je me mis à faire le récit de ma révolte à ce dos trapu de cocher, à sa nuque épaisse, à ses épaules. Ces dernières exprimèrent-elles un seul haussement ? J'en doute. Mais la nuit était bien noire.

— Ho !

— Je te remercie beaucoup...

— Hue !

Tchitcho m'avait parlé un jour de son chien Youki. Un bouledogue qui dormait du lever au coucher du soleil, mais qui, la nuit, accomplissait consciencieusement son devoir de sentinelle. C'est-à-dire que, s'il flairait un rôdeur, ou bien il jappait ou bien il aboyait furieusement. Dans le premier cas, le rôdeur devait être un Européen ; dans le second cas, il s'agissait nécessairement d'un Arabe. Alors le père de mon ami Tchitcho avait le choix entre : descendre en pyjama et bonnet de nuit et s'expliquer calmement avec le compatriote — ou bien ouvrir un œil-de-bœuf par où pointer le canon d'un authentique fusil chleuh.

Comme je sonnais, Youki vint me humer. Je ne l'avais jamais vu et il ne connaissait point mon odeur. Pas tout à fait arabe. Pas tout à fait chrétien... Perplexe, il grogna deux ou trois grognements. Que je comparai volontiers au fameux juste milieu d'Aristote.

Tchitcho révisait. Manuel de philosophie, formules d'algèbre tracées à la craie sur une ardoise, petite fenêtre-lucarne ouverte sur la nuit, pendulette pour tisser le temps. La figure de Tchitcho demandait des explications.

— Berrada, dis-je. Tu le connais, oui ? Je viens de lui casser une côte, deux dents et une montre qu'il avait au poignet. Je suis méchant, je suis brutal, je suis fou. Si tu m'interrogeais ?

Un toussotement.

— Oui... pourquoi ?

— Comme si tu ne le savais pas ! T'a-t-il téléphoné, à toi aussi ?

— Qui ?

— Voyons, Tchitcho ! Tu prépares la seconde partie du bachot et tu joues encore aux devinettes ? Réponds : t'a-t-il téléphoné ?

Un début de toussotement.

— Oui.

Et précipitamment il reprit :

— Je tiens à ce que tu saches que je n'ai aucune prévention contre toi et que je n'ai pas à te juger. Si tu t'es fâché avec ton père, je ne puis jouer ni les supporters ni les médiateurs. Si tu me demandais mon opinion quant à ta position actuelle, je te ferais remarquer — si tu ne le sais déjà — que, fils d'avocat-conseil et de comtesse corse (noblesse datant de l'Empire), je suis né, ai vécu et vivrai vraisemblablement encore dans un cercle déterminé, dimensions, limites, saveur, couleur et tout le bazar, je dis un cercle si bien déterminé et si suffisant à soi-même que...

— ... que ?

Il vida une cannette de bière. Le temps d'arrêt était nécessaire. Le geste superflu. J'aurais pu aisément terminer sa phrase. Mais au fait...

— ... que, repris-je vivement, un élément qui surviendrait *hors* de ce cercle, *extérieur*, tu ne chercherais pas à le comprendre. Ni même à lui reconnaître une existence propre. Rubens et Michel-Ange ont peint. Picasso ? Connais pas ! As-tu terminé ?

— Je n'aime pas ce ton. Amer, bourru, injuste. Alors que je t'accueille gentiment...

— Mets-m'en une livre, Tchitcho ! Je suis un imbécile, bien sûr ! Tu vas parler — gentiment comme tu l'affirmes — m'oindre de gaïacol parce que tu me devines meurtri et me réciter l'Ecclésiaste parce que tu sens que j'ai besoin de réconfort. Ensuite tu refermeras la porte sur mes omoplates pointues, sur mes fessiers pointus. J'ai quand même réussi à foutre dehors cet imbécile. Où en étais-je de mes révisions ?... Ah oui ! « La notion de liberté selon le pragmatisme... »

Et je m'assis. Tabouret ou bergère, quelle importance ? Je m'assis.

— M. de La Vitrolle François, surnommé Tchitcho, regarde-moi. Ce visage que tu me vois est mon visage. Enduit de sueur. D'une part. D'autre part, sur ton front et ton arête nasale, je distingue quelques gouttelettes. Sueur aussi ? Ne généralisons pas. Simple transpiration. *Moi*, je sue. Donnemoi une cigarette. Tu n'en as pas ? Moi, j'en ai. En veux-tu ? Ou bien as-tu cessé de fumer ?

Durant quelques secondes, silencieusement, je fumai. Il n'y avait que cela à faire : fumer, parler,

183

donner des coups de poing. Ensuite, la rue, la nuit. Mon estomac ? La physique nucléaire enseigne que, dépassé le quanta — si inconcevable que cela puisse paraître — le mouvement devient inertie.

— Soit ! Je me suis trompé. Trompé en croyant dur comme dogme que toi, chrétien, français, mon camarade de classe depuis sept ans révolus, mes fesses et les tiennes sur les mêmes bancs, à peu de chose près les mêmes notes scolaires, les mêmes goûts pour un philosophe, un poème, une marque de tabac, « phraséologie » entre deux cours, correspondance, je copiais tes cravates et tu as adopté ma façon désabusée de déambuler... soit ! Je te disais que Berrada a quelque excuse de se détourner de moi, jalousie fondamentale d'Arabe à Arabe, peur de troquer sa place de secrétaire-interprète au tribunal du Pacha contre une détention ferme pour un motif quelconque non valable, mais qui le deviendrait si le Seigneur le jugeait bon. Parce que — excuse-moi de parler vite, haché, touffu, sec : je suis fatigué et au lieu de me trouver dans un bon lit, soixante-douze heures de sommeil qui m'écrasent... je suis assis... sur un tabouret ou dans une bergère, je n'en sais rien et je ne veux même pas vérifier : ce n'est pas un lit ? alors ?... et il me faut parler ! —, parce que telle est la menace du Seigneur. Il a téléphoné à Berrada. En bref : « Berrada, tu as une bonne situation, tu dois savoir qui nous sommes et nous venons de mettre Driss à la porte. Médite ces données fondamentales. Maintenant ou bien tu condamnes ta porte et tu continues de percevoir 16 000 francs par mois ou bien tu te découvres une âme de saint-bernard et tu consommeras 200 grammes de « kesra » dans une prison du Souss. Bien entendu, nous n'avons pas de conseil à te donner. Salamalec ! » Parlons à présent de toi. Tu es, comme tu le soulignais tout à l'heure, fils

d'avocat-conseil et de comtesse corse... Entre paren-
thèses je n'ai pas très bien saisi ce relief de
« noblesse datant de l'Empire » : Arabe, simple
Arabe, excuse-moi. Tel, tu ne dépends ni du Makhzen ni d'Allah. Que je sache ! Et, si j'ai bien compris
les termes du Protectorat, une espèce de potentat
marocain (soit dit en passant, le potentat en question est complètement ruiné) ne peut en aucune
façon en imposer à un jeune Français de vingt ans
— ce dernier fût-il fils d'avocat-conseil et de comtesse corse, noblesse datant de l'Empire. Un exemple : tu es en train de coïter... *je suppose !* Nasille
tout d'un coup une mouche dans le voisinage. Si tu
te lèves pour l'écraser, dis-moi, qu'es-tu venu faire
au Maroc ? Abstraction faite de notre amitié, bien
entendu ! (nous en parlerons un autre jour); alors,
en ton âme et conscience, que t'a *ordonné* mon père
au téléphone ? Pour que tu sois devenu un pleu-
tre ?... Et donne-moi une bouteille de bière, tu as
trop bu... *Comment ?* Je-te-dis-que-tu-n'as-plus-soif !
Moi, si. Et parle !

J'aurais pu continuer longtemps de la sorte.
Entrer dans une pièce, demander des explications,
sortir. Le cycle de mes amis. Rapporter à Tchitcho
la conversation que j'avais eue avec Berrada, à
Lucien celle avec Tchitcho... tramer. Avec la tension
parfaitement inutile que dans le chapelet il surgît
un grain, un seul, qui se caractérisât. Touffu, j'étais
touffu. En temps ordinaire, frété d'un plat de lentilles, j'eusse agi autrement. Voyons ! Qu'aurais-je
fait ? La porte en se fermant derrière moi m'avait
fait dégringoler le perron. Je me serais relevé, assis
sur le perron ou sur une pierre plate, j'aurais tenu
ma tête à deux mains. Peut-être aurais-je fini par
m'endormir. Et ceux qui commencent par dormir
sont des sages.

Et je me retrouvai à mon point de départ, comme

un mokkadem muni d'un tambourin gueulait qu'il était deux heures du matin. Le chergui s'était levé. L'on m'a dit que c'était un vent soufflant de l'Est. Je n'en crois rien. Ce chergui-là arrivait de toutes parts — et même du ciel. Chargé de sable et d'urine, de chaleur et de sécheresse, chant de cuivre et universion. Salut, ô maître ès-lettres françaises, qui t'es trouvé un jour dans ce vent et qui as eu le culot, à partir de cet élément, de pondre quarante pages! Salut! Je les ai lues. Tu as tout dit sur le chergui. J'en brosse deux phrases. Et le chergui m'emporta comme une balayure. Jusqu'au bordel.

D'où j'extrayai à grand-peine Le Kilo.

— Donne-moi la clef de ta cabane. Puisque je lis sur ton emploi du temps que tu m'as remis cet après-midi (nous sommes vendredi) « vendredi... De 2 à 10 heures du matin : dans une cabane ex-pissotière, rue Tolba... » La clef! Et file chez moi. Il y a un réverbère. Sers-t'en. Atterris sur la terrasse. Pas de bruit. A ramasser tout ce qui peut se vendre. Fifty-fifty. D'accord?

Il hurla : « d'accord! » et se mit à courir.

La cabane contenait un litre de vin rouge, une purée de fèves dans un seau à mortier et une paillasse. Je bus, mangeai, me couchai. Le chergui ronflait des injures sonores.

J'ai dû dormir longtemps. Il faisait nuit lorsque j'ouvris les yeux.

— Vingt heures, me dit Le Kilo. Nous sommes samedi, 11 heures du soir.

— Et le vent?

— Il souffle ailleurs.

Il avait retourné le seau à mortier, s'y était assis. Il semblait mécontent, quoique souriant. Entre ses pieds s'étalait la purée de fèves en une géométrie malsaine. La veille, je n'avais pas tout

186

mangé. Et Le Kilo s'était abstenu de vider le seau dehors, avant de le retourner et de s'y asseoir. Il était mécontent

— Alors ? lui demandai-je.

— Alors pas grand-chose. Deux flics ont monté la garde chez toi jusqu'à l'aube. Je crois qu'ils t'attendaient. Ensuite ton père est sorti, s'est installé sur son tapis de prière et s'est mis à distribuer des pièces de monnaie. Comme tout le monde j'ai tendu la main... *Dix* francs !

— C'est tout ?

— Bien sûr que non.

Au cours de la même seconde il souleva son talon, le fit peser. Il s'en étala une bouillie brunâtre — et la queue spasmodique d'un lézard.

Le Kilo répéta :

— Non.

Et — j'avais rejeté mes couvertures et me mettais sur mon séant — il ajouta :

— Pas mal tes accessoires !

J'enfilai mon slip à la hâte.

— Accessoires, tu es dans le vrai, simples accessoires. Mais tu avais autre chose à me dire, je crois.

— Si.

Du pied, j'estime : distraitement, il recouvrait la bouillie de lézard avec la purée de fèves, buttait, égalisait, tassait. Je remarquai qu'il fumait une courte pipe à tuyau d'ébène, à la suite de quelles tribulations arrimée entre ses dents ? N'exhumons rien, je suis pressé.

— Ce dentier, dit-il.

Quatre incisives, deux canines, deux prémolaires, de l'or 850, l'appareil m'était familier.

— Hey ! Le haj ton père l'avait ôté, placé dans le creux de sa main — afin de graillonner un graillon particulièrement pénible à extraire. T'ai-je dit qu'autrefois j'étais voleur à la tire ? Voilà le dentier.

La butte s'était transformée en une masse compacte, glaise ou terre à modeler — et cela représentait un sexe immense pourvu de ses attributs. Le Kolo se leva.

— Le Juif, dit-il.

— Quel Juif?

— N'importe lequel, celui qui nous achètera ces dents. Fifty-fifty, souviens-toi.

— C'est juste... mais quelle heure peut-il être?

— Près de minuit. Pourquoi? Le Juif ne ferme jamais.

Le Juif s'appelait Haroun Bitoun. Il était râblé, vêtu de noir, mangé de poils et de barbe. A la vue du dentier, il me l'arracha des mains, l'enferma dans un coffre-fort, nous poussa dehors, fit tomber le rideau métallique de son échoppe.

— Combien?

Maintenant il était dans la rue, maintenant il ne craignait ni Hitler ni le tonnerre. La légume est hors de prix, chantait Hyspa, et les Prophètes fulminaient contre le roi Achab.

— A 150 francs le gramme, proposa Le Kilo, cela doit faire...

— Pas grammes, coupa le Juif, or en bloc. Ton morceau d'or ne vaut pas plus de 2 000 francs.

— Comment? Je vais t'apprendre, espèce de pourriture...

— Pas la peine, dis-je, c'est lui qui en aurait à t'apprendre. 2 000 francs?

— Oui, monsieur, dit Haroun.

— J'accepte.

Haroun ne se troubla pas.

— Monsieur, tu n'as pas de garanties et ce dentier ne t'appartient pas. Donc je ne peux te payer qu'en pesetas.

— En pesetas?

— En pesetas. Ces pesetas, je connais un *frère* qui

te les changera contre des livres anglaises... Attends. Les livres, un autre Juif t'en donnera des piastres indochinoises...

— Je ne comprends pas.

— Mais si, monsieur. Les piastres, tu peux les convertir en roubles, les roubles en dollars, les dollars en lires et finalement les lires en francs.

— Je présume que cette série d'opérations n'ira pas sans comporter...

— C'est-à-dire qu'il y a les frais de change, certainement, monsieur.

Il se frottait les mains, soudain très grave.

— Mille francs, voilà ce que tu peux escompter. Je suis prêt à te les donner dès maintenant. Afin d'épargner ton temps et ta sueur. Mais si tu tiens à être payé en pesetas...

— Je préfère.

Il s'exécuta et Le Kilo lui saisit le poignet. Sans brutalité ni douceur. Fonction naturelle. Mais le Juif comprit immédiatement que cette main qui le tenait avait quelque chose d'analogue à la malédiction de Jéhovah.

— Nous allons de concerve effectuer les divers changes dont tu m'as parlé, dis-je. Et d'abord tu vas nous conduire chez ce *frère* chargé de la convertibilité des pesetas en livres.

Nous ne lâchâmes Haroun qu'à l'aube naissante. Il était ahuri. « Ma barbe arracherai, gémissait-il, mes joues larderai à coups d'ongles — les Hébreux ont été rois et Issa, roi des Hérétiques, a été crucifié par nos soins. Maintenant un Arabe roule un Juif — et dans le commerce des monnaies, ô Moïse ! »

— Maintenant, dis-je au Kilo, nous allons nous rendre « Chez Noémie ». Des vingt-deux mille huit cents francs que nous venons de gagner, je pense que tu seras d'accord avec moi pour distraire une partie, le délassement du guerrier en quelque sorte, et j'ai besoin de réfléchir.

— « Chez Noémie » ? Connais pas. Probablement un boxon ? Si c'en est un, je te précède. Sinon, je te suis. En tout cas, je te fais confiance. Mais dis-moi, Ferdi, comment as-tu eu l'idée de cette histoire de change ? Je ne te savais pas affairiste.

En cours de route — le jour blafardait et des pigeons roucoulaient (disons des duos d'amour) et de la Médina montait une petite odeur de pourriture (à son réveil, sentez une femme, sentez une ville) — j'expliquai à mon compagnon que, si une somme d'argent en monnaie espagnole devait aboutir à la moitié de sa valeur en francs français, rien n'était plus facile que de remonter la chaîne — ce que j'avais fait, avec l'aide de Haroun Bitoun, stupéfait ou pas, auquel de toute façon j'avais racheté le dentier, en pesetas.

— Et les frais de change ? me demanda Le Kilo.

— M'ont été remboursés. Sais-tu te servir d'une brosse à dents ?

— Non. Mais je vais m'établir agent de change dès demain.

— Pour quoi faire ? N'es-tu pas heureux ainsi ? Considère que c'est ta simplicité bourrue qui m'attire chez toi. Crois-tu que, pour moi, il s'agisse d'un besoin de sociabilité ?

— Pas de propositions ! Merci quand même. Pourquoi ? Avoir beaucoup d'argent. Le dépenser à baiser.

— Nous y allons.

Noémie vissa une lampe dans sa douille et le vestibule qui préalablement avait fleuré l'oignon, le tabac, nous révéla — une épreuve photographique — un vieux Nègre qui croquait un oignon, tirait sur une bouffarde, un coup de dents, une bouffée. Il était assis et de prime abord j'estimai que, debout, il atteindrait quelque deux mètres. Pour l'instant il semblait inoffensif.

— Le commutateur est dérangé, déclara Noémie. Ces demoiselles vont descendre, entrez, messieurs, bonjour, messieurs.

Elle pressa sur un timbre et remarqua la tête du Kilo. Typiquement arabe, mille excuses, madame.

— Ça non! s'écria-t-elle, nous avons des règlements.

— Des règlements?

— Ceux-ci.

Elle désignait un panneau. Le Nègre avait posé sa bouffarde sur son genou, posait le reste de l'oignon sur le fourneau de sa pipe. Il était très attentif.

— Vous si, précisa Noémie, cet Arabe non. Mes pensionnaires n'ont pas à subir les Moricauds et je peux vous garantir qu'en voilà le premier qui ait sali mon seuil — et j'entends par Moricauds les Moricauds, les Arabes, les Jaunes, les Peaux-Rouges — enfin tout ce qui n'est pas occidental, quoi!

Je ne lui demandai pas si elle était raciste par principe ou tout simplement pour des raisons commerciales.

— Cet homme m'accompagne, voilà tout.

Elle parut soulagée. Elle ouvrit la porte au Kilo. Il disparut, voûté, las, mâchonnant non pas des injures mais quelque épais crachat dont il ne se soulagerait que bien loin de ce boxon — au bon vieux Bousbir, fort probablement.

Derrière Noémie, je pénétrai dans un salon. Il était meublé d'un fauteuil où je m'installai, d'une table de bridge et de douze jeunes femmes qui souriaient, aguichaient, très désirables. Noémie les nomma... Françoise... Paula... et des prénoms jamais encore entendus comme Annalia, Thorla, des appellations que j'eusse cru d'oiseaux rares, elles faisaient une petite révérence de la pointe des seins, se barricadaient de nouveau derrière leur sourire.

— Eh bien? me demanda Noémie.

Elle aussi souriait. Elle s'attendait à m'entendre lancer un nom, Françoise ou Thorla, je réglerais d'abord le quart d'heure, ensuite monterais avec la fille de mon choix.

— Eh bien? répéta-t-elle.

— D'ici midi, dis-je, combien?

Elle eut une moue.

— Cela vous coûtera mille francs... plus le pourboire. Alors?

— Alors voici treize mille francs... comptez.

Et je pris Thorla par le cou.

— Celle-ci sera la première, madame, montrez-moi le chemin, madame.

Ce fut Annalia qui me donna le dernier baiser.

— Je voudrais te revoir. En dehors d'ici. Tu es fine et tu dénotes. Est-ce possible?

— Certainement, mais tu es trop romanesque, mon chou.

— Lundi?

— Lundi si tu veux, c'est mon jour de congé.

Je savais que je ne la reverrais jamais. Je lui demandai de descendre me préparer une tasse de thé.

— Impossible, chéri. Cela fait deux jours qu'on n'en trouve plus. Même au marché noir.

Roche m'avait parlé d'un prêtre, le Père Blot. Le lendemain matin, dimanche, je sonnai à son presbytère. Il s'effaça, me fit asseoir dans un fauteuil en rotin, m'écouta. J'abjurais l'islam. Le catholicisme me tentait. Je demandais conseil.

— Evidemment, c'est un problème assez difficile à résoudre. A trois titres : d'abord parce qu'il est mal posé ; secundo, parce que je ne l'ai pas vécu et par conséquent, tertio, que je le considère avec mes yeux d'Européen et de prêtre.

Je ne sais pas exactement ce qu'il me dit. Je m'intéresse à sa physionomie que je regarde, que j'essaie de comprendre, au point que le problème que je lui ai soumis est de moindre importance que celui qu'il me pose, lui. Je fixe avec étonnement ces traits réguliers, beaux, imprégnés de vie ardente. Il doit avoir trente ans. Quand il m'a ouvert pour me recevoir, j'ai constaté qu'il était grand et quand il s'est assis il l'a fait doucement, dans une détente souple et féline, accentuée par un rejet calme de la tête contre le dossier de son siège. Une telle aisance, une telle force animale dont lui-même est conscient se dégage de ce prêtre que je me demande quelle histoire d'amour, quel concours de circonstances, quel aboutissement de mesures coercitives l'ont relégué au plan de consolateur d'âmes, lui que je sens, que je sais destiné uniquement à la satisfaction des corps.

Une règle métallique qui tournoie entre ses doigts et réverbère la lumière du jour issue de la fenêtre à laquelle je tourne le dos me fait cligner des yeux, me reproche ma distraction. Le Père Blot a maintenant les coudes sur la table et la règle barre horizontalement son front.

— ... au plus haut point ce que vous avez bien voulu me révéler sur les conditions de vie de l'enfance marocaine. Il y a eu quelques missionnaires venus ici dans le temps. Je ne crois pas qu'ils aient obtenu une dizaine de conversions au total. N'empêche que...

Et tout d'un coup...

Tout d'un coup, je sentis mes testicules se raidir. L'orgue étirait des résonances déjà lentes et le prêtre chuchotait. Que chuchotait-il ? Je n'en sais rien. Il chuchotait. Ses lèvres avaient le rythme d'un nouveau-né en succion, sûr, régulier, irréfléchi. Un instant, comme si je les regardais à l'aide de jumelles et comme si, tout en les regardant, je réglais l'instrument, elles m'apparurent proéminantes et frémissantes, puis floues, puis nettes et minuscules, puis de nouveau immenses, à emplir mon champ optique. Ce champ s'obscurcit, s'éteignit soudain et *je ne fus plus qu'une main.*

La droite. Je la sus se poser doucement sur une épaule, une épaule d'organdi glauque et de chair conjonctive, au toucher tendre comme une cuisse de pigeonneau. Une épaule! je sais. Un fleuve de cheveux blonds et qui fleure l'adolescence à peine déféquée houle à quelques centimètres de ma face. Je sais mon nez puissant, qui voudrait, pourrait s'immerger dans cette chevelure et en extraire le suc. Je sais des concavités et des convexités prêtes à s'épouser et mes aortes se durcir. « Les os de la terre gémiront le dernier jour des jours et sur vos crânes, peuple impie, se précipiteront comme grêle. » Mon dieu, pardonnez-moi : je suis impie et je corrige : « Les os de la terre ne gémiront point le dernier jour des jours : l'homme les a transformés en ciment. »

En conséquence, mon Dieu, abandonnez-moi cette épaule. Elle appartient à une jeune fille, laide ou belle, ou asexuée je m'en moque, derrière laquelle je me suis placé en entrant. Je me serais placé derrière une colonne de cette église ou tout autre objet de la création, mais ce fut elle qui fut là. Et croyez-vous que je vais m'interroger sur tel concours de circonstances qui a déterminé que...? J'ai lancé un jour un oignon à un clebs affamé. Il l'a mangé sans plus.

Epaule sur laquelle j'ai posé la main et, pour la poser, j'ai fermé les yeux, l'aveugle est maître du tactile, la sens-tu, cette main ? Tu t'es trouvée là et je ne puis bénir le hasard. Le hasard est permis à ceux qui savent. Or moi, je ne sais pas. Tu t'es trouvée là et je vais te faire une offrande, voilà tout. Ensuite m'en irai, t'en iras, toi peut-être intrinsèque, mais moi abcès vidé jusqu'au sang. Et, bien plus tard, des lèvres d'époux, des dents d'amant, lorsque te baiseront ou te mordront, te feront normalement tressaillir. Ma main ? tu ne la sentiras même pas. Dans laquelle pourtant, comme en un refuge, je ferai, chair et plaie et avatars et complexes grandioses, tout aboutir, en délire. Je te l'ai dit : *je ne suis plus qu'une main.*

Et d'abord reçois mon rêve. Tu l'appelleras latence, d'aucun le définira identification du réel ou δ ψ (M) dt, je n'y vois pas d'inconvénient. Qui se préoccupe de ratiocinations à l'heure où s'abat le Destin ? Ecoute mon rêve et n'aie pas peur.

Ce rêve-là, vague, vogue au vol des sphères vertes sous le vent familier des ténèbres futures. Demain ?... Demain sera le glas des fenêtres ouvertes — closes brutalement pour les sourdingues. Demain étouffera la rumeur stupide des voix stupides qui beuglaient la terreur du bâillement normal ; et le spleen en fumant crachera sur nos gueules, de son houka, quelque odeur nauséeuse de merde ou de mazout.

Et, sais-tu, j'ai bâti des ports géants avec des grues géantes soulevant des mondes et des crues d'hommes : je suis resté vil, veule et seul sur le quai.

Et, sais-tu, quand le dernier navire avec tous ses apôtres eut coulé, j'ai hurlé : « Je vais en créer d'autres » — et posément j'ai ri d'un rire gras, amer et gai.

Je t'ai dit cela en colère, petite fille aux blonds cheveux, blonds comme le maïs et blonds comme les étoiles. Tu n'en as rien entendu, et, eussé-je parlé à voix haute, que tu eusses probablement à peine battu des cils.

Ecoute encore. Je vais être plus violent. Tu t'es trouvée devant moi, ma main s'est refermée sur ton épaule, je présume qu'elle en est déjà meurtrie et, si tu ne t'es pas dégagée, si tu n'as pas voulu te dégager, une secousse eût suffi, un frémissement eût suffi, c'est que tu es moulée dans principes et convenances, les bons principes, les bonnes convenances — quel âge peux-tu donc avoir ? Seize ans, dix-sept ans, peut-être moins... quinze-seize-dix-sept ans de moule ! — ou alors je m'imagine seulement que je suis violent : parce que j'aime la violence. Ah oui ! je suis également sadique. Au commencement il y avait l'orgueil. Orgueilleux jusqu'au refoulement, puis refoulé jusqu'au sadisme et sadique jusqu'à l'inconscience. N'aie pas peur pourtant. Je t'assure qu'il ne s'agit là que d'une offrande. Celui qui te la fait est en détresse, une pauvre petite détresse. Ecoute-moi.

Une fois, les soleils rougis battaient les tempes des poètes et des conquérants. Et comme l'eau valait plus cher que l'or, ils buvaient leur sueur et remerciaient la Providence. Mais la mer elle-même n'eût pu les apaiser. De l'horreur du nadium naquirent en eux des vampirismes. La loi du plus fort trouva sa raison d'être. Néanmoins le sang fut épargné, que les vainqueurs sucèrent jusqu'à la dernière goutte. Les volontés durcirent ; dans les veines le sang guérit le sang de toute trace de civilisation. Il y en eut qui, réadaptant leur masque tombé au plus fort de la tourmente, communièrent au tabernacle de la colère ; d'autres qui rirent parce que d'autres pleuraient. Mais c'était indéfiniment la marche des forts. La monotonie même n'avait de sens qu'avec l'alternance des brasiers cuisants et des crânes cuits. Il n'y avait plus de ciel et, quelque part dans le ciel, un soleil : mais, sans interstice de bleu, une irradiation flambant de milliards de soleils.

Et, par-delà les frelons haletants, les salaisons votives et les cailloux crevant les gerçures des pieds nus, par-delà les flamboiements des guipures, prédominait le besoin d'un assouvissement mâle et brutal.

Alors, des circonvolutions cérébrales mises à nu dès le premier horizon, vagirent les nerfs tendus vers l'infini contraste du froid débile.

Ce ne fut plus qu'un promeneur sur la plage brunie par un soleil d'août, dont les muscles fraîchis par une baignade récente ont besoin de l'embrasement des égarées là-bas sur le sable, dont les cuisses et les bras peuvent jusqu'à l'étouffement annihiler toute notion du réel.

En mon âme et conscience, j'ai senti l'appel identique des taureaux solitaires beuglants.

En mon âme et conscience, je t'ai dit, petite fille.

Byzantinisme et byzantinisme voulu, petite fille, autodéfense de ma pudeur — ou, tout simplement, n'est-ce plutôt qu'un masque de ma médiocrité ? A tout prendre, j'étreins un peu plus fort ton épaule.

Souviens-toi ! au commencement il y avait l'orgueil. Tout être naît orgueilleux. La naissance en elle-même n'est-elle pas un orgueil ? Et j'ajoute : la passivité est le quanta de l'orgueil. Gandhi.

Un sieur écrira : « ... Et j'appelle vérité tout ce qui est continu. » Un autre sieur faisant métier de critique s'étonnera : « Et le mensonge ? n'est-il pas continu, lui aussi ? mille exemples à citer. » Ce critique suave aura enterré Gandhi.

J'appelle orgueil la possession de soi. Quelques kilogrammes de chair, sang, peau, os, cartilage, boyaux, ongles, système pileux, glandes à faire l'amour, dure-mère, cellules grises, contours et formes, tares, avatars, croyances, sens critique, appétit de croire, les cinq sens, les kinésies — et le monde que l'on découvre, traduit, adapte à soi, si parfaitement qu'il devient notre propriété. Tel était mon orgueil, petite fille. Mon moi, mon lot, mes contingences. Je ne volais personne.

Des années se sont déroulées. Je suis ici, étreignant ton épaule. A la suite de quoi ? Je vais te le dire. Une histoire de thés, un bref séjour à Fès, Hamid est mort, je me suis révolté.

— Parfait ! a conclu Roche. Garde cela en toi, bien ancré en ta mémoire, cultives-en chaque fait, chaque incidence. Plus tard, lorsque ton vocabulaire comportera quelque 8 000 mots et lorsque le recul aura suffisamment aiguisé cette révolte, tu pourras en faire un roman.

Un roman. Un roman, entends-tu ? Dont les éléments seraient : une histoire de thés, un bref séjour à Fès, la mort d'Hamid, ma révolte. Si je pouvais encore rire, petite fille !

Mais justement, jusqu'à cette minute où je me suis mis derrière toi, je n'ai cessé d'y être, dans mon roman, pantin. Et, de cette minute-là, j'en émerge, j'en échappe. C'est pour cela que je t'ai parlé d'une offrande. Et que je la fais à toi que je ne puis situer, dont je ne connais point le visage et qui t'en iras sans plus. L'on quitte un instant son sentier pour vomir. Que l'on reprend ensuite, soulagé — ou bien un peu plus malade.

Donc je me serais révolté pour des banalités ! Un haj est ruiné quotidiennement et quotidiennement un enfant meurt. L'on s'est contenté de ces éléments et j'ai tu les causes profondes. Les voici.

Je t'entretenais de mon moi initial. Il commença de s'effriter un jour. Jour après jour, il s'effrita davantage. Les tendresses m'étaient refusées, les réconforts absents, les pleurs sanctionnés, les souffrances muettes décelées et condamnées, les élans brimés, les jeux interdits, les écartements vite émondés. Par le dogme, pour le dogme, dans le dogme. Je me tus, m'éteignis, suivis le Droit Chemin. Et je continuerais encore de le suivre sans une brusque incidence.

Un jour, un cartable fut substitué à ma planche d'études, un costume européen à ma djellaba. Ce jour-là renaquit mon moi. Pour un temps fort bref. D'autres commandements vinrent relayer les anciens et, moi qui avais obéi à ceux-ci, j'obéis à ceux-là. Ils étaient : « De Divinité il n'y a qu'Allah et d'Allah nous sommes le représentant sur la terre. Si nous t'accordons le droit de respirer une bolée d'air, une bolée d'air et pas autre chose, tu respireras. Et, si tu te permets un dérèglement, Dieu te damnera sûrement, mais nous, auparavant, t'aurons étranglé de nos propres mains. »

Ils furent : « Le monde a changé, notre fils. La première personne qu'aime un homme, c'est soi-même. Mais, s'il a des enfants, son plus cher désir est qu'ils soient meilleurs que lui en tout point. Nous allons nous reproduire en toi, nous perfectionner. Nous sommes du siècle des Califes, tu seras du siècle Vingt. Nous t'introduisons dans le camp ennemi afin que tu te familiarises avec ses armes. Cela et pas autre chose. »

Cette autre chose pourtant s'est produite petite fille. En effet les nouveaux commandements firent passer les anciens au second plan — et en quelque sorte m'en libérèrent. Et me prédisposèrent au sens critique. Première étape. Dont je ne sus profiter : je m'étais déjà refoulé. Je me refoulai davantage. Jusqu'au sadisme, je te l'ai dit, petite fille.

J'appelle sadique tout être capable d'exubérance, qui végète et ne désire que végéter. J'appelle sadique tout être qui se spécialise au détriment de ses autres capacités, tendances, promesses. J'étais l'un et l'autre et me contentais d'approvisionner ma haine, aidé en cela par l'exemple de *mon intelligence que l'enseignement européen développait — au détriment de toutes mes autres facultés*. Seconde étape. Que je dédaignai également. Je ne me nourris pas de littérature.

La troisième, je suis en train de la franchir. Lorsque mon frère fut mort et enterré, je m'en suis allé. Un prétexte — un jour ou l'autre je m'en serais allé — une sorte d'extériorisation, à traduire par des actes, des mots à concrétiser. Je m'en suis allé revendiquer. Ecoute, petite fille.

— Je ne puis te donner asile, a dit Tchitcho. Même pour une nuit. Mon père est avocat. Ton père l'a chargé de s'occuper de son affaire de thés. Des honoraires fabuleux. Si je donnais libre cours à mon amitié, il prendrait un autre avocat.

— Mon père est gérant d'une société anonyme de textiles, a dit Lucien. Dont le principal actionnaire s'appelle Haj Fatmi Ferdi, je ne t'apprends rien. Maintenant, comprends-moi, Driss, si je...

— ... si tu donnais libre cours à ton amitié.. ouais! Au revoir, Monsieur!

— Je suis un cosmopolite, a dit Roche. Je suis partout chez moi et nulle part je n'ai de gîte. Te recueillir? Où cela? Et pourquoi? Si tu étais encore passif... mais tu ne veux être qu'actif...

— Mais, monsieur Roche, et vos enseignements? vos critiques-dissections, vos histoires marrantes, vos coups de trique, votre anarchisme?... je vous considérais comme mon véritable éducateur...

— Et alors? Je te fais confiance : ce pays-ci a besoin d'anarchistes. Et qui sait? un jour peut-être le disciple éclipsera le maître...

Et le Père Blot, petite fille! Ce prêtre qui officie, que tu regardes, que tu écoutes. Je lui ai rendu visite ce matin, dans son presbytère Le premier prêtre venu. J'étais sincère, j'étais bon, j'étais pitoyable. Prêt à m'offrir. Moine ou nettoyeur des chiotes de la Chrétienté. Et sais-tu ? (je pleure en te disant cela, des larmes que tu ne peux voir et ne peux entendre, silencieuses, dures) de tout mon moi, de tout mon être-plaie, sais-tu ce que le Père Blot a retenu ? *Son angle de prêtre.*

— Du plus haut intérêt ce que vous avez bien voulu me révéler au sujet de l'enfance marocaine. Il y a eu dans le temps... n'empêche que...

Un faux-monnayeur ! Tous des faux-monnayeurs ! Lucien, Tchitcho, Roche et ce prêtre nasillant. Chacun d'eux m'a traduit à son optique propre. Moi ? Un beefsteack. Passé de main en main, soupesé, examiné, flairé, marchandé... Boh ! un beefsteack !

Alors qu'il me soit permis, à moi aussi, de traduire selon l'angle de ma férocité. Des honoraires fabuleux ? Le principal actionnaire ? Le cosmopolitisme ? L'enfance marocaine ? Mais à qui donc parlez-vous ? Je ne suis pas un tuyau de poêle.

Epluchons : vous ne m'acceptez pas. Je ne puis être votre égal. Car c'est cela votre peur secrète : que je le sois. Et que je vienne revendiquer ma place à votre soleil. Eh oui !

Que je me sois révolté, que j'aie rejeté le monde oriental, j'en connais qui se sont frotté les mains.

— Ce n'est pas tout, dis-je. Serrez-vous, s'il vous plaît : je vais m'asseoir.

— *Comment ?*

Comment ? Vous avez donc cru que j'allais considérer ma révolte comme un satisfecit ? Remiser cette énergie sans chercher à lui donner corps, l'utiliser ? Etre statique ? Un poste de préposé aux Droits de Portre ou de secrétaire-interprète, une espèce de no man's land ? Permission de nous réunir le samedi soir à la terrasse d'un café franco-marocain ? L'alliance franco-marocaine ?

— Et alors, mon cher, vous n'êtes pas encore retourné chez vos parents ?... Non ?... Vous êtes un couillon, mon cher.

Plus qu'ils ne le croient. A l'école coranique, si j'avais des réflexes, sensations, sentiments, idées, ils n'étaient les uns et les autres que premiers. Victor Hugo, Kant et les faux-monnayeurs les ont dérivés. Si bien dérivés qu'ils m'ont aidé, moi qui m'étais révolté et candidement considérais ma révolte comme une délivrance — *à me délivrer de cette révolte.*

— Et alors, mon cher ? Ça peut aller loin, ce petit jeu. Etes-vous parvenu à un résultat ?

Petite fille, ce résultat, je l'ai communiqué à ma main. Le beefsteack de naguère est devenu une authentique semelle. Et le *moi* dont je te parlais tantôt, parce que encore dans une fausse situation, très décidé. Décidé à vivre en semelle. Et c'est en semelle qu'un jour ou l'autre — je suis tendu vers ce but — je débarquerai en France, aboutirai vers le cœur de la France, Paris — semelle. Couilles et cerveau. Sadisme et bonne volonté. Lucide, entends-tu ?

— Lâchez-moi... vous me faites mal...

Ouais !... Petite fille, le temps, je le sais ou le souhaite, se chargera de compromettre mon absolu. Comme il me rappelle déjà que je ne suis plus oriental pour me permettre d'en découper une tranche, le stabiliser au point mort, m'y réfugier. Comme il me rappelle que je ne suis qu'un personnage — d'un roman. Dommage, petite fille ! je croyais m'en être également libéré.

— Lâchez-moi... mais lâchez-moi donc !

Voilà... voilà... Le personnage va se réintégrer dans le quatrième chapitre...

— Qu'est-ce que c'est que cette mixture d'essai et de roman, ces termes agglutinés ?..

— Voilà... voilà...

Je la lâchai. Elle se tourna vers moi, secouant encore son épaule. Sans doute vit-elle mes yeux. Elle tomba évanouie.

Je sortis de l'église et Tchitcho m'offrit une cigarette.

— Je te rappelle, dit-il, que c'est demain à 8 heures que commenceront les épreuves du baccalauréat.

Pas un mot de plus et fit mine de s'en aller. Un de ces panneaux de signalisation que l'on rencontre aux détours du chemin. Palabrer ? Soyons pratique : je lui demandai du feu pour la cigarette qu'il venait de m'offrir. Ensuite regagnai ma chambre d'hôtel, me rasai, bus une tasse de café, dormis. Rêvant de cette petite fille vêtue d'organdi et qui avait eu le pouvoir de me vidanger — si les pensionnaires de Noémie m'avaient fait jouir.

Il tambourina à ma porte. J'allai ouvrir. Il était chaussé d'espadrilles. Il avait l'air d'avoir soif. Je lui présentai une carafe d'eau. Il but, me donna une cigarette, m'aida à me vêtir. Nous descendîmes l'escalier de front. L'air frais du matin me cingla et fit perler des gouttes de sueur sur son front.

— L'estomac, Tchitcho, dis-je... ou bien le foie, ménage ta santé.

— Je sais, se contenta-t-il de répondre.

Il fit une grimace qui voulait être un sourire. Il était grand, plus grand que moi, franchement maigre, plus maigre que moi. Il était un peu voûté, marchait à la façon des crabes. Le ciel se couvrait de nuages, quelques chiens fouinaient dans quelques poubelles, le macadam s'étalait droit devant nous, par endroits brillait, là où une voiture avait pissé son huile et là tapait un rayon de soleil.

A mon compagnon, je désirais dire : « Je suis ému Tu tiens à ce que je me présente au bachot. Tu m'as relancé jusqu'à ma chambre d'hôtel. Je crois que tu me considères comme un ami, je me suis trompé. Je t'ai traité d'ordure et déjà tu as tout oublié. Pardonne-moi. »

Je lui dis : « As-tu des nouvelles de chez moi ?

— Non. Mais tu ne tarderas pas à y retourner.

— Pourquoi ?

— Je le présume. En tout cas ce serait à souhaiter.

Comme nous franchissions la grille du lycée, il me remit un journal soigneusement plié.

— Il y a là un article qui pourrait t'intéresser. Je l'ai encadré au crayon rouge.

Je suis assis devant un pupitre, devant une trentaine de dos, devant un tableau noir sur lequel un bâton de craie vient de calligraphier le sujet de la dissertation française : « Liberté, Egalité, Fraternité. » Les bottillons du surveillant sonnent en un va-et-vient qui me rappelle le balancier de l'horloge à poids du Seigneur. Plus bruyant sans doute, mais aussi régulier, aussi défini. Des plumes raclent, des toussotements se répriment, avec son cortège de nuages le soleil s'est déplacé dans le ciel et je me suis réveillé.

Tout à l'heure, isolé sous un marronnier du préau, j'ai lu l'article. Ni enthousiaste, ni enthousiasmant. Un constat. Il m'a pourtant réveillé.

Liberté, Egalité, Fraternité, non, je n'ai jamais sous-estimé la puissance du Seigneur. « *L'on ne sait comment la chose s'est produite, mais sur les marchés il n'y a plus un gramme de thé.* » J'aime cette terminologie claire et nette.

La plupart de ces dos me sont connus. Pourquoi les mettre à nu ? Eczéma, omoplate ou échine saillantes, laissons-les couverts. L'habit fait le moine et l'illusion est à chérir. Si cet homme qui fut mon père a été capable de juguler les événements, satanés bottillons ! que lui demander de plus ?

Liberté, Egalité, Fraternité, j'avais soif de mots, faim d'incantatoires. « Le stage, m'enseignait le Seigneur, dans un bagne fait d'un forçat un garde-chiourme et d'un garde-chiourme un forçat. Le tout est d'être au départ l'un ou l'autre. Pour nous, nous choisirions d'être un forçat. »

Je pleurais et il me frappait au visage : « Il est méchant » alors qu'il voulait me faire entendre : « Sois dur ». Liberté, Egalité, Fraternité, un jour tu te trouveras devant la ruine de tes entreprises : l'énergie ou bien tes poèmes ? Mes poèmes, père, mes poèmes !

Le tableau noir est un assemblage de planches, somme toute, les bottillons, si je les chaussais, les ferais sonner bien autrement, avec application et méthode, piétinant mes dernières excroissances — mais qui donc m'a parlé de symbiose ? « Symbiose de génie oriental, des traditions musulmanes et de la civilisation européenne... » Vague, très vague, c'est-à-dire : brisons-en là, étouffons amiablement l'affaire, au fond du pot de miel il peut y avoir de la merde. Symbiose oui, mais : symbiose de mon rejet de l'Orient et du scepticisme que fait naître en moi l'Occident. Cela s'appelle un poème, père. Je trempai ma plume dans l'encrier et me mis à écrire.

« Liberté, Egalité, Fraternité : *hic* le sujet.

« A-Propos — Un périodique américain m'a récemment appris qu'à partir d'une citrouille cueillie à Sidi Bel Abbès (Algérie) et expédiée aux U.S.A., des ingénieurs chimistes de l'Université de Harvard, spécialisés dans la branche des matières plastiques, avaient réussi à obtenir une quantité appréciable d'acétyl-polyvinyl et du chewing-gum de très bonne qualité. C'est dire que la devise de la République Française " Liberté, Egalité, Fraternité " fournirait matière à :

« *Délimitation du sujet.*

« *a*) Un bon roman genre vieille école : le Maroc, pays d'avenir, le soleil, le couscous, les métèques, le Bicot sur le bourricot et la Bicote derrière, la danse du ventre, les souks, des Buicks, des bidonvilles, des pachas, des usines, les dattes, les muezzins, le thé à la menthe, les fantasias, les khaîmas, les djellabas, les haîks, les turbans, les charmeurs de serpents, les conteurs publics, les sabirs, le méchoui, la kesra, la sécheresse, les sauterelles — c'est tout ? non !... le tam-tam, les sorciers, les pirogues, la mouche tsé-tsé, la savane, les cocotiers, les bananiers, les flèches empoisonnées, les Indiens, Pluto, Tarzan, le Capitaine Cook... alors que vient foutre là-dedans la devise de la République Française ?

— Justement ! Un vieux macaque va nous brasser tout cela, entre deux coquetèles, entre deux pets, entre deux bâillements, *va en faire un roman :* histoire d'amour comico-tragique, couleur locale, avec comme reliefs et déterminantes : le Maroc-pays-d'avenir, le soleil, le couscous, les métèques, le bicot sur le bourricot et la bicote derrière...

— Mais la devise ? la fameuse devise ?

— Chapeau, messieurs ! le macaque est habile et, telle une vieille Ford de chez un mécanicien, votre devise sortira de ce roman rodée, réparée, révisée, " comme neuve " — à nous demander si elle a eu jamais un tel éclat.

« *b*) Un bon roman policier : Callaghan, Fantômas, de l'érotisme, du crime, du mystère, de l'aventure, des rebondissements, des coups de théâtre, les soucoupes volantes, une pomme de terre, une autre pomme de terre, une troisième pomme de terre...

— Mais monsieur, et la devise?

— Mossieu, je suis un macaque!

« *c*) Un poème en vers et en alexandrins écrit à la manière d'un Nègre baptisé trois fois et à qui l'on demanderait de pondre quelque chose sur la Négrie.

« " Moi pas enco' Blanc mais plus Nèg'e : Liberté!... "

« *d*) une chanson pour chansonnier ;

« *e*) un ouvrage d'économie politique ;

« *f*) une illustration algébrique de la série de Taylor ;

« *g*) un in-octavo d'histoire ;

« *h*) un modus vivendi ;

« *i*) un casus belli ;

« *j*) une marque déposée ;

« *k*) et, si j'étais américain, un indicateur de chemins de fer.

« Délimitons. Je ne suis ni romancier, ni poète, ni économiste, ni mathématicien, ni chansonnier, ni historien, ni fumiste. Un simple jeune homme âgé de dix-neuf ans, assis sur un banc, devant un pupitre. Et voilà qui est essentiel à mon sens : le facteur *candidat*, celui qui va traiter le sujet.

« Je n'ignore point, messieurs les examinateurs, qu'une copie d'élève doit être anonyme, exempte de signature, nom, prénom ou marque propre à en faire reconnaître l'auteur. Je n'ignore point non plus cependant qu'une toile révèle aisément le peintre. C'est dire qu'il y a quelque temps déjà que vous avez percé ma personnalité : je suis arabe. Permettez en conséquence que je traite ledit sujet en tant qu'arabe. Sans plan, sans technique, gauche, touffu. Mais je vous promets d'être franc.

« Délimitons encore. Ce matin, en me rendant ici, j'ai rencontré un Américain de la Military Police. Il arrêta sa Jeep.

— Toi Français ? me demanda-t-il.

— Non, répondis-je. Arabe habillé en Français.

— Then... où sont Arabes habillés en Arabes, parlant arabe et...

« J'étendis la main en direction du vieux cimetière musulman.

— Par là.

« Il embraya.

« Pourquoi cette anecdote ? Elle prétend signifier que l'auteur de cette dissertation est un Oriental pourvu d'un vocabulaire français de quelque 3 000 mots, à moitié éduqué, à moitié révolté et depuis 48 heures placé dans de mauvaises conditions tant matérielles que morales

« *Entrée en matière.*

« Un vieux bonze de mes amis, nommé Raymond Roche, m'a dit hier soir : " Nous, Français, sommes en train de vous civiliser, vous, Arabes. Mal, de mauvaise foi et sans plaisir aucun. Car, si par hasard vous parvenez à être nos égaux, je te le demande : par rapport à qui ou à quoi serons-nous civilisés, *nous* ? " Le sujet est : « Liberté, Egalité, Fraternité. » Je ne suis pas pleinement qualifié pour en parler. Par contre, je puis aisément lui substituer un sujet de remplacement et qui m'est autrement familier : " La théocratie musulmane. " Usant de tel théorème des triangles semblables, je présume que le résultat sera le même, à peu de chose près.

« *Développement.*

« Les cinq commandements de l'Islam sont par ordre d'importance :

— La foi ;

208

— les cinq prières quotidiennes ;
— le jeûne du Ramadan ;
— la charité annuelle ;
— le pèlerinage à La Mecque.

« Pour ce qui est du premier commandement, tout le monde croit en Dieu bien que le " Marocain moyen " n'en respecte pas les corollaires : on peut jurer et être parjure, mentir, être adultère, boire. Mais la foi est sauve et Dieu Très-Puissant et Très-Miséricordieux.

« En ce qui concerne les prières, seules les personnes âgées les font. Encore que ce soit pour la plupart d'entre elles une habitude ou un manifeste. De sorte que celui qui croit en Dieu, jeûne pendant le Ramadan, ignore le vin et le porc, fait ses cinq prières par jour et tire le diable par la queue, est presque automatiquement étiqueté saint, pourvu qu'il soit d'un certain âge, qu'il porte au cou un chapelet assez lourd et que sa barbe soit fournie.

« Mon grand-père est un saint à titre posthume ; parce qu'il était pauvre, pieux et lunatique.

« Le jeûne est généralement admis dans les croyances et partout suivi comme un rite millénaire. C'est-à-dire qu'en dehors de ceux qui sont obligés de travailler tous les jours pour subvenir à leurs besoins, les gens paressent dans leurs lits jusqu'à midi et font ensuite des parties interminables de poker ou de loto, pour tuer le temps et tromper la faim. Les jeux de hasard sont interdits par la loi et le Ramadan est un mois de recueillement et de prières. J'ai toujours vu mon père pendant ce jeûne d'une humeur particulièrement massacrante parce qu'il ne pouvait pas fumer. Il sortait faire un petit tour vers midi, rentrait et épuisait tous les sujets de conversation et toutes les occasions de dispute. Le soir, il redevenait le plus doux des hommes parce qu'il avait fumé et ne disait plus rien parce qu'il fumait jusqu'au matin.

« Quand le Prophète Mohamed a prêché le jeûne, c'était pour que tous, riches et pauvres, jeunes et vieux, souffrent pendant une période déterminée, de l'aube au crépuscule, de la faim dont souffrent éternellement et uniquement les pauvres ; pour inciter tout le monde à garder en dépit de cette souffrance même un caractère égal en tout lieu et en toute circonstance ; pour que cette abstinence d'aliments et de boissons, de jouissances vénériennes et autres, forge les caractères et les volontés et prédispose, en purgeant les corps et les cerveaux, à un état d'âme susceptible d'assimiler une élévation vers Dieu. Enfin pour que la vie, coupée un mois sur douze par un changement total d'habitudes, ne risque pas par sa monotonie de transformer les hommes en robots.

« Le quatrième commandement est défini par les lois suivantes :

— un prélèvement de 2,5 % sur les biens doit obligatoirement revenir aux pauvres ;

— ce prélèvement est annuel et doit être aussi précis que possible ;

— les biens immeubles qui ne rapportent pas ne sont pas passibles de taux.

« Au Maroc, on a adopté le jour de l'An Hégirien pour l'enrichissement des pauvres. En fait, j'ai toujours vu ce jour-là une distribution de pièces de monnaie, de figues et de dattes, faite surtout par les épiciers et les petits commerçants. Les riches prennent leurs précautions à l'avance, transformant leurs biens liquides en biens immeubles qui, de par la loi islamique, ne sont pas imposables. De la sorte, ils n'ont rien à donner à personne et n'auront pas de compte à rendre à leur conscience, ni à Dieu. Le Prophète n'a pas prévu cette escroquerie subtile.

Bien plus, les immeubles et les terres acquis ainsi peuvent décupler de valeur en un minimum de temps. C'est l'une des raisons qui expliquerait les affaires miraculeuses.

« Par ailleurs, il se peut que des pauvres réunissent ce jour-là une somme assez rondelette. Ils se retrouveront le lendemain mendiants, attendu qu'ils auront envoyé l'argent récolté dans leur douar pour s'acheter un lopin de terre ou du bétail.

« Le pèlerinage à La Mecque est prétexte aux Marocains riches pour visiter les pays du Proche-Orient. Je cite le cas de mon père qui est resté trois ans absent ; soi-disant pour se recueillir sur la Kaaba, la sainte Pierre Noire. A son retour, venant du Hedjaz, il distribua des dattes de Médine et du bois de santal à ses proches et amis, heureux d'avoir même un grain de poussière du pays saint. Ma mère lèche encore une de ces fameuses dattes, la vingt-septième nuit du Ramadan, la Nuit du Pouvoir où " anges et démons fraternisent sur les gazons tapissés de pétales de roses, au paradis ". Mon père tendit sa dextre en un geste magnanime et tout le monde la baisa et la baise encore en gratifiant son possesseur du titre honorifique de Haj, c'est-à-dire un type qui a été à La Mecque. Par la suite, il devait nous apprendre que la presque totalité de sa fortune avait fondu dans les tripots de Damas et du Caire. Mais il s'est réellement recueilli sur la Kaaba et a donc droit à son titre. Louange à Dieu très-haut, père de l'univers et roi du Jugement dernier !

« *Conclusion.*

« L'homme propose et le temps dispose, mais pas un cireur de la Médina ne voudrait en convenir et c'est ce qui fait la force de l'Islam.

« Resterait à présent le théorème des triangles semblables cité plus haut et je dois être confus. Messieurs les examinateurs, n'établissez pas de parallèle hâtif, trop à la lettre. J'ai encore quelque chose à dire — dont je vous mets en demeure de prendre note avant de conclure. Le constat que je viens d'établir sous forme de dissertation serait un rejet, un refus de mes antécédents. Pas tout à fait cependant, il me reste beaucoup de fibres à trancher, beaucoup de nostalgies à m'asseoir dessus, mais là n'est pas la question. L'important est ma position actuelle dont je ne suis pas parfaitement conscient, comme une convalescence — ni satisfait. Botté par mon passé tourmenté et mes acquisitions livresques et les contrepoids et les traitements de cheval et les tisanes sucrées, je viens de m'engager dans votre route, messieurs. Je ne m'y suis pas engagé *vierge*, mais tel dans le mariage un conjoint " ayant beaucoup souffert ". En conséquence, si je dis : " Liberté, Egalité, Fraternité : devise aussi rouillée que la nôtre ", vous me comprendrez sans doute. Néanmoins, au fur et à mesure de mes pas, j'ose espérer qu'elle se décapera, se fourbira, retrouvera cet éclat et ce pouvoir de séduction que les livres m'ont susurrés — pour un tant soit peu d'optimisme dont votre pauvre type de serviteur a grandement besoin et pour la plus grande gloire de la France. Amen ! »

Je somnolais sur un banc du parc Murdoch. Une main m'empoigna par les revers de mon veston.

— Debout, *hallouf!*

C'était Tchitcho. Je le suivis — ou plutôt il me traîna jusqu'au préau du lycée, piétaille et rumeur sourde. Tchitcho joua des coudes. Il semblait fébrile.

— Regarde, hallouf.

Il me désignait un panneau. Quatre punaises y fixaient la liste des candidats admissibles. Mon nom y figurait.

— Regarde ! « Driss Ferdi... Mention Bien. »

Une voix s'éleva derrière nous

— Monsieur Ferdi !

C'était Joseph Kessel. L'homme de lettres, le grand voyageur ?

— Non. Le licencié ès-lettres, le sédentaire et je ne m'en porte pas plus mal. Votre examinateur, monsieur Ferdi. Entrez donc.

Nous pénétrâmes dans le cabinet du proviseur.

— Asseyez-vous. Cigarette ?... Ainsi, c'est donc vous le Luther marocain ? Vous m'avez fait rire, allez ! A vous voir, maigre, pâle et timide... Mlle Uller, une vieille fille, ma collègue, a bien ri, elle aussi. Cette habileté, ce ton docte, cette violence « sérieuse » et malgré tout cette puérilité non déguisée tout au long de votre dissertation... Vannier, entendu parler ? C'était un as. Maintenant, j'ai pris du ventre et j'appartiens au corps enseignant, mais je me rappelle. M'écoutez, Ferdi ? Vannier et moi, vous n'étiez pas encore né, deux garçons sveltes et décidés, deux collégiens en vacances... nous décidâmes en effet de partir à l'aventure et nous optâmes pour le Maroc... Mais vraiment, cette manière de faire table rase de tous vos antécédents, Uller, Mlle Uller, disait que c'était passionné, je ne crois pas, moi. De toute façon, un jour ou l'autre il fallait le faire. Donc, mon petit Ferdi... à propos, que veut dire le mot Ferdi ? Donc, Vannier et moi, il est mort depuis, le pauvre garçon, cancer de la prostate, je pense... nous faisions alors de l'aviation. Ça, c'était le bon temps. Mais, mon cher, vous ne savez pas ce que vous perdez, ce soleil, ce ciel, mais c'est un pays neuf promis à... Casablanca ne s'appelait pas Casablanca, mais Sidi Belyout. Nous étions les pionniers de l'Aéropostale, entendu parler de l'Aéropostale ? Les pionniers ! Bien entendu, plus remis les pieds ici, sinon hier... Débordé, eh oui ! Ma foi, ça n'a pas changé, des usines, des buildings, des garages, des routes et la suite, certes, mais l'Arabe, lui, n'a pas changé. Je vais vous faire un aveu : en 38, j'ai publié tout un périple, une série d'articles, que j'ai intitulé : « Le Maghreb, Terre de Feu ». De la couleur locale, voilà ce qui intéresse le lecteur européen, il est fixé, les mousmés, les casbahs... Uller, Mlle Uller, a pensé confier votre épreuve à un périodique parisien, mais j'ai pensé que, toute réflexion faite... Alors, mon cher ami, que pensez-vous de nos relations avec le Bicot ? Vous, vous êtes évolué, bien sûr, une exception... Inquiétantes à la fin, les agitations que certains soi-disant Nationalistes brandissent comme... ne trouvez-vous pas ? Mais en réalité, tous des Mouscoutaires, des cocos. Car, si nous partons, nous, il est manifeste qu'automatiquement une autre nation... A plus réfléchir, il serait possible de placer votre article au moment voulu, une sorte d'actualité. Et, dites-moi, le Sultan ? Il me semble, ceci entre quatre oreilles, bien conformiste, mais avouons-le, ce n'est pas un aigle... Je ne l'ai jamais vu d'ailleurs. Pour en revenir à cette copie, originale, mais Uller, Mlle Uller, était scandalisée, il faut la comprendre, mon cher ami, elle s'attendait à une conclusion... comment dirai-je ? C'est bien simple : je vous ai coté 18 : le maximum. Car il est évident que la jeunesse, la vraie jeunesse marocaine est là, dans cette copie. Comprenez, la politique de la Résidence s'applique justement à faire ressortir...

Le téléphone se mit à grésiller.

— Allô !... Une seconde, mon cher. Allô !... Allô, qui demandez-vous ? Le *broufizour* ? vous voulez dire « le proviseur » ? Comment ? Vous dites que vous êtes arabe ? Eh bien, mon ami, lorsqu'un Arabe téléphone à un proviseur, il le fait par le truchement d'un interprète, je *te* le dis.

Il raccrocha.

— Ça n'a pas changé ! Mais comprenez ! la politique de la Résidence...

Le téléphone sonna de nouveau.

— Allô ! A-llô ! Oui ! O-ui ! L'interprète ? quel interprète ? Oui... et alors, *que me voulez-vous, vous deux ?* Parlez vite et succinct, mon temps est précieux... *Comment ?...* oui... oui... entendu.

Il remit le récepteur sur son support, soudain très grave.

— Mon cher ami, vous m'excuserez, mais nous allons en rester là pour aujourd'hui. Oui, une nouba, à laquelle je dois me rendre. Eh ! les obligations, les... même sur cette Terre de Feu... Dites-moi, *qu'allez-vous faire maintenant ?*

— C'est-à-dire, répondis-je, que, si vous avez tenu à me parler, disons à faire ma connaissance, c'était par ce que je me permets d'appeler le complexe du touriste, à défaut d'un terme plus académique. Moi, j'étais le récepteur. C'est-à-dire aussi que je n'ai pas réagi comme vous le souhaitiez et que vous ne savez à présent quelle conclusion donner à notre intéressante conversation. Je vais vous tirer d'ennui. Que vais-je faire maintenant ? D'abord me lever.

Je me levai.

— Ensuite vous demander deux permissions.

— Faites, faites !

Le ton avait changé. Et dire que l'Arabe était resté identique à lui-même, précisément depuis l'époque de l'Aéropostale !

— La première consisterait à jeter un coup d'œil sur l'ameublement de ce bureau, j'ai oublié de le faire, tant je vous écoutais. Mais je vais réparer... Voyons ! un bureau en acajou, des chaises à haut dossier, des bibelots kabyles, l'ordinaire paperasse chère aux proviseurs, volets tirés — vieille habitude —, un syphon d'eau de Seltz sur un guéridon, le pastis est quelque part dans ce placard... et quelques mouches, une odeur de cire, de carton chaud et de très vieilles souris. Comprenez-moi! je suis obligé de *situer*. Pardon, monsieur!

Je contournai la masse de Josepn Kessel, me dirigeant vers la porte.

— La deuxième permission serait de m'en aller Au revoir, monsieur. Enchanté de vous avoir connu.

— Ferdi!

Je me retournai.

— Vous avez quelque chose à ajouter? Par exemple que je suis un goujat, que vous m'avez fait l'honneur d'être familier avec moi et que vous êtes étonné, outré plutôt par mon attitude?... Que je ne suis pas taillé pour jouer les révolutionnaires? Je sais tout cela... Et qu'en conséquence, le mieux que j'aurais à faire serait de retourner chez moi; d'où je n'aurais jamais dû bouger? Ce que je fais. J'y vais de ce pas. Autre chose à me dire?

— Ceci, Ferdi... (Ventre tressautant, joues tressautantes) ceci: je me suis trompé sur votre compte, j'aurais dû vous mettre un beau zéro. Mais je vous attends à l'oral, mon ami... et je vous saquerai, mon ami.

— Entendu.

Tchitcho m'attendait dans le préau. Il semblait plus fébrile que tout à l'heure.

— Alors?

— Alors, au revoir, Tchitcho, je rentre chez moi... *Si!* Je te dis au revoir, parce que, toi, forcément je te reverrai.

Les faux palmiers du boulevard Victor-Hugo m'accueillirent, m'escortèrent. Décidément bizarre! Ce poète est partout, même au Maroc, même dans ma détresse. Et je ne l'aime pas. Autrefois, si. J'étais remué par ses épopées, ses proses, ses tableaux bibliques. Et puis, des biographies m'ont révélé l'homme. Non pas une déception, à base impulsive. Poliment, j'ai reconduit le cambrioleur jusqu'à la porte, mille excuses, je vous conseille d'aller au bureau de placement. Roche m'a dit qu'en plus de la vie réelle, tout homme portait en lui la part du rêve. Je me suis demandé si cette part-là, chez Victor Hugo, n'était pas précisément la résultante de la médiocrité de sa vie.

Je longeais le boulevard, las. Bas, au-dessus de ma tête passaient de gros nuages lourds. Au sud-sud-est, l'un d'entre eux, solitaire et gris, demeurait étrangement immobile. Derrière lequel devait se tapir le soleil, je vous crèverai, tas de cafards, ensuite j'incendierai les récoltes. Je levai les yeux vers la cime des arbres. Pas une feuille n'en frissonnait. Air épais, tiédasse, statique. A peu de chose près, l'air dont avaient besoin mes bronches.

Je baissai mon regard et vis Roche. Les bras ballants, la bouche ouverte. Il fut à ma hauteur et les bras s'ouvrirent en un geste d'accueil, la bouche confirma cet accueil.

— Tête de Boche?... Eh oui! c'est Tête de Boche! Salut! que deviens-tu?

Une Jeep chargée de briques jaillit, rasa le trottoir, pétarada à l'horizon.

— Monsieur Roche, ou bien nous nous rencontrons fortuitement, ou bien vous me poursuivez.

— Je faisais un tour de promenade, protesta-t-il.

— Parfait! conclus-je. Reprenez-le. Cette halte est inutile. A l'avenir, rien de semblable ne doit se reproduire. Je vous ai connu un temps. Nos routes ont divergé et je crois bien que leur angle va s'ouvrir davantage. Fatalement un jour ou l'autre, la vie provoque de telles ablations. Pourquoi diable voudriez-vous qu'un individu, fît-il fonction d'aiguillon, nous collât au cul jusqu'au dernier chapitre ?

— Tu as profité de mes leçons, dit-il, j'en suis fort aise. Une question cependant avant de nous quitter : tu rentres chez toi ?

— Je rentre chez moi.

— Salut !

Ses pantalons annamites blancs se boursouflèrent tandis qu'il s'éloignait. Ils égayèrent un instant le ciel gris, puis s'y fondirent

— Salut ! dis-je.

Je repris ma marche vers la maison du Seigneur.

Tout concourait à m'y faire revenir — et mes illusions crevées comme bulles de savon et ma révolte stérile comme une vieille merde, l'article du journal, mon succès, Joseph Kessel et son coup de téléphone, Tchitcho et le fait qu'il m'avait attendu et Roche qui était venu à ma rencontre, un tour de promenade m'avait-il allégué — c'est entendu, je suis une boule de billard.

Tout jusqu'à la symétrie. Mes premières minutes de liberté avaient été caractérisées par des inci dents cocasses. La symétrie s'établit comme je débouchais sur la place Benghazi. Entre les deux bornes, sûrement il s'était produit une différence de potentiel. Encore eût-il fallu que je fusse prédisposé à l'asservir. Qu'est-ce que c'est que ça ? m'étais-je toutefois demandé. Donnez-moi plutôt à manger. Le statisme du présent. Et j'étais aussi froid qu'un cul de pêcheur.

Comme je débouchais sur la place Benghazi, une porte tomba. Cette porte avait son histoire.

Trois frères berbères tiennent une boutique. A eux trois, ils ont une seule paire de babouches. L'un vend, l'autre cuisine dans l'arrière-boutique, le

218

troisième est dehors à faire les emplettes et a donc droit aux babouches. On se relaie de fonction chaque jour. La plupart du temps, on se nourrit de pain trempé dans de l'huile d'olive recueillie de la façon suivante : en transvasant l'huile dans le récipient du client, on se sert d'un entonnoir ; après chaque opération, l'entonnoir est placé dans le goulot d'une bouteille ; l'huile étant très demandée, la bouteille, vide le matin, ne l'est plus qu'à moitié le soir. Et voilà un repas de gagné.

Tout le monde dans la Nouvelle Médina connaît cette boutique où l'on trouve de tout, depuis le sel de cuisine jusqu'à la poudre de chasse, en passant par la limonade et les souris blanches, et qui est toujours ouverte depuis vingt ans, la nuit comme le jour. La maison dont elle dépend a changé de propriétaire à plusieurs reprises.

— On restaurait la façade de l'immeuble, m'a confié un badaud. Comme on rabattait la porte de la boutique afin de la repeindre, elle est tombée. Les gonds réduits à l'état d'oxyde ne tenaient plus que par habitude.

*
**

Deux rues plus loin, j'entends pleurer et crier un enfant. Une voix d'homme s'impatiente et couvre les cris.

— Tu sais ce que c'est maintenant ? Voici cent grammes, voici cinquante grammes, voici dix grammes, tu saisis ? Ici dix grammes, ici cinquante grammes, ici cent grammes, tu comprends ?

Les deux voix proviennent d'une boutique close dont on ne voit que de minces filets de lumière.

— C'est un homme qui est en train d'apprendre à un enfant à se servir des poids, me dit un passant.

Qu'un enfant soit battu, c'est chose courante. Il ne

se forme pas d'attroupement. Les gens haussent les épaules et poursuivent leur chemin.

Je m'approche de la boutique. Je regarde par une rainure. Il y a un petit enfant par terre. Ses fesses sont nues. Celles de l'homme également. Il n'y a pas de poids. Ni de balance. Ni de martinet. Tout simplement un bol plein d'huile où trempe la main de l'homme. Peut-être de la sorte arrivera-t-il à faire taire l'enfant.

*
**

Haj Moussa Le Petit Ventre, pieds nus et mains jointes, courait derrière son âne chargé, couvert plutôt, d'énormes bottes de menthe. Tout en trottant, l'âne tournait la tête, happait une botte — l'homme jurait.

— Haj Moussa..

Il s'arrêta.

— Oui, mon enfant ?

— Haj Moussa, je m'étais promis de te signaler le fait depuis longtemps. Voilà. La façade de ta maison est ornée d'une vigne, n'est-ce pas ?

— N'est-ce pas ? répéta-t-il.

— Eh bien ! du matin au soir, les mauvais garnements de tout le quartier la bombardent de cailloux afin d'en faire tomber les grappes.

— Et alors ? dit-il. *Je ne l'arrose même pas, cette vigne.*

Et s'aperçut que son âne était déjà loin. Maudissant mon ascendance et ma descendance, il prit son élan.

*
**

Bachir dit Trippa, boucher, lavait son étal à grande eau. Quand il me vit passer, il s'immobilisa net, l'éponge à la main et le mégot collé à la lèvre inférieure. Quelques instants plus tard, il me rattrapait, marchait à mes côtés, sans mot dire, l'éponge à la main et le mégot à la lèvre, me dévisageant soigneusement. Puis il rebroussa chemin et je l'entendis crier à la cantonade :

— Ah! le mouton est à 200 francs le kilo? Eh bien! moi je le vends 50.50, vous entendez? Qui veut de la belle viande fraîche comme un puits, rouge comme le sang... 50 francs, allez! allez!

Bachir dit Trippa, boucher, allait se servir du retour de Driss Le Maudit — une belle histoire fertile en commérages — pour écouler sa marchandise avariée.

*
**

Ahmed ben Ahmed, mendiant, les poings sur son gourdin et l'abdomen sur ses poings, hurlait sa faim.

Il avait le buste quasi horizontal, les pieds bien écartés, la face levée vers la fenêtre du Seigneur.

— Haj Fatmi Ferdi, lance-moi un pain de blé tendre, pas d'orge ni de maïs ni de seigle : de blé tendre. Ton fils est mort, ton autre fils a décampé — m'entends-tu, m'entends-tu?...

J'appuyai mon index sur son coccyx.

— Cinquante kilos d'orge ne t'ont pas suffi? Le ciel croulerait, tu mendierais encore. Pourquoi mendies-tu?

Il fut vertical comme l'organe d'un zèbre. Il avait l'air surpris. Il sentait le chien mouillé.

— Je vais te le dire, fils.

Il me remit son gourdin.

— J'ai des papiers à te montrer, sais-tu lire?

Il farfouillait sous sa djellaba. Il sortit un immmense portefeuille. Je faisais tourner le bâton entre mes doigts. La nuit tombait. Il faisait noir tout à coup, sans qu'il eût été besoin de soir ou de crépuscule. Un instant, c'était encore le jour. Maintenant c'était la nuit.

— Mendier n'est pas s'avilir, n'en déplaise à ceux qui ne mendient pas et sont vils quand même. Dans cette *choukkara* il y a toute une vie, je vais te montrer. Les mendiants ont leur histoire.

Je n'en avais pas besoin. Je regardais le gourdin. L'élevant à hauteur de mes yeux, je l'examinai attentivement, à la lueur du réverbère qui venait de s'allumer. Presque en même temps, trente ou quarante s'étaient allumés, d'espace en espace — et cela créait deux barres, deux rails d'étincelles entre terre et ciel.

— Tu regardes ma « 3ᵉ jambe » ? Trente ans que je l'ai. Une branche de noyer, je l'ai coupée un jour, j'étais berger. Oui, berger ! Mon père possédait un vaste domaine... Ces papiers... tu vas voir...

Je n'avais plus besoin de rien. Je lui rendis son gourdin, très triste. Une branche de noyer ! « Troisième jambe » durant trente ans ! Tenue au même endroit, fidèle et sûre, si atrocement que *la main d'Ahmed ben Ahmed, mendiant, avait usé le bois, s'y était profondément imprimée.*

*
**

— Et l'armée française a capitulé sur le front de Tunisie, hurla le barbu, bonne nouvelle ! Mon fils y est resté, grêlé de balles, mauvaise nouvelle ! Cependant, je viens d'apprendre que ma nièce se faisait niquer par des négros américains, juste équilibre des choses, si l'on veut... et pourquoi pas ? Cependant, l'Eternel est immuable et nous attendons, plantes, bêtes et gens, que le ciel pisse sa pluie.

Sa barbe s'était fournie depuis mon départ, boucles et mèches folles avec, par endroits, un trou de derme brun. *Il avait porté sa cigarette à sa bouche et l'allumait.*

— Progression arithmétique, dis-je, ou bien absurdité absurde de notre pauvre monde ? Tu ne vas tout de même pas me dire qu'il s'agit de la même et unique cigarette ? Celle que.

Vivement, du doigt, il me désigna, debout sur le perron, le Seigneur.

**
*

— Je suis revenu.

— Qui te dit le contraire ? Entre

Pas de hargne, non. Simplement, la porte s'ouvrit, se referma. Un commutateur fut tourné et le vestibule se révéla froidement mosaïqué, cru, sans vie. Ces chambres d'hôtel louées au quart d'heure à des couples bougrement pressés, ces antichambres pour solliciteurs...

— Monte.

— Je vais monter, dis-je Le « Broufizour », c'était vous ?

— C'était nous. Monte.

— Je monte. Et l'interprète ?

— Camel.

Le temps peut rider, creuser un visage, vieux thème, vieille bondieuserie. Des pas, des sabots, des tanks, où ils passent, tassent, marquent. Gravissant les marches de béton, une à une, l'une après l'autre, régulièrement, je les regarde. Où se sont-elles usées, ces marches ? Voulez-vous me dire, s'il vous plaît, ce que peut signifier le temps pour du béton ? Certainement lui qui s'y brise. Comme flux contre falaise. Le grignotement ? Triomphe de l'abstrait.

Le Seigneur avait allumé la lampe de l'escalier. Un escalier qui montait vers l'ombre. Comme malédictions des créatures vers leur créateur. Comme uppercut vers une mâchoire hilare. Comme verge vers le sexe épimère. Tout droit. Et je le montai résigné. Me hissant, non pas d'une marche vers une marche suivante, d'un temps t à un temps t' — une vie à recommencer? autre vieux thème! — mais vers le Seigneur. Il me faisait face, gravissant les degrés à reculons. Je le retrouvais fort, avec une joie forte : je l'avais cru perdu. Il me dévisageait et transpirait à gouttes lourdes. Une goutte jaillissait sur son front, statique un instant, comme étonnée de se trouver là, semblable à ces poussins, au sortir de leurs coquilles, qui demeurent immobiles face au monde, quasi abasourdis — et je me demande si à ce moment-là ils n'ont pas envie de retourner à l'état embryonnaire. Puis la goutte, subitement, tombe. La broussaille des sourcils ou de la barbe où elle se noie est sèche et luisante. Noire surtout.

— Roche tenait à savoir où j'allais. Il était calme, parlait sur un ton détaché. Le ton et le calme qui chez lui pussent dénoter. Je lui ai dit que je rentrais au bercail.

— Il n'y avait pas autre chose à dire.

— Vous l'aviez...

— ... envoyé en éclaireur? En effet

— Tchitcho?

— Ton ami François également.

— Que se passe-t-il?

Il tourne le commutateur du patio. Je m'attendais à y voir, encore vautrés, les matelas. Plats comme kesra, jaunis en leur centre, nos urines de bambins, séchées et reséchées au soleil, la laine à cet endroit ne peut être que du feutre ou l'alfa de la poudre d'alfa.

Ils y sont. Quatre. Empilés. Sur lesquels, sagement, yeux battus et l'air d'avoir chaud, côte à côte sont assis — posés plutôt qu'assis — mon oncle et Kenza.

— Que s'est-il passé ?

— Tu es de retour parmi nous, c'est l'essentiel. Et notre coup de téléphone nous a appris ton succès. Nos joues, tu les as fait rougir d'honneur.

Il semble rire. Son regard est distrait, mélancolique, las. J'affirme pourtant que cet homme est en train de rire.

— Entre.

— Je vais entrer. Roche, Tchitcho, Kessel, admettons. Vous prépariez mon retour. Mais ce mendiant, mais ce barbu ?

Un claquement jaillit sec. La main de mon oncle sur la joue de Kenza. Peut-être était-elle sur le point de sortir de sa torpeur. En tout cas, un ex-moustique.

— Ils avaient fonction de te distraire. Et il était prévisible que, les voyant, ils dussent s'imposer à toi comme tels. Tu aurais pu avoir l'idée de flâner devant la porte de notre demeure et Dieu sait avec quelle impatience nous t'attendions. Entre.

— Vous m'avez maudit.

— Voudrais-tu par exemple prétendre nous signifier que tu ne l'es plus ? Entre !

Hautes, pesantes, lentes, les portes ont béé, livrant leur perspective de lumières et de chatoiements. Une bouilloire de son nickel fourbi luit, fume à petits flocons de vapeur, tressautant sur le brasero en cuivre rouge des grands jours. Pas une ampoule des trois lustres ne chôme et je me rappelle que, voici trois soirs, toutes ont scintillé ainsi. De l'une à l'autre voltige un papillon jaune à taches noires. Est-ce le même papillon ? Celui-là, je l'avais accusé de culot. D'antennes qu'il me fallait dire. Distinctement, je vous jure que le drame est là.

Où ? me demandai-je avec fièvre. Je n'aime pas inconsidérément souffrir.

— Assieds-toi.

Sur le seuil le réglementaire alignement des chaussures. L'air est épais, hydraté. Sur le tapis, au centre de la salle, presque aux pieds du Seigneur, un objet empaqueté dans un drap. Enveloppage hâtif, deux nœuds croisés, voilà tout. Quelque chose qui a saigné, beaucoup saigné, saigné il y a dix ou douze heures, les taches sont sèches et les lumières les font ressortir d'un carmin presque intolérable à la vue. Un quartier de viande fort probablement, quelque cuissot — ou encore un chevreuil...

— Un pain de blé tendre, clame le mendiant, une demi-livre de thé — ou bien une cuisse d'agneau.

Haletant, je m'assieds. Une éclanche pour fêter quoi ? mon succès, mon retour, mon repentir ? J'ai peur de cette mise en scène si minutieuse. Une grosse mouche bleue fait des points sur le mur, digère. Est-ce du sang qu'elle digère ? Les poids de l'horloge au bout de leur chaîne semblent frissonner, le balancier allègre. Me parvient un claquement. Sans aucun doute, un autre ex-moustique.

Le trapèze somnole, paupières gonflées, rouges. Ces yeux-là ont pleuré. Longtemps. Violemment. Tac... tac... tac-tac... tac... tac... tac-tac... le balancier est plus qu'allègre : hallucinant. L'on dirait un catlin mécanique planté dans une chair vive et, droite-gauche, qui se déplace, torture, torture.

— Je ne sais, dis-je — et j'ai parlé pour me secouer —, je ne sais pourquoi je suis revenu. Se révolter et s'avouer incapable à quelque angle que ce soit d'utiliser cette révolte, ce doit s'appeler faire acte de pauvre type. Je suis un pauvre type. Ne croyez-vous pas ?

— Nous ne croyons pas, dit le Seigneur. Car un pauvre type ne se paie pas uniquement de mots. Et

226

tu t'es payé uniquement de mots. Et, si tu es revenu, c'est que tu t'es encore payé de mots. Mais qu'à cela ne tienne : disons que tu es un pauvre type.

C'est tout. Ses lèvres se sont rescellées. Elles se rouvriront sur une autre ironie — ou, je le pressens, pour d'un terme me détruire. Le drame, délimité, localisé, est devenu intense. Le drame est là, derrière ces lèvres froides. Cruel le balancier, inhumains ce trapèze, ce calme, cette bouilloire, ces lumières, cette mouche, ce sang — et ces deux-là qui transpirent derrière cette porte piquée de clous dorés et à qui il ne viendrait pas à l'idée — ah non ! — d'éponger leur sueur, laisse tomber !

Quelque chose s'est mis à tambouriner depuis un instant. Cela a d'abord été un frôlement, un feutris, puis s'est mué en tambourinade. La pluie ? me demandai-je.

— La pluie, dit le Seigneur.

Et cela fut la pluie. Cataracte immense, innombrable, que sillonnèrent quatorze éclairs et douze coups de tonnerre — je les ai fastidieusement comptés. Le tonnerre m'a réjoui, les éclairs m'ont galvanisé, j'eusse aimé être dans ce déchaînement.

« Vous vous réfugiâtes dans l'ombre que projetaient vos dromadaires et des volatiles comme aérolithes tombaient du zénith, desséchées. Brûlées vos moissons, taris vos oueds, taris les pis de vos brebis.

« Or, peuple impie, supposez. Il n'y aura pas de dromadaire ni d'ombre de dromadaire. Pas plus de moissons, d'oueds ni de brebis. Le soleil est brasillant et le Roi de l'Univers éternel.

« Or, Lui plut-il de cette stérilité faire jaillir l'abondance, de par une pluie torrentielle, souvenez-vous du Déluge... »

Et, subitement, un déclic.

Plus de poils roux que de poils blancs dans la

moustache du Seigneur. Les ailes du papillon ne sont pas jaunes avec des taches noires, mais noires avec des taches jaunes. Une ampoule dans le lustre du centre s'est éteinte, je ne sais quand, je ne sais comment. Elle s'est éteinte ? Alors ?

A ma gorge montaient des nœuds, boules, torsades. Visqueuses, sapides. Je les laissai monter. A toute chose il y a une fin, me répétai-je. Il y en eut une. J'acceptai la dernière montée. Puis :

— Ma mère, dis-je. Où est ma mère ?

Une petite voix chevrotante. Tu es un pauvre type, Driss.

Il se tourna vers moi. Il me considéra avec attention. Crainte aussi, pourquoi la crainte ? Vit mes yeux, mes larmes, mes tressaillements. Admit. Poussa un soupir.

Leva l'index. Graduellement l'abaissa. Fourneau logé dans ma paume et tuyau braqué, je n'eusse pu mieux faire d'une pipe.

L'immobilisa désignant le drap ensanglanté.

— Ici, dit-il.

CHAPITRE V

LES ÉLÉMENTS DE SYNTHÈSE

« Lève-toi et marche. »

L'aucuba. Un jour je ferais parler les objets.

L'aucuba. J'avais exprimé le désir que ma mère fût enterrée à la place de l'aucuba.

— C'est possible, dit Boudra, le fossoyeur.

Comme on se collette avec son destin, un instant il s'était colleté avec l'arbuste. Puis, comme on empoigne ledit destin, il empoigna l'aucuba, hi! le déracina.

Et Boudra le souleva, des deux bras, très haut, haltère de gymnaste — jusqu'aux yeux couleur de poussière. Puis, hi et saleté de vie! il le projeta, par-dessus la tombe d'Hamid que couvrait déjà la broussaille, par-dessus ma tête lourde de torpeur, par-delà les vivants et les morts, loin, très loin, vers l'horizon là-bas sanglant où le soleil ricanait.

L'énorme Diesel tintamarrait, les courroies ron-ronnaient, la pompe déversait une large giclée d'eau bouillonnante.

— Quarante-deux mètres de profondeur, dit le Seigneur. J'ai récemment fait venir un géomètre. Il affirme qu'à deux kilomètres d'ici il y a de l'eau à fleur de sol. Deux et deux font quatre : elle est

229

saumâtre et le géomètre en question a empoché 10 000 francs.

Il se courba sur sa binette, défonça la cloison de terre rouge. L'eau bondit tumultueuse, s'empara de la rigole, s'y épongea avec un saupoudrement de poussière et de vapeur, je noierai tout, transformerai tout en boue, en vase... haineuse.

— Cinq minutes par rigole, dit mon père. Ce n'est pas assez, les pieds de tomates sont à peine humectés, mais qu'y puis-je ? Le puits serait à sec. Certainement il a plu l'autre jour, ouf ! une vaporisation.

Il avait renoncé à son pluriel cérémonieux. Il était en salopette et casquette, pieds nus dans l'eau. Profilé sec et net, puissant, sur une perspective de tomatiers, à perte de vue des tomatiers, avec comme tuteurs des roseaux munis encore de leurs brindilles et qui sifflaient à perte d'ouïe. Par-ci par-là une tête soudain émergeait, disparaissait — quelque ouvrier agricole des soixante-quatorze ouvriers agricoles qui cueillaient des tomates, repiquaient de jeunes plants, sarclaient, effeuillaient, désherbaient, nouaient de doum et de raphia. Derrière moi ? à ma droite, à ma gauche ? des tomatiers à perte de vue, à perte d'ouïe des sifflements. Seul un sentier bordé de cactus sinuait son pittoresque. Et le couvercle bleu dur que constituait le ciel. Somme toute, rien que de très reposant, rien que de très satisfaisant, pourquoi gémir à cette heure, Valéry ? Une semaine s'était déjà écoulée depuis le suicide de ma mère.

— D'aucuns plantent des figuiers de Barbarie, reprit le Seigneur, qui se donnent la peine une fois l'an de venir en récolter les fruits. Ça pousse tout seul, ça n'a pas besoin d'eau et, quand il pleut, ma foi !... Tu connais nos soufflets, gloire nationale, pas une innovation, pas un désir de progrès. Lorsque j'ai acquis cette ferme, il y a quatre ans, il y en avait des figuiers de Barbarie, certes, et de la broussaille, des rocs, des jonchées de cailloux, à croire qu'il s'agissait d'un terrain de décharge. Regarde cette eau. Elle me revient très cher, le forage du puits, le moteur, l'installation du moteur, les accessoires, les citernes, l'équipement... J'ai calculé : 10 francs le litre. Ce peut te sembler absurde, mon fils. D'autant plus que la tomate se vend actuellement 1 franc le kilo, pas un centime de plus. Et les partisans de la culture du figuier ne voient pas plus loin. Je vais te dire : cinq kilos que je récolte par plant et il se trouve que j'en possède soixante hectares.

J'émis un sifflement admiratif. Je jouais conciencieusement mon rôle. J'étais accroupi dans une brouette qui avait transporté du fumier de cheval et qui sentait la bouse de vache. Le soleil du matin chassait devant lui un nuage qu'il venait de cuivrer à point.

— Et ces soixante hectares m'ont sauvé de la ruine.

D'un coup, il planta sa binette dans la vase par le manche, jusqu'à mi-manche. Ses traits étaient devenus rigides. Le Grand Pardon, me dis-je.

— Ali ! cria-t-il.

Ali arracha l'outil, ferma la rigole gorgée d'eau. Il avait l'habitude. L'habitude de ne pas avoir d'habitudes. Il était né sous le soleil, qui l'a tanné, cuit, abruti — comme il desséchera ses os dans quelques années ou dans quelques jours.

Le Seigneur s'était mis dans les brancards de la brouette, me poussait au pas de course, la roue cerclée d'acier passait outre, fétu de paille ? elle l'aplatissait ; puceron ou lézard ? feus ! — avec'une véhémence d'autant plus grande qu'elle était inattendue ; et, inattendu, il me vida vrac entre deux fourrés de ronces, me remit debout, il pleurait et ses lèvres étaient striées de spasmes. Monte! Une Jeep mi-enfouie dans la verdure, dont il détacha le trisoc, bon tracteur, disait-il, dans laquelle je pris place et qui pétarada, épousant les courbes du sentier, coléreuse elle aussi — et puissante, jusqu'au hangar couvert de chaume, un coup de freins, le frein à main, descends! ce moteur, un Japy, il fonctionnait à merveille, comme le Diesel là-haut, là-haut quelle réjouissance, ici quelle désolation! un jour il a aboyé, comme un chien blessé à mort, aboyé, de l'huile? il en avait encore, de l'essence? je l'en ai noyé, trois mécaniciens, dont Camel le bricoleur... ausculté, démonté, remonté, maintenant il marche, il n'a pas marché. Je me suis obstiné, je l'ai chargé sur la Jeep, conduit dans un atelier de réparations, et souffle-moi dans ce gicleur, et nettoie-moi cette culasse, des conciliabules ordres-contrordres, jusqu'à ce taleb d'Aït Ouazza, sorcier, qui, retour aux traditions, a voulu pisser dessus, qu'en penses-tu haj? j'ai fait *beu!* il a pissé dessus, dernière onction. Résultat? Il est là, ce moteur, je l'ai remis en place, remis en place les courroies, pensant, et alors? qu'un jour ou l'autre il va s'éveiller, faire exploser son combustible, moudre sa vie... Mais non! il me nargue... Une masse se trouvait là, se prélassant sur un vieux fût. Il s'en saisit, de la façon dont il s'en saisit je me dis qu'elle devait être bien lourde, frappa, j'essayai de retenir son bras, du pied il m'envoya rouler dehors sous un figuier dont quelqu'un avait consommé les figues sauf deux, l'une pourrie, l'autre à peine formée mais soigneusement desséchée, et il frappait l'acier avec l'acier, il y avait un oiseau je ne sais où — un serin — je n'avais cessé de l'entendre, les coups de masse eux-mêmes ne l'avaient pas effrayé; entre deux coups il y avait à peine le répit dû aux résonances, inutilisable donc inutile donc je te réduirai en ferraille, je te réduirai en poudre. Sans aucun doute, puisque j'attendis longtemps sous le figuier, il me ramassa, je ne devais ou ne pouvais que jouer mon rôle, la Jeep fila à pleins gaz, si tu ne t'es pas rendu compte du contraste, regarde donc ce Diesel, fidèle, sûr, honnête, je lui donne son dû et il ne tournique pas, pas de chiqué, pas de complications, pas d'histoires. Ali! Ali courut nettoyer le hangar, enterrer la poudre. Hocine! Hocine repéra la binette d'Ali, reprit l'irrigation interrompue par Ali. Lui aussi avait l'habitude. Monte! Il ne pleurait plus, il crispait les mains sur le volant (je me suis trompé : elles sont de fer, ces mains); trouant la masse de chaleur avec, de part et d'autre de la voiture, une échappée, un panache d'air vif, presque froid. Une adolescente couleur de pain brûlé riait dans le soleil. Elle était assise sur ses talons, oscillant sur sa croupe, à un jet de salive du bungalow, et riait à toute galopade. Elle soulevait le blé à pleines mains, la balle retombait fine et drue sur ses cheveux. Les pneus de la Jeep crissèrent et le Seigneur l'appela par son nom : Aïcha! Fut-ce l'intonation qui la saisit ou comprit-elle dès cet instant que bientôt elle allait rire tout son stock de rire, tamiser à l'aide de ses mains autant de grain qu'il lui plairait ou pas du tout si c'était son bon plaisir, loin, très loin, à des milliers et des milliers de jets de salive de ce bungalow? Elle secouait encore le grain, elle était toujours assise sur ses talons, oscillant sur sa croupe — simplement elle avait étranglé son rire. Un coq blanc à queue de flamme picotait un tas d'ordures et de cendres. Comprit-il lui aussi? Le soleil projetait son ombre et l'ombre se mouvait à peine. Il n'eut pas un instinct de recul, il n'émit pas un son comme le Seigneur lançait sa main ouverte, la refermait sur la tête du gallus — et, grave, tournait le tout en un moulinet frénétique. Elle était couleur de pain brûlé. Aïcha. Tout en elle en cet instant était couleur de pain brûlé, les yeux, la peau du cou et la paume des mains, et la robe d'indienne et les cheveux couverts de balle — le soleil sur elle et dedans elle et sa peur mais peut-être était-ce autre chose que la peur et sans doute n'en savait-elle, elle-même, rien, n'en pouvait, n'en voulait rien savoir ; et je n'en savais rien non plus mais ce devait être la peur ; alors il fut sur elle, lui leva le bras et la robe se déchira sous l'aisselle à l'entournure, par quoi jaillit blanc un sein. Si blanc que le soleil, la balle, la robe d'indienne, lorsqu'il jaillit, d'un coup s'évaporèrent et, même lorsque le bras fut retombé, je ne revis rien de ce qui avait été couleur de pain brûlé. Et cela fut ainsi : lui raide et projeté en avant, formant avec l'horizontale presque un angle de 45°, les pieds nus et boueux, mais la boue avait séché, de sorte qu'ils étaient à présent couleur de terre, que rien ne pouvait les distinguer de la terre où ils semblaient vissés et je me dis qu'ils ne lui apparte-naient pas, qu'ils devaient être deux excroissances surgies du sol, auxquelles quelqu'un aurait attaché un épouvantail vêtu d'une salopette et qu'il aurait coiffé d'une casquette et que le vent aurait projeté en avant ; moi également roide, le regardant et essayant de m'imaginer derrière ma propre sil-houette, comme si j'eusse été un passant qui se fût arrêté là, derrière moi, et à qui j'eusse probable-ment, bien que chaussé et strictement vertical, fait l'effet d'un autre épouvantail. Et ce fut ainsi que nous regardâmes Aïcha se lever et partir, droit devant nous et le coq blanc et mort sous le bras, bien que droit devant elle il n'y eût que l'étendue verte et dense des tomates, où elle s'enfonça, d'où n'émergea plus que sa tête, oscillante par instants de l'exacte oscillation qu'elle avait eue sur sa croupe. Alors nous nous mîmes tous deux à courir, faisant à notre passage claquer les portes du bunga-low, gravîmes en toute hâte l'escalier, puis, penchés à la fenêtre-baie du grand salon, nous pûmes la suivre encore.

— Je l'aimais, dit-il.

Mais avant qu'il n'eût parlé j'avais compris. Comme Aïcha avait compris, s'était levée, était partie, le coq au cou rompu sous le bras, sans phrases ni soulignement à l'aide de phrases, simple-ment, avec un naturel tragique. Car ceux qui le peuvent agissent, pour que ceux qui sont conscients de leur impuissance écrivent.

— Je l'aimais, répéta le Seigneur et cette fois ce fut un murmure.

Je lui avais pris la main et j'y écrasais mes lèvres. Je le sentais soudain proche de moi, perméable à la souffrance et, dans cette souffrance, plus sincère, plus complet, plus humain. Aïcha au loin, à l'hori-zon qu'elle avait fini par rejoindre, devait peut-être rire ou peut-être pleurer, mais quoi qu'il en fût chaque pas qu'elle faisait la libérait d'elle-même davantage, deux ou trois horizons, elle marcherait encore jusqu'au soir, s'arrêterait dans quelque douar hospitalier, plumerait le coq et le ferait rôtir ; et le soleil levant la verrait reprendre sa marche — un ou deux viols en cours de route, et alors ? — jusqu'à son douar d'origine, qu'elle avait quitté, qu'elle n'aurait pas dû quitter, où elle retournerait chargée de quoi ? Ses seins étaient toujours aussi durs, son bas-ventre aussi complet, misère !

— Souk Larbaa, dit le Seigneur, un jour de juillet j'y étais allé... acheter une jument, je crois, ou de la semence de fenugrec. Aïcha savonnait ses seins sous une tente, une tente blanche surmontée d'un fer à cheval, mais plus blancs que la tente et plus blancs que la mousse de savon m'apparurent les seins Dardés vers mes yeux comme deux éclats de rire dardés, derrière moi, vers la mer ocre et braise, vers le soleil couchant. Dieu m'a permis de l'aimer, Driss.

Je tenais toujours sa main sur laquelle j'appuyais toujours mes lèvres.

— Deux bâtards, as-tu dit l'autre jour : c'est juste. Ils sont quelque part dans mes hectares en compagnie du bétail, je te les montrerai ce soir, ils rentrent le soir, avec le bétail... quatre ans, deux ans. Sais-tu, Driss, à chaque grossesse, elle était déformée, même sa figure, même ses mains. Je la remplissais pour en quelque sorte la punir — je dois te sembler sadique, ne crois pas cela : je suis vieux, elle a seize ans ; elle acceptait de coucher avec moi, je l'aimais, comprends-tu ? — mais sitôt après l'accouchement elle redevenait juvénile, forte, torturante. Je crois que le péché doit avoir cette figure-là. Que veux-tu boire, mon fils ? Et prends donc un cigare !

Il s'était arraché à mon étreinte, ouvrait un placard, très digne quoique plein d'amertume.

— Ne te gêne pas, va... Est-ce que, moi, je me gêne, je me suis gêné en quoi que ce soit ? Tu devais bien me haïr, n'est-ce pas ? Mais voici que j'ai muni ma concubine d'un coq, viatique, un coq blanc, résignation, et nous l'avons tous deux vue partir. Afin que ta haine ait un élément en moins et que je sois méritoire à tes yeux. Discutons, mon fils.

A mesure qu'il parlait il semblait fléchir. Je le connaissais. Ses gestes, la moindre inflexion de sa voix m'étaient depuis longtemps livre ouvert — maintenant il avait renoncé à tricher.

D'ordinaire il eût empli son verre de telle manière (lenteur, précipitation, assurance, tremblotement de la main...) exigée par ce qu'il nommait la prédisposition à l'acte — l'acte à abattre ou la sentence. Non. Il l'avait empli comme n'importe quel Chleuh l'eût fait, parce qu'il fallait l'emplir, l'avait vidé comme n'importe quel Chleuh l'eût vidé, parce qu'il avait soif — ensuite l'avait reposé là où il l'avait pris. Et cette série de gestes n'était pas à dédaigner : il ne trichait pas

Tout à l'heure, s'il avait fait gémir la roue de la brouette, ronfler le carburateur de la Jeep, voler en éclats le Japy, s'il avait tordu le cou au coq, chassé Aïcha — comédie ; ou bien, plus humain, constitution de matériaux, fût-ce à partir de l'anéantissement pour la conquête d'une position et surtout la reconnaissance de cette position, au même titre que ces révolutionnaires qui commencent par mettre tout à feu et à sang. Intérieurement, je souriais. Me contentant de me compartimenter dans le rôle que je m'étais imposé. Passif, humble, repentant.

Mais peut-être n'était-ce pas tout à fait un rôle...

Je crois qu'il s'était mis à fléchir au moment où nous nous étions penchés à la fenêtre. Je ne regardais pas sa barbe, ni ses mains ni ses yeux. Je suivais Aïcha, qu'engloutissait l'étendue verte des tomates. Mais sans doute les mains se sont-elles ramollies, comme les yeux vidés et la barbe affaissée, un bouquet qui se fane. Un apprenti-sorcier, me dis-je. Tel, je commence à l'aimer.

— Il n'y a plus de haine, dis-je. J'ajouterais : il n'y en a même jamais eu, je mentirais. Je dis simplement : il n'y en a plus.

— Sois plus simple encore : bois ton verre, allume ce cigare, installe-toi dans ce fauteuil et écoute-moi. N'analyse pas. Plus tard tu pourras critiquer tout à ton aise. L'heure est venue de la mise au point, ton frère est mort, mon épouse est morte, l'autre jour tu m'as jugé, tu nous as tous jugés en bloc, avec passion, maintenant, je te crois apaisé, ensemble nous allons ramasser, moi ce qui reste de mon œuvre — de mon trône, serais-tu tenté de dire — toi de ta famille. Ensuite tu agiras selon ton désir. Si je t'ai fait venir ici ce n'est pas sans raison : nous sommes libres de crier ou de nous battre et tes frères n'ont nullement besoin d'être au courant de nos affaires, car ce sont uniquement les nôtres, à toi et à moi. Que nous allons examiner attentivement afin de les consolider comme je l'espère et bien que nous ne disposions que de mots et qu'avec des mots... mais enfin ! Je sais : je puis te paraître mal intentionné, disons le mot : roublard, qu'à cela ne tienne : devant toi se trouve le guéridon sur lequel je pose cette bouteille de porto à laquelle nous venons de goûter. La bouteille à me foutre sur la gueule, le guéridon (il est en marbre et fer forgé) à réduire ensuite cette gueule en bouillie. Allume ton cigare, mon fils.

Il me tendait la flamme de son briquet. Il m'examinait avec bonhomie et à l'arrière-plan dans ses prunelles il y avait toujours cette pointe d'amertume. L'amertume de la lassitude. Il était las.

Nous étions las. Florilège de sortilèges, je crois bien immensément las. Comme ce serf qui suait sur les terres de son caïd. Le caïd vint à passer. — Alors ? — Alors, dit le serf, bon Dieu de bon Dieu ! je préfère être caïd que de suer comme je sue là.

Nous étions las.

A peu près depuis le jour où il avait décelé en moi je ne sais quelle promesse, quelles prémices sur quoi il avait tablé   bon pour le service, héritier présomptif. Il m'envoya dans une école française et dès lors pas un instant nous ne cessâmes, lui de vouloir me juguler, moi de ruer. De nous surveiller, d'ergoter, de nous tâter et de nous prévoir, de nous munir et prémunir, modifiant les jauges de l'instant d'avant en vue de la seconde à venir — la nuit même n'était pas une trêve mais un remaniement, une revalorisation, un ravitaillement de nos forces —, à tel point féroces l'un et l'autre que, parfois, je me surprenais dans sa peau et qu'il devait vivre alors dans la mienne.

Maintenant c'était différent.

Maintenant, il me le rappelait, il y avait deux morts, deux pauvres neutres, qui n'avaient pas même intercédé, ils s'étaient simplement trouvés là, alors ils étaient morts. Maintenant j'avais pu exprimer ma révolte si par la suite je n'avais pu la maintenir autour de moi comme une ceinture ; et puis j'étais revenu. Et nous étions là face à face, à Aïn Diab son domaine où, c'est vrai, nous avions soixante hectares où nous battre et crier, bien libres

ou peut-être conclure un pacte (enterrer le passé ? qui a dit cela, un romancier ?) A Aïn Diab, un peu plus vrai (comparez : un homme d'affaires, un chimiste, un bluffeur, bref un homme *assis*), il y avait : justement les soixante hectares. De tomates. Autrefois des pierrailles, broussailles. Louange à Haj Fatmi Ferdi ! à présent soixante hectares de tomates. Puits, équipement du puits, soixante-quatorze ouvriers, activité, rendement, vie ; et ce détail résonnant : cinq kilos par plant, mon fils — attirail, décor, force. Pouvait-il y être autre chose que serein ? A tel titre que je me demandai en fin de compte s'il avait réellement fléchi.

Ou plutôt : aucune espèce de comédie, sincérité habile. L'extrême habileté (je suis ton fils, Fatmi) consistait à mettre bas le masque — et moi, habitué au *comediante*, je n'en pouvais qu'être surpris, agréablement ou non, mais surpris. Donc ébranlé et déjà enclin à l'indulgence. Tu ajoutas : bouteille sur guéridon, la bouteille à me foutre sur... de plus en plus habile.

Je dirais même . masque ou pas masque, quelle différence ? Précisément cette Aïcha, avant comme après la grossesse (je vais plus loin : pendant) toujours aussi torturante.

J'avalerais la couleuvre pourtant. Il trichait : je l'avalerais. Cartes sur table ? relisez le Coran, s'il vous plaît. Pourquoi le Coran ? l'indicateur Chaix si vous préférez. Rien n'est moins identique que deux identités, ça nous arrange qu'elles le soient — et rien n'est plus avachissant que la continuité. Continuer avec cet homme à barbe d'ébène d'échanger des mots. Sachant que ce n'en serait fichtre pas le dernier. Mais me jurant, quoi qu'il pût advenir, que ce le serait. Je crachai dans mes mains, allons-y !

— Allons-y ! dis-je.

— Ce sein, prononça-t-il et il se tut.

Je regrettais l'horloge à poids. Elle eût fait dans ce salon (meubles sobres, bar, confort) figure d'archaïque. Non pas au sens péjoratif, mais bien plutôt d'un archaïque complémentaire — ces conversations emmerdantes de dames patronnesses mais qui cessent de l'être dès qu'est relaté un bon petit scandale ; ces malotrus paysans de la Doukkala qu'invitait autrefois mon père, commerce, qui pétaient sonore en plein repas et, serrant leurs fesses d'une main, demandaient où diable « se trouvait le trou à chiures » — mais qui, ce faisant, récitaient la formule coranique idoine, très cor rects, très honorables...

— Quel sein ?

— Blanc... et ferme, je te prie de me croire. Le caressant parfois, j'y enfonçais mes doigts, jour de Dieu ! si ferme qu'il les rejetait comme une détente de ressort... mais qu'as-tu donc ?

Je l'avoue : chaud. Au sens propre et exclusif du terme. Je vais pourtant abonder dans son sens Témoin ce professeur d'anglais, il me donnait des leçons particulières, il me dit un jour : je ne comprends pas. l'espèce humaine est de plus en plus moche. Tout à l'heure j'ai vu un homme pourvu d'une tête de sagouin, oui mon cher ; hier c'était une tête chevaline, je ne comprends pas... tenez (il ouvrait son portefeuille), regardez cette photographie, mon père, ça au moins c'était un homme, une figure humaine, regardez cette noblesse, cette régularité des traits, cette majesté... Je m'exclamais : ah ! oui alors ! Il était si content. Une vraie tête de sardine.

— Chaud.

— N'est-ce pas ? (Il alluma un autre cigare.) D'une part. D'autre part, tu as eu l'occasion, ne me dis pas le contraire, de voir, disons d'entr'apercevoir, les seins de ta mère et mon épouse, Dieu ait... Reste assis et laisse-moi parler. Ou bien nous discutons, les points sur les i, ou bien tu fous le camp séance tenante et, si tu ne te presses pas, mes soixante-quatorze journaliers te donnent la chasse jusqu'au dernier millimètre de mes hectares. Encore soif ?

— Si. Mais quelque chose de fort.

— Kermann ?

— Kermann.

— Ou cognac ?

— Non, Kermann.

Il me sert. Et, rangeant le flacon, s'aperçoit qu'il est pieds nus. Et boueux. Il contourne un instant la pièce du regard, s'empare d'un énorme vase où végète une plante grasse, le vide par la fenêtre, en bouche le trou d'écoulement à l'aide d'une bougie, l'emplit au robinet du bar et se réinstalle dans son fauteuil, les pieds dans l'eau. Il savait la valeur de la patience, je bus mon verre d'un trait.

— Quoi qu'il en soit, reprit-il, ce chapitre n'est pas épuisé. Lors de mon pélerinage à La Mecque, je suis resté trois ans absent. Trois jours pour le pèlerinage, deux mois de voyage, le reste du temps à

Damas et au Caire. Pas dans les tripots, fils. En compagnie de deux femmes, l'une à Damas, l'autre au Caire. Et qui avaient des seins aussi suggestifs que ceux d'Aïcha. Toujours chaud ?

— Toujours.

— Hey ! nous sommes en plein mois d'août (il se met à sourire). Je connais la recette d'un coquetèle des plus rafraîchissants. A moins que...

Il m'indique le vase. Rapprochant mon siège, j'y trempe les pieds. Je ne me suis pas déchaussé. Si l'eau désencroûte ses pieds, l'eau me déchaussera. C'est un jeu de patience. Jamais plus je n'ai été aussi maître de mes nerfs.

— Retiens, pèse et soupèse : tu jugeras tout à l'heure. Ceci pour qu'en jugeant tu puisses le faire en possession de tous les éléments et de tous les détails de chaque élément.

L'eau a d'abord gagné mes pieds, gagne maintenant mes chaussettes, je remue doucement les orteils, regrettant encore l'absence de l'horloge — et j'ai de plus en plus chaud.

Quelqu'un qui nous eût surpris là dans cette attitude, réunis par les pieds dans un pot kabyle, souriant tous deux, des sourires à couleur de congratulations, et conversant amènes, eût conclu au burlesque — ignare en matière de burlesque ou se comportant en butor. Mais le burlesque n'était-il pas — et j'étais attentif, grave, aux aguets — précisément dans cette idée que j'avais pu avoir de quelqu'un qui nous eût surpris ?

— L'un des éléments de mon histoire personnelle, poursuivit le Seigneur. Histoire dont tu ne t'es pas préoccupé, pour quoi faire ? Mes comportements envers feue ta mère et mon épouse étaient : l'autorité, la sécheresse de cœur, le mépris. Et tu en déduisais : cet homme est détestable. Je vais détruire, écoute bien. T'es-tu guère demandé pourquoi ? Oui, pourquoi je la traitais comme du bétail. Tu n'es pas le seul à être né avec ton orgueil, tes besoins, ton idéal. Egalement j'avais quatre frères et sœurs — lorsque mes parents moururent, j'avais quinze ans — à nourrir. Pas d'argent, pas de soutien, pas de diplômes. Que ces frères et sœurs et mes deux bras. Je les ai nourris, me suis nourri, maçon, mégotier, balayeur, courtier, ânier, bougnat et tutti quanti. Il n'y avait rien d'autre à faire. Mon idéal ? A trente ans, situation en main, je l'ai déterré, comme un gosse perdu retrouvé, comme un passé bizarre ; et me suis embarqué pour La Mecque, pèlerinage. Entre-temps, dernière descendante d'une famille illustre, famille de géographes, théologiens, penseurs, rêveurs, poètes, pauvres, feue ta mère Dieu ait son âme avait été mise dans mon lit... tu es au courant de nos traditions, les principaux intéressés ignorent tout des accordailles des familles respectives, un blason à redorer, dans mon cas il fut à dorer, j'étais alors menuisier. Et un matin d'hiver, sur le coup de la quatrième heure, je possédais... ouais ! Dieu ait son âme.

Son sourire s'était élargi, gencives roses, craquelées, ridées, quelques prémolaires, une salive abondante et épaisse. Il me tapota la joue, du pouce, d'un geste plein de douceur. L'eau circulait glouglouttante dans mes chaussures.

— L'on dit qu'en Europe et dans les pays de civilisation européenne les unions matrimoniales commencent par des banalités. Chez nous elles commencent par la fin. La mienne...

A quelques centimètres de mon propre sourire — nous avions la même taille et, assis dans des fauteuils jumeaux, le buste vertical, nous étions au même niveau — son sourire ne se résorba pas. Se résorber tire à conséquence, suppose un état intermédiaire, un aspect nouveau. Je dis : sans liaison, *fut* une immense pitié, lèvres jointes, commissures floches. Comédie ? Non : maîtrise.

— ... par la fin, comme de juste. Mais comprends : une fin nette et succincte, tel un point. Pas d'antécédents, pas de suite. Une jeune fille maigrichonne... et si soumise...

— Tu n'as pas le droit... tu l'as égoïstement ignorée, je sais qu'elle...

— Qu'est-ce que tu crois ? Que j'ai fait trempette et tourné le dos, défaite ? Gamin !

Il me tapota la joue de nouveau, gamin !

— Et les gosses ? les sept gosses ? toi, feu Hamid et les autres, pourquoi ? Routine, bestialité ? Tu m'insultes... Mais plutôt — tu crois regarder les choses en face, les plus grosses c'est-à-dire, celles qui crèvent les yeux — mais plutôt : fouille. Elle était spécifiquement créée pour la fécondité saine et multiple.

Trois doigts. Dieu me le permette, un jour je dirais : les doigts ont besoin de silence.

Ceux qu'il tendit — index et pouce repliés, formant un cercle, ce cercle que montrent aux touristes les petits voyous du port : par ici, mon-z-ami, je connais une de ces fatmas... des yeux de gazelle, mon-z-ami — semblaient trois baïonnettes. Surgies vite et bien, juste à propos, ah ! tu croyais prendre des chemins de traverse !

Les remuant :

— Trois vérités simples, j'entends, dit-il. Figure-toi que les Marocains nés antérieurement au traité du Protectorat ne sont point sots, j'en ai connu même qui savaient parfaitement lire. Et écrire. Et compter. En français. Tu voulais sans doute me signaler... je croyais, pardon. Parce que tu aurais pu, tu es bachelier, avoir à me signaler, je ne suis pas bachelier, ces vérités-là... Comment ? je croyais, pardon.

Il les immobilisa. J'ajoute : ils avaient perdu leur caractère de baïonnettes, j'étais fixé.

— Primo : prendre certaines précautions avec mon épouse, louable certes, mais je ne suis pas civilisé. Je te dirais : l'art pour l'art, il faut donner leur chance à ces pauvres petits spermatozoïdes — tu me comprendrais fort bien, je t'estime assoiffé d'absolu. Maintenant, je te le demande, qu'eût pensé ta mère desdites précautions ?

Il replia le médius, séquence.

— Secundo, la viduité, l'abstention pure et simple. Intellect cadenassé et chair prise en considération — rappelle-toi : le Prophète a été un homme, et bougrement ! —, il y avait de la chair à domicile... à contenter ; et la mienne. Et je repose la question : qu'en eût pensé ta mère ?

Le sourire n'avait-il guère quitté ses levres ou bien venait-il d'y renaître ? Très aimable.

— Contenter, oui. J'ai marqué un suspens. L'ai-je contentée vraiment ? Tu te le demandes. Demande-toi plutôt : et si ce qu'elle désirait le plus au monde, si précisément c'était cette carence-là, hein ?

Il replia le majeur. Non pas séquence cette fois-ci. Acquit.

— Virgules et surcharges, admets tout pour l'instant, je dépose en quelque sorte mon bilan. Troisième vérité simple : la répudiation. Soyons logique. Telle qu'elle était, non pas mon idéal et foin de l'accoutumance ! mais telle qu'elle était ta mère était l'une de mes contingences terrestres. Elle préparait mes repas, bordait mon lit, entretenait propre mon linge, obéissante, soumise, honnête (la fidélité ne se considère même pas). Et les défauts donc ! parce que les défauts sont également à chérir, mon fils ; et qui épouse, si chose se peut, une créature de Dieu uniquement pourvue de qualités, ou encore uniquement pour les qualités, achète son propre portrait. Des défauts, ta mère en avait la dose normale, bavarde, pleurarde et la suite. Surtout : obéissante, soumise, honnête, eh ! oui. Là non plus la fidélité n'intervient pas. Ainsi donc l'une de mes contingences. Je te l'avoue, maintenant qu'elle est morte, elle me manque. Non pas pour l'entretien de ma maison, n'importe quelle roturière la remplacerait aisément, mais... cette énergie brusquement devenue inutile, inemployée... ne pense pas à l'emprise de l'habitude, pense à ces chemins de fer jadis sillonnés de trains maintenant silencieux, déserts, où croît l'herbe du temps, ils me rappellent les complexes psychologiques : ils ont besoin de trains.

L'auriculaire à présent était menaçant et rigide, menaçant comme un moignon et rigide comme un moignon de cadavre.

— Donc la répudiation. Permise et bénie par la Loi. Je n'y ai même pas pensé. Peut-être parce que lui donner suite, ou simplement y penser, eût équivalu à *accepter* l'idée d'une erreur, une erreur de base... construis-moi une maison et viens me dire ensuite que tu as oublié d'en entreprendre les fondations, eh ! je cherche un logement et, telle quelle, cette maison tiendra ce qu'elle tiendra. Mène ta barque ! ta mère a tenu vingt-quatre ans — et je suis large. Je sais : ce stupide accident, enlevée prématurément... j'affirme : elle était morte depuis des années déjà. Tout au plus considérerons-nous le problème tout à l'heure. Je disais : peut-être à cause de cela. Peut-être aussi pour toutes les raisons que je viens d'invoquer. Restait tout le vaste reste, également permis, également béni par la Loi.

L'auriculaire se replia. Un instant ce fut sous mon nez un poing à tendons saillants, si saillants qu'ils en étaient blancs et les intervalles violacés. Puis ce poing s'ouvrit, une main longue et dure qui s'abattit sur mon fémur, une brave petite claque, une invitation à la réjouissance générale, ris donc !

— Les quatre épouses traditionnelles ? j'aime la tranquillité. De plus, je suis capable d'une mesure, non de quatre. Quant à ce que l'on nommerait commodément « l'emploi du temps », je te le répète : foin des habitudes ! et tu connais le proverbe, une manière d'inverser le problème : « le plat que pourra vider un mendiant, quatre le videront sûrement ». Ceci étant, serais-tu étonné si je t'avouais de surcroît que je suis un homme moderne ?

Il me pinça le genou. Deux fois. Mon genou se laissa pincer. Deux fois. J'accordai deux brefs regards au monde extérieur, je l'avais annihilé et il me rappelait à l'ordre. L'eau dans le pot était strictement immobile — comme immobile le rectangle de bleu que découpait la fenêtre ouverte. La chaleur ? Elle se manifestait jusque dans cette eau refermée sur mes pieds ; mais peut-être était-ce l'adaptation...

— Elle aussi a fait son temps, fis-je remarquer.

Il était réellement aux aguets.

— Bien sûr !

Il se leva, attendit que j'eusse retiré mes pieds du pot, se dirigea vers le bar. J'entendis le robinet siffler, éructer l'évier, je considérais mes chaussures. Celles-là mêmes que j'avais, compensant la perte de mes babouches, à Fès, à la Mosquée des Karawiyine, ramassées... Non point qu'elles fussent alourdies, ni, dégoulinant des filets d'eau brunâtres sur la carpette blanche, ridicules ; et je ne m'avouais pas ridicule non plus, moi qui les considérais — mais parce qu'elles me semblaient neuves, plus neuves qu'elle ne l'avaient sans doute jamais été. Or qui me dira l'association d'idées qui me fit penser, regardant cette paire de godillots, à Joseph

Kessel le sédentaire ? Je les ôtai, ôtai mes chaussettes spongieuses, l'eau froide saisit — ils me firent honte : très sales — mes pieds à l'immédiat.

— Bien sûr, répéta le Seigneur.

Il trempa les siens dans l'eau — ils ne me firent pas honte, à lui non plus ils ne semblèrent nullement faire honte : de plus en plus boueux — mais c'était ainsi. Il parlait, agissait, métrique et sûr de sa métrique. Et il savait qu'il n'y aurait perte de salive ni de temps. Il avait changé l'eau tiédasse par de l'eau fraîche, voilà tout. Acceptant la coupure. Il ne replaça pas la main sur mon genou, n'était-ce pas dans l'ordre des choses ? j'attendais qu'il le fît Mais dit — j'attendais également la question :

— Un autre cigare ?

— Non.

La méthode du parfait menteur, menteur une once par tonne. Non, je ne désirais pas fumer. Ni consentir à la pesée de ma vie à coups de mots. Des mots !... à mesure qu'il en débiterait, ma vie allait être de plus en plus étroite, de plus en plus « rênée ».

— Subsistait le concubinage. Je ne reprends pas les arguments de tout à l'heure ; je me contente de te signaler qu'un coït est un coït et j'entends par coït l'acte hygiénique et reproductif. L'une des attributions de ta mère, Dieu ait son âme ! Et cependant...

— Tout de même un cigare.

— Un cigare

Puéril. Je n'en disconviens pas. Mais j'ai soudain eu besoin d'un peu d'air, je commence à douter de moi.

— Un !

Il me l'allume, me le tend. Il ne sourit pas. S'il souriait, il perdrait de son sérieux, le sérieux dont il traite mes puérilités — et il y tient.

— Le concubinage à caractère d'entité, certes. J'en suis partisan. Je l'ai été. A Damas. Comme au Caire. Comme ici. Des entités qui m'ont fait entité moi-même. M'ont complété. L'amour. Qui faisait défaut dans mon union bénie par la Loi. Que n'a pu susciter en moi ta mère, Dieu ait son âme ! Et en quoi a-t-elle été lésée ? N'a-t-elle pas eu la part du lion ? Ni chassée, ni amoindrie dans sa dignité d'épouse musulmane, ni délaissée, ni trompée. Je ne pouvais pas l'aimer. J'en ai aimé d'autres. Quoi de plus ponctuel qu'un point ?

Je poursuis avec quiétude mes divagations intérieures. J'enregistre néanmoins, surtout j'enregistre — étonné de cette saillie, quoique non outremesure. Le palier ne tardera pas à se reconstituer. Une bonne petite guerre, disait Roche, ça vous réveillera. J'en déduisais : et sitôt après l'Arabe s'en retournerait dormir. Le palier se reformera. Je fume. Gardant dans mes poumons, longtemps, le plus de fumée possible Que j'expire à bouche ouverte, à petits jets.

— De celles de Damas et du Caire, je juge inutile de te parler...

— Si.

— Plaît-il ?

— Si.

Je lui souffle au visage un flocon de fumée. Dense. Qui stagne aussitôt. Que ne trouent que la barbe et les yeux noirs. Les bouffées précédentes stagnent un peu plus loin — ou finissent de se dissoudre. Tout à l'heure je te réserve, haj, une réelle violence. Non pas des mots. Un acte. De telle façon que tu jugeras : violence pure et simple. Entité comme tu dis, vers quoi tu veux m'amener — et vers où je me dirige docile. Alors que ce ne sera qu'un jeu, un bluff. Propre à te

« posséder ». Tout à l'heure. Lorsque ce cigare se sera consumé. Pour l'instant il est si béat d'en tirer des bouffées — et de t'écouter.

— Utile. *Tous* les éléments me sont, *maintenant*, nécessaires. Ou par hasard des déboires ?

— Plaît-il ?

— A Damas et au Caire ?

— Exact.

Peut-être. Et je m'en fiche. L'important est d'avoir chicané. Juste la dose qu'il fallait pour le mettre dans l'ambiance. Mon jeu d'échecs. Sacrifier ma reine. Le mettre échec et mat. J'ai soigneusement étudié mon rôle. Dès le début. Dès l'enterrement de ma mère. Ma peur : il s'agit d'un très bon joueur d'échecs.

— Des déboires donc. Tu peux rire. Moi vaincu et te l'avouer et *me* l'avouer, ris ! Pour qu'ensuite je t'envoie ce coup de poing : déboires qui m'ont tenu, ont eu le pouvoir de me tenir *trois ans* absent.

Cela il ne l'a pas crié. Toujours serein, presque gai. Je dirais qu'il est en dehors de la discussion, de l'instant. Quelque chose en moi lui échappe, lui déplaît. Il cherche. Je connais ses facultés cérébrales il cherche vélocement, déblayant, aigu.

— Et j'ai, déboires, parfaitement aimé. Deux fois. Deuxième coup de poing. Ecoute-moi et ne fais donc pas le zouave.

— A ta place je ne serais pas revenu.

— Classique. Le curé confesse et absout. Des péchés dont il n'a de connaissances que livresques.

— Je serais quand même resté là-bas.

— N'est-ce pas ?

— N'est-ce pas ?

Il déblaie, cherche toujours. Je l'appâte encore un coup. Cette fourmi...

— Absolu, pourquoi es-tu revenu, toi ? Tu avais si

tonitrué l'autre soir, si je pars ce sera pour ne plus revenir, tonitruais-tu.

Une fourmi rouge, de celles qui ont une sapidation sucrée une fois écrasées et qu'on les suce, a grimpé sur la bouteille de porto, s'est mise à courir.

— J'étais placé dans des conditions différentes...

— Connaîtrais-tu par hasard celles où j'étais ? ou m'en permettrais-tu seulement l'existence ? Si le Caïd baise, la tribu ne baise pas — curieuse façon de voir les choses. Sinon, m'interrompant, chicanant, atermoyant, désir de gagner du temps. Que nous suspendions cet entretien ?

— Non.

Il a supposé cela, j'ai *peut-être* besoin d'un répit — alors que lui-même en a *certainement* besoin : il sait que depuis quelques instants je me suis soustrait à son champ cérébral, pourquoi, comment et en vue de quoi ? Habile joueur d'échecs. Je dis : « non », avec lui l'obligation est d'être subtil, rien que subtil, plus subtil que lui. L'Islam. L'on y vit ainsi, des subtilités — et l'on ne peut y échapper autrement. Sinon par un suicide mental.

Je souffle sur le bout de mon cigare, l'applique sur la fourmi, elle escaladait le bouchon de la bouteille.

— Je ne t'interromprai plus.

Il médite mon geste. Il le qualifiera de ce qu'il lui plaira. A Dieu vat ! ce détail l'a accroché. Comme ma chicane de tout à l'heure. Je suis satisfait.

— Ce sera plus sage. Je t'ai dit que je déposais mon bilan, laisse-moi le déposer. Pèse-le ensuite, ou poursuis ton chemin, ça ne t'intéresse pas. Nous ne sommes pas des ennemis, que je sache. Tu me hais — ou crois me haïr — et en ce qui me concerne tu es mon enfant. Non, nous ne sommes pas des ennemis, encore moins des étrangers, un père et un fils qu'un malentendu sépare, que nous réglons, intellectuellement, en hommes. Si nous étions des enfants — l'ai-je autrefois été ? et je ne discute pas avec les enfants si tu en es resté un — nous balbutierions a-ba-da-boum-boua... quitte ensuite à pleurnicher ensemble un bon coup, puis ensemble rire. Si nous étions des chiens, nous sortirions dehors et ce malentendu, un os, nous le réglerions à coups de dents.

Il y a l'émotion et la qualité de l'émotion. Des émotions, bien que sincères, ne nous touchent guère ; d'autres, et nous savons qu'elles ne sont qu'expressions théâtrales, nous empoignent. Je me demandais pourquoi. « La part du rêve, notre réel si pressuré... », m'avait dit Roche. Qui m'a renvoyé pour complément d'information aux maîtres ès-comédies françaises. Gide, a-t-il ajouté, je te le recommande, un grand bonhomme. Raymond Roche *dixit*.

Terminant sa mercuriale, le Seigneur a été très doux. Crocodile ou cygne, je m'en fous — très doux. Allez donc demander à un mendiant : en pièces de dix sous ou en pièces d'un franc, ton aumône ? Très doux. La douceur de ma mère à peu de chose près, je sentis mes maxillaires saillir, une vache meugla, où ça ? qui eut le retentissement du cor. La barbe de près, le sourire, les pieds dans l'eau, ce décor, cette chaleur, cette baraque. La douceur avec laquelle elle entretenait sa maison, était soumise, obéissante, honnête. Et sa délicatesse, poussée jusqu'à l'effacement, et *son amour* — mais ces choses-là ne se considèrent pas, même pas, nuancerait-il.

— Reprends-le. Un témoignage d'extrême lassitude. Et d'admiration pour ta casuistique.

J'ai fourré la main dans ma poche, en ai extrait le dentier. Ce cigare... Un Juif de mes amis m'a fait autrefois lire les imprécations Astaroths. Je m'en récite une — ma mère invoquait n'importe quel saint — tandis que je rallume le cigare.

— Et je me dévoile, parce que tu triches.

— Plaît-il ?

— Tu triches.

Il mâchonne son dentier. Il le mâchonne gauche‑ment, avec délectation : il en avait perdu l'habi‑tude ; le goût alcalin du métal, il le retrouve, que lèche, par touches légères, la langue d'une pointe je dirais vérificatrice, puis chargée de suspicion — et j'entendrais volontiers le cheval hennir et l'épouse gémir au retour du maître, de l'époux.

Il a l'œil allumé, féroce. Je souffle sur le briquet. J'ai l'habitude des cigarettes, cigares éteints, puis rallumés. Il y a toujours moyen de faire **un pain** avec des miettes.

— Tu triches. Je l'ai senti dès le début. Tu abandonnais ton pluriel, ta majesté, tu m'offrais des liqueurs, tu te confiais à moi, avec moi tu traitais de la situation actuelle. Tu triches. Tu traçais un cercle, m'enfermais dedans — et je m'y laissais enfermer. Une petite discussion épicée de quelques anecdotes, de puissants raisonnements, que tu clôturais par ma déconfiture — eh ! tête de lard qui voulais jouer les têtes dures ! — et ton apothéose : la maestria avec laquelle tu as redressé cette affaire de thés. Et je ne sortais pas du cercle.

Un instant je m'appliquai à écraser mon cigare, pesant, à lui faire prendre l'aspect d'une galette — sur la fourmi. Je l'avais crue morte. Elle courait sur le guéridon. Ou était-ce une autre fourmi ? Rouge pourtant.

— Donc je triche, constate-t-il.

— Et moi aussi.

Ses joues se sont remplies. Gauche, droite — et le

voilà le balancier ! —, il donne encore des coups de langue. Une manière comme une autre d'attendre, de signifier que l'on est patient, jusque-là, mais seulement jusque-là. En moi l'Astaroth achève sa liturgie.

— Et, entre nous deux, de toi à moi et vice versa, tricheurs, la discussion pouvait encore être libre. Comme cette putain de 1,80 m sur laquelle s'escrimait Camel, sa première putain. Elle s'était dévêtue, s'était ouverte, d'entre les pans de son manteau (il l'avait gardé, il faisait froid mais il avait ôté sa casquette), il avait tiré son sexe comme on tire une pièce d'artillerie, et la fille regardait impassible. Mon frère lui toucha le nombril, elle ne dit rien, du bout de sa verge, appuya, elle ne dit rien non plus. Mais, où elle perdit tout contrôle d'elle-même ce fut l'acharnement avec lequel il voulait, béat, brave, absolument lui forer ce nombril. Sa première putain, je le répète. Par la suite, il consentit à descendre un peu plus bas.

Une série de gestes rapides. Porter la main à mon aisselle, poser le coude sur le guéridon, mettre le cran d'arrêt — le Luger dans ma main brilla de son acier, de son bleu acier.

— Je te dis que je trichais. Comme ceci Avec ceci. Et je pense — les journaux de ce matin me l'ont appris — à ce pâle voyou, le Kilo, moisissant quelque part dans le Tadla, vol à la tire, six mois de prison. A ma mère réduite en viande hachée et os hachés, elle s'est jetée de la terrasse, je lui avais donné l'exemple, hé ! le soir où j'avais vidé le grenier, arrivés au sol les sacs de blé se sont à peine tassés, elle... chair et os hachés. Je pense à Hamid, méningite m'as-tu dit, je veux bien, deux ans de plus et il aurait appris toutes les déclinaisons latines et qui sait ? mangé une tablette de chocolat, il comptait sur moi pour lui en offrir, il en avait si

envie, il me disait : Noël, parle-moi de Noël — et je
lui parlais de Noël, le réveillon de Noël, la neige,
l'arbre, les cloches, les messes, la gaieté, les rires,
les lumières... des textes sus par cœur afin de les lui
réciter et il battait des mains, te souvient-il de ces
mains-là ? des pattes de moineau — les joues roses :
tu m'emmèneras là-bas, dis ! tu veux bien ? et je
m'étais juré de le faire un jour ou l'autre, je
calculais : deux ans. Je pense aussi à l'aucuba, le
fossoyeur à deux bras l'avait arraché, l'avait projeté
dans la nature comme un passé mauvais. L'a-t-il le
soir même, salaire de fossoyeur maigre salaire,
emprise de la réalité, été chercher ? Un aucuba de
cette dimension représente trois jours de combustible. Et je pense à moi, tu m'as maudit, j'ai pris la
porte, passé la porte ricanèrent mon gosier sec, ma
panse vide, Berrada, Lucien, les autres, ma médiocrité, mes complexes, l'horizon fermé, tu l'avais
fermé, et tes dents en or — et je compris que cette
génération que l'on instruisait était une génération
de pommes pourries, à la rigueur on peut en tirer du
cidre, un cidre aigre, la première génération occi-
dentalisée, elle a rêvé de réformes, d'épurations, de
tremblements, mais non ! tu ne comprends rien, tu
seras maçon, à la solde des vieux, les vieux maintenant désireraient, n'est-ce pas ? des palais de ligne
plus nette, moderne — alors je suis revenu. Conscient d'années de perte, conscient d'une révolte
inopportune et pour le moins... je vais te dire : de la
merde, comme de la merde que, chiée dans sa
culotte, on envoie vite promener — et la culotte
avec, et comment donc ! Mais l'on dit qu'un chien
enculé enculera à son tour et l'on ne dira pas que ces
dix-neuf années de perte, cette notion de perte, je
me serais résigné à les digérer — et tourne la page,
chien ! Ton dentier m'a permis de gagner quelque
argent, Camel a acheté ce Luger, Abd El Krim l'a

nettoyé, Madini l'a chargé, Nagib l'a assujetti sous mon aisselle et Jaad m'a bien recommandé : vise le cœur.

Je visai le cœur, tirai. Six fois, coup sur coup, rapide et réjoui, tandis que de nouveau la vache meuglait, où ça ? qui avait l'accent du triomphe.

— Chargé à blanc, repris-je, et c'est ainsi que je trichais.

A peine, sursaut, ses pieds avaient-ils touché les miens dans l'eau. Il me regardait, les yeux réduits à deux fentes, brillantes et noires, je n'y distinguai pas un soupçon de cornée. J'adressai mentalement des remerciements aux Astaroths et à cet ami qui me les avait fait lire.

— Reste une balle, une vraie, je la réservais... pour moi... ou pour toi, à chances égales, l'avenir appartient à l'Eternel. Vois comme je suis : je te remets l'arme.

Il la prit, la posa sur le guéridon, à égale distance de sa main, de la mienne. Trois insectes tournoyaient, une mouche, deux moustiques.

— J'étais pourtant résolu à m'en servir. Ma tactique était de t'écouter, d'admettre, ensuite tirer six balles, rire un franc éclat, ce sacré Driss quand même ! tirer la septième balle. Des idées bizarres me peuplaient — l'une d'entre elles était que pour le moins l'un de nous écopât, toi : deux morts, les antécédents et la suite, le monde a évolué et tu as trop duré ; ou moi : allons ! tout cela est grossi, dramatisé, il n'y a pas de quoi faire péter un cheikh et le chiendent dans ce potager, moi, est à supprimer.

Deux insectes volètent, deux moustiques. La mouche est partie, elle n'a pas trouvé de charogne. Mais elle s'est bigrement trompée : il y a ici deux charognes.

— Tel était mon plan, tu te demandes pourquoi

je l'ai dévoilé. Ici le conventionnel me recommande-rait d'allumer un bon cigare, de me tasser dans mon fauteuil et, avançant ma lèvre inférieure, comme ceci, j'ai tout mon temps, de te dire : devine, hé! petit père.

Deux moustiques ont cessé de tournoyer, ils sont allés rejoindre la mouche. Un peu plus longtemps que la mouche ils sont restés. Afin sans doute de se rendre compte à quelle espèce de charognes nous ressemblions. Ils sont à leur tour partis, nous n'étions des charognes qu'au figuré.

— Disons plutôt que j'étais las, épuisé, impropre à la lutte, même : ne voyant pas la nécessité de cette lutte — et généreux. Je ne désire rien tant qu'un plat de fèves et la paix de l'âme. Paix sur qui sont couverts de terre rouge et paix dans les cœurs meurtris. Venger mes deux morts ? Le temps les a cimentés, le temps qu'il ne fallait pas laisser passer, mes nerfs véhiculent un autre influx, des cellules nouvelles ont dans mes tissus remplacé celles qui ont vécu.

Des charognes qui souffrent et jouent aux échecs, en joueurs d'échecs ils se sont mis entre paren-thèses, l'Histoire recèle des villes englouties, des races éteintes, ne peignons pas les chiens, ils n'ont pas demandé qu'on les peigne, si on le fait c'est tout simplement parce que, ces peignes, il fallait leur donner une place dans nos utilités, s'intéressent uniquement à leur conservation (salut Newton!), il leur importe de vivre, de continuer de vivre — et c'est l'Islam, le vrai : temps ni espace ne sont néces-saires et est superflu tout ce qui n'est pas stricte-ment : se nourrir, dormir, baiser, échapper, échap-per surtout. Les traditions ? des orientalistes illus-tres, ce n'est certes pas moi ni mon père, ni l'Orient qui ont contribué à les rendre ainsi, illustres, nous y ont rivés, soigneusement, indispensablement —

puis se sont frotté les mains : ils ont leurs traditions, ils avaient l'air de s'en foutre, maintenant nous pouvons circuler chez eux, distingués, pas de mélange possible : et vos traditions ? Bien rivés.

Trois insectes sont allés à la recherche de vraies charognes, donc.

— En contrepartie cesse de tricher, toi aussi. Plus d'intellect, plus de théâtre, vide ton sac. En vrac. Je ne suis plus un gamin, tu l'as dit. Tu me traites en gamin. Traite-moi en homme, en as-tu peur ?

Il n'eut pas peur. Il se leva, me traita en homme.

Il se leva, jeta le pot par la fenêtre, s'enferma dans le cabinet de toilette, en revint strictement rasé (il me fit signe du menton, qu'en penses-tu ? rien de changé vraiment, merci), vida le contenu de son bar, apéritifs, liqueurs... dans le lavabo, m'essuya les pieds, me prit dans ses bras, me coucha dans son lit, un lit de sangle, égorgea un agnelet, le fit rôtir, m'en découpa une éclanche, qu'il me fit avaler de force et suivre d'une pinte de petit lait, il parlait sans discontinuer, il parla jusqu'au soir.

Ocre, sienne et braise, avec des halos jaune cuivre et des stries jaune franc — teintant les vitres — le soir est tombé.

— Le monde a changé. La première personne qu'aime un homme, c'est soi-même. Mais s'il a des enfants son plus cher désir est qu'ils soient meilleurs que lui en tout point.

Un soir chargé d'électricité bien que le ciel de toute la journée ait été d'un bleu uniforme, mais qu'est cela ? L'orage est proche et si même il ne crève pas sur nos têtes il ira crever ailleurs.

— La première personne à qui tu mens, quand tu mens, c'est toi-même. Et pour que tu te mentes c'est pour te leurrer toi-même. Et pour que tu te leurres il faut qu'à tes propres yeux tu ne vailles pas grand-chose.

Ailleurs où il y a *les autres*. Ceux qui ont trop de ciels couverts, ciels pissants, trop de printemps, trop de liberté, trop de droit de la personnalité, trop de respect de l'âme humaine. Parfois, surplus, mille excuses, ils nous envoient un orage. Mais leurs printemps, liberté, droit de la personnalité, respect de l'âme humaine, gardent. Ont-ils raison ? Ils ont raison.

— Bien sûr tu es révolté. Considère : l'homme de la rue, le cireur, le porteur, la racaille, de mémoire humaine révoltés. Nés pauvres, vivant misérables et mourant comme des chiens. Et encore ! les vétérinaires sont là pour les chiens. Cette populace, il y en a sur mes hectares, 30 francs par jour c'est le tarif, et lors d'une récolte abondante droit de glaner des tomates pourries. Et celle des villes et bourgades, plus que vagabonds, vagabondants, ils ne sont pas définis, traqués par la police, une police composée d'ex-vagabondants, la plus féroce du monde. Parfois on en fait des R.T.M., des chaouchs-service-service-camarade-après — ou bien, parqués entre quatre palissades, dans un terrain vague, on les montre aux touristes, ça existe, ça fait jouir. Et ceux-là donc dépossédés de leurs terres, si j'étais à leur place, je compterais l'empreinte de mes pas, depuis des décades refoulés de plateau en mont et de mont en Atlas, d'hommes en bêtes fauves, ils perdent même leur caractère de bêtes fauves, j'en ai vu, sais-tu comme on les appelle ? Les sauvages, les dissidents. Mais paix également sur eux et le romancier, qui en ferait un bouquin, pendrait le pendu. Mais toi, rejeton de la race des Seigneurs ?

Ocre, sienne et braise, les halos et les stries se sont dissous — ne teintant plus les vitres mais l'on dirait à grands coups de brosse les peignant — le soir va bientôt mourir. Mourir ? Il renaîtra demain.

Naîtra. Il faut bien croire en quelque chose. L appétit de croire qui tourne à vide.

— *Moi*, je suis le plus grand révolté, lucide, pratique, sais-tu comment ? La révolte est un carrefour dont : larguer les amarres, facile, passionné, lâche ; ou, beaucoup plus habile, rester sur place, lutter. Je suis resté sur place, précisément ce jour où je déterrais mon idéal, et me suis servi, puissamment, de toutes les théocraties que confère l'Islam à un chef de famille, de surcroît fassi, haj et nanti du sens des affaires.

Et les vitres furent noires.

— Ne me dis pas que tu nous es supérieur en quoi que ce soit, ton instruction. Voltaire, Henri Poincaré, Malet et Isaac, et les livres que tu as lus et les cours de tes programmes ont été traduits maintes fois dans toutes les langues. J'ai tout lu, tout appris, mais en arabe, *mea culpa !*

Noires plus que la nuit. La nuit ne sera pas noire, je le sais, je l'accepte, j'accepte tout. Pas noire — bien que le vent se soit levé, un vent soufflant de l'océan, j'ouvre la fenêtre et la referme aussitôt, il ne sent pas l'océan, tout autre chose que l'océan, les tomates, l'urine, la terre humidifiée, et le fumier et le bétail et le mazout, et les siècles et les misères séculaires — et cette odeur particulière, sui generis, qu'ont toujours eue les vêtements de mon père, l'haleine de mon père, son crâne, ses aisselles, ses mains.

— La légende s'est emparée du cas (pathologique ? réduisons les choses à des vérités simples : curieux) de ce jeune homme nommé Taha. Taha avait étudié, presque bachelier. Un soir, il prit une cuite, une de ces cuites monumentales telles que les pratiquait notre poète Abou Nouass, l'on chiffre : une caissette de vodka. A son réveil, il ne savait plus un mot de français.

Et l'orage creva. Sur les vitres il n'y eut pas un éclair, derrière les vitres la nuit restait calme, même mes nerfs restaient calmes — c'est pour cela sans doute que je sus que l'orage crevait. Mais je ne le vis pas crever. Autant dire alors qu'il ne creva pas.

— Ainsi. Avant le Protectorat. De tout temps. Depuis Omar et les Califes, ici ou là — et qui parle de réformes ferait mieux d'aller blanchir les Nègres. Alors il y eut toi. Toi le poison. Et je ne sache pas que la Résidence se fût employée à faire chez nos fils aboutir son apport culturel sous forme de poison ; ou, si c'est intentionnel, il y a violation d'âme, en tout cas du jour où tu as fréquenté un lycée tu n'as été que cela, poison. Tu voyais partout des injustices sociales et, disais-tu, chez un même individu, d'un instant à l'autre, des injustices temporelles : qui donc te demandait de les voir ? et qui diable t'a enseigné que ce fussent là des injustices ? des aigris tu voulais réconforter — chevalier errant au siècle du marché noir ! —, des opprimés tu brandissais tels un drapeau, tu semais la rébellion parmi tes frères et tu vidais *mes* provisions de *mon* grenier à des chacals qui sitôt après s'en sont allés reprendre leur bonne vieille mendicité, un sac d'orge ou d'avoine suffisant pour les ébranler ? tu rigoles ! Le poison, tu l'as injecté jusque dans l'extrême résignation de ta mère. L'idée d'une révolte ne lui fût jamais venue à l'esprit. Tu l'en as bourrée. Elle en est morte.

Dans la chambre une veilleuse s'est allumée, bleu ténu, de ce ténu dont s'ornait la galanterie française, à l'époque de François Ier et de la Pléiade — ou bien, le siècle était d'orgies, n'était-ce pas plutôt une contrainte ? Cette veilleuse, ôtez donc l'abat-jour ou changez l'ampoule : 115 volts, 5 ampères, une veilleuse d'un bleu ténu s'est allumée.

— Ta mère s'est mise un matin à genoux. Elle a murmuré sa prière au nom d'Allah, de son époux et du saint de sa ville natale. De ses péchés, de ses faiblesses. Elle m'a demandé de te pardonner, quant à elle, elle te bénissait jusqu'au dernier de tes jours et jusqu'au dernier membre de ta descendance, si toutefois Dieu t'en réservait une. Elle m'a baisé les mains et les pieds. Je me suis laissé faire, depuis des années je l'avais définie et elle-même s'était définie, une fois pour toutes. L'instant d'après, j'entendais un vacarme à ma porte. Elle est morte je pense sur le coup, 10 mètres de chute, Dieu est en train de lui demander des comptes : 5 000 ans de géhenne, elle s'est suicidée. Je Le laisse seul juge, je n'ai ni à la pleurer, ni à la sanctionner : elle n'est plus sous ma tutelle. Ma tâche consistait simplement à te signifier que tu as été cause de sa mort.

La lumière de la veilleuse est devenue plus ténue, à deviner, à travers mes paupières, j'ai fermé les yeux.

— Cause également que mes enfants me haïssent, auparavant ils ignoraient le sens de la haine, l'instinct même de la haine, maintenant ils me haïssent fort bien. Ils consentent à rester dans ma maison, parce que mangeant le pain que je leur donne et buvant le thé que je leur verse. Parfois ils vident mes poches — l'accès du bordel est payant et ces messieurs se saoûlent et ont des vices coûteux. Un jour, très vieux, gaga, je ne leur apporterai plus ce pain, plus ce thé, et ils me foutront dehors. Oh ! ils ne disent rien, n'expriment pas leur haine, ils sont patients, taciturnes, décidés, tu leur as montré comment.

Et la veilleuse, plus rien ne fut à deviner, je m'endormais.

— Toi que *j'aimais*, si les autres *étaient mes enfants*. Un soir, souviens-toi de ce 24e soir de

Ramadan, misère ! je voulais te donner une leçon. Frapper ton émotivité par quelque chose de spectaculaire, faire appel à cette émotivité, la seule chose de propre qui te reste. J'avais planté un pieu au terme d'un chemin, j'y avais accroché un écriteau : « Vaille que vaille, atteins ce but, d'abord. » Et tu l'as atteint. Pour déplanter le pieu et le brandir au-dessus de ma tête, tu as atteint le but par nécessité, et, atteint, tu ne comprenais pas pourquoi tu avais marché si longtemps. Marchant, tu avais vu des ravins, des immondices — il ne fallait pas les voir. Et tu t'en prenais à toi-même d'avoir consenti à marcher si longtemps. Ce que tu oubliais : arrivé au but, regarder devant toi, un champ immense de possibilités.

Je sais maintenant que la vue est le plus faible des sens. Mes yeux étaient cousus de sommeil — j'entendais encore distinctement.

— Te donner une leçon. J'étais ruiné. Je t'en ai fait part. Sachant au préalable quelle allait être ta réaction et elle fut celle que j'attendais. Lutter, maîtriser la crise ? Certes je le pouvais. L'on peut tout lorsqu'on est entouré d'amour et de compréhension, lorsqu'on est entouré d'une femme digne du nom de femme et d'enfants qui fassent rougir d'honneur. Mais de haine ? De haine et de suspicion, plus que cela : de silence ? Un silence si chinois, si visqueux que, parfois, m'asseyant sur mon tapis de prière et préparant l'infusion de thé, je me demandais sur quel baril de poudre je m'étais assis et s'il n'était pas logique, au lieu d'emplir la théière jusqu'au bord, d'y verser une petite mesure d'eau bouillante, juste de quoi faire un verre, le mien.

Et l'ouïe est un organe particulièrement rentable. L'on parle de surdité. Je vous assure que les sourds entendent.

— Je vais te dire : tu n'es pas le seul. Je ne connais pas un jeune de ta génération qui ne te ressemble. La rue de Strasbourg, quartier des millionnaires et où j'ai mon magasin de thés, est peuplée de lamentations. Les jeunes sont insolents, voltés de complexes, fiers de leurs complexes, voleurs à la petite semaine, cyniques — et, s'il leur arrive d'entrer dans une mosquée, c'est pour prier Dieu à voix haute de les rendre orphelins au plus vite. Cette jeunesse-là qui se targue d'être nationaliste, les seuls éléments de la population qui soient persuadés qu'Ataturk d'outre-tombe les guide. Et qui se plaignent : c'est à eux que la Résidence doit s'adresser, elle s'adresse à nous, les chibanis.

Il étendit une couverture sur mon corps. Qui n'en avait fichtre pas besoin. Il l'étendit et je me rendis compte qu'il en avait besoin tout de même, air fraîchi soudain. Une boule Quiès dans mes oreilles, voilà ce qu'il devrait faire surtout.

— La leçon a été terrible, n'en parlons plus, j'ai semé un jour des petits pois, j'ai récolté des mulots, n'en parlons plus, Dieu m'a judicieusement puni dans mon fils et dans ma femme, et dans ta révolte — d'avoir osé bâtir un avenir dans l'avenir. Ecoute : j'étais ruiné, les Douze étaient ruinés. Nous savions comment parer, nous avons paré. Chacun de nous a réuni son argent liquide, emprunté à qui mieux mieux, hypothéqué terres et immeubles. Et nous avons pu acheter tout le thé qui se vendait à vil prix (130 F le kg) au marché noir. Que nous avons revendu, avec l'appui et la bénédiction de la Résidence, légalement, au prix légal : 370 francs. Une bonne petite opération... Je poursuis : bénéfices immédiatement investis dans l'achat de terrains vagues, aux portes de Casablanca, 5 sous le mètre carré, une aubaine. Je calcule, il y aura l'après-guerre, les Américains ont débarqué, des affairistes, des cités surgissent du sol, des aérodromes se dessinent, dans peu d'années, je suis patient, mes terrains vagues se vendront 5000 francs le mètre carré. Voilà ce que l'on demande à un haj au siècle Vingt — et comme un haj se révolte et use.

La couverture était de laine brute. Il m'en borda, la tira sur mes pieds, ils dépassaient, la tapota, égalisant les bosses, les creux. Il se préparait à clore mon destin.

— Te traiter en homme ? Bien. Ce soir même, 24e du Ramadan, c'était déjà fait. Dors. Déjà fait : le thé américain raflé, les barêmes fixés, l'accord de la Résidence obtenu — et c'était un besoin mesquinement humain, le choc succédant au triomphe : ce soir-là qu'il fallait te donner une leçon. Dors, mon fils. Maintenant tu es un homme. C'est vrai, je te traitais en gamin, mais comprends. Je n'avais pas besoin de toi dans mes affaires mais désormais j'en aurai besoin. Mon époque, ton époque, le patrimoine que l'on transmet de père en fils comme une formule de vieux cru, comme un flambeau, mais aussi, successions d'époques, que l'on amende. Mon époque : tailler au nom d'Allah, spéculer au nom de Mahomet, acheter, vendre, sans pitié, sans scrupules, l'argent. Et seuls, je touche ici la véritable plaie, seuls les capitalistes marocains sont pris en considération, tiennent tête. L'on ne négocie pas avec des utopistes, mais avec les huiles, Sebti, les frères Sebti, tu n'es pas sans en avoir entendu parler, pas Nationalistes, simples milliardaires, ils se foutent de la politique, de l'Islam, de la France. Font à eux seuls, ils sont trois, plus de travail pour le bien-être du pays que la masse des Nationalistes. Ils sont craints, respectés, pourquoi ? Ils ont les moyens, rubis sur l'ongle, d'acheter tout le territoire chérifien. Ton époque : sera affaire de consolidation d'avocasseries, de chicane. Dans ce but que je t'ai fait instruire — tu réussiras à sauvegarder le patrimoine. Là où je serais inhabile. Dors.

Il me caressa la tempe, éteignit la veilleuse, se leva.

— Un détail encore. D'importance. Pourquoi toi parmi tous mes enfants? Sur lequel j'ai porté mon choix, que j'ai dirigé avec patience et soin et à qui je lègue mon fardeau? Précocité crois-tu, promesses... n'en crois rien. Je vais être brutal : il est grand temps que tu sois un homme, j'entends un homme dur, armé, surtout sans faiblesse pour soi-même. Pourquoi toi? Un jour j'ai fermé les yeux, pointé l'index. Un hasard, cet index t'a désigné. Voilà. Dors maintenant.

La porte se ferma. J'ouvris la fenêtre toute grande. Où, penché jusqu'à l'aine, je me mis à rire dans la nuit. Fort et sans retenue, un éclat donnant suite à un autre éclat, longtemps, à toute galopade, comme avait dû rire Aïcha, libérée, au 3e ou 4e horizon, comme je suppose que les morts doivent rire, Hamid et ma mère, côte à côte dans leur terre rouge, libérés eux aussi; et tout prenait de l'intensité, le vent bruyant et cinglant, les roseaux sifflants et chuintants, un merle appelait un autre merle, des nuages circulaient haut et véloces, au loin l'océan toussait tel un vieillard.

Je refermai la fenêtre.

Je l'avais proprement possédé.

Vautré sous le portail nord du Méchouar, un vieux Nègre tendait la main, la charité s'il vous plaît, le Prince des Croyants te le rendra. Kch Kch! dit mon père, il semblait chasser une tribu de mouches, le Prince des Croyants ne t'a pas dit de mendier. Nous l'enjambâmes. Ex-humain, m'expliqua mon père, ex-croyant, ex-sénégalais de la Garde Noire de S. M Mohammed V, Sultan. Le soleil torréfiait, la poussière poudroyait.

Assis sous une ombrelle, un pansu peignait sa barbe patriarcale, des poux noirs en tombaient, sur une feuille de papier ministre. A notre passage, la barbe décrivit un demi-cercle. Ce notable vêtu d'une djellaba et l'air grave, certes ; mais ce roumi habillé à l'européenne et les mains dans les poches ? Un religieux, m'expliqua mon père, tu en as vu trente au cimetière, ici ils se comptent par centaines. L'une d'entre les espèces de parasites végé-tant je ne sais comme dans le palais de S. M Mohamed V, Sultan. Le soleil a torréfié, la poussière a poudroyé.

Mi-enfoui dans un éparpillis de coussins tout au bout d'un corridor, un jeune fassi nous interpella Vos papiers ? Et les tiens ? dit mon père. Nous passâmes. Le certificat d'études tout au plus, m'expliqua-t-il, il s'est installé un jour au milieu de ses coussins, traducteur, interprète, bons offices, personne n'avait requis ses services, personne ne lui a rien dit. Il touche de gros pourboires. Le corridor était sombre, presque frais.

Une sentinelle braqua sa mitraillette. Où allez-vous ? Voir le Sultan, dit mon père. Avez-vous un laissez-passer ? Oui. Il lui mit sous le nez une vieille facture et l'autre se courba jusqu'à terre. Toi qui parles de réformes, me dit mon père, enregistre. Entre toi et ton prince, que d'intermédiaires à faucher ! Des jets d'eau apparurent au milieu de parterres de fleurs et de gazons — et réapparurent le soleil et la poussière.

Des dossiers sous le bras et tirant sur une pipe, l'air fiévreux, un homme maigre et de blanc vêtu, marchait à grandes enjambées. Ce cher Ferdi... — Quoi, ce cher Ferdi ? merci, il va bien. Comment ? Il connaît le chemin, merci. Quoi encore ? Qui je vais voir ? Ça ne te regarde pas. La pipe panacha derrière nous. Un planton, m'expliqua mon père, titularisé, bilinguiste. Il fait courir le bruit qu'il est une éminence grise et, heureux l'homme sujet à l'illusion ! lui-même est arrivé à le croire.

Jouant aux cartes sur une natte, dans une pièce sombre au plafond bas, quatre hommes se gardèrent bien de nous honorer d'un regard, nous nous tenions sur le seuil. Holà ! quelqu'un, héla mon père — Qu'est-ce qu'il y a ? — Le bureau de Fatimi. — Connais pas. — Alors qu'est-ce que vous foutez ici ? — Tu vois bien, nous jouons aux cartes... et d'abord quel est ce ton... — Le ton qu'il convient de prendre à l'égard de quatre secrétaires investis en quatre joueurs de poker. Personne donc ne vient vous secouer ? j'y mettrai bon ordre, comptez sur moi. Le bureau de Fatimi ? — Couloir à gauche, suivez-le, tournez à gauche, porte 3. Nous nous y dirigeâmes. Valet de pique... Atout as...

Fatimi dit :

— Sa Majesté est à la chasse.

— Je n'en crois rien, rétorqua mon père. J'ai pris mes renseignements à la source la plus fraîche, le général Noguès...

— Comment ?

— J'ai déjeuné avec lui ce matin, mentit-il avec aplomb.

Les mokhaznis ôtèrent leurs babouches, rampèrent, s'immobilisèrent face contre terre.

— Approchez, approchez, dit S. M. Mohammed V, Sultan.

Entre nous, ce n'est pas un aigle : la silhouette massive et brute de Joseph Kessel que j'évoque tandis que je me prosterne.

— Relevez-vous. Asseyez-vous. Parlez.

Non, ce n'est pas un aigle et peu m'en chaut. Assis derrière un pupitre auquel on avait scié les pieds, et les yeux aux paupières délicates vifs derrière des lunettes bleues, Mohammed V nous examine. Il sourit et deux fossettes dans ses joues se creusent. Son barbier vient de le raser, il fleure l'eau de rose, il a la prononciation zézayante, il parle sur un ton très doux, il n'aime pas les histoires — mais tout cela est sans importance.

— Majesté, dit mon père, votre temps est précieux et je serai bref. Mais les quelques minutes que votre Majesté voudra bien nous accorder suffiront à illuminer le reste de notre existence.

— Parle.

Oui, tout cela est sans importance. Je me dis qu'un artiste sur scène se fait applaudir — ou huer. L'essentiel est qu'il ne suscite pas une totale indifférence. Ceci : une salle comble, *muette*.

— Mon fils que voici...

Je me souviens de ce matin d'hiver — mais était-ce décidément l'hiver ? — j'avais peut-être six ans. Je m'étais intégré dans la foule qui acclamait le sultan — il s'appelait alors Sidi Mohammed ben Youssef, tout bonnement. Il se rendait à la mosquée, délicat et de blanc vêtu sur un cheval bai, à la queue longue et caracolante. Des cris, la foule épaisse, la garde noire, des lambeaux de Coran, des sueurs et des ferveurs — je tirai la queue du cheval, espiègle. Et se dressa devant ma petitesse, une toise ? je n'eus même pas peur, l'ombre d'un autre cavalier, sabre au clair, debout sur ses étriers.

— Je l'envoie à Paris... des sacrifices... une carrière... si toutefois Dieu et votre Majesté...

Ils permettront : ils s'en moquent d'ailleurs, l'un comme l'autre. Celui-ci, un autre pieu, surmonté d'un autre écriteau, la foi n'a nul besoin d'un génie, l'écriteau suffit. Il dit : « Ecoutez-le, suivez-le, ne murmurez point, il détient les pouvoirs spirituels et temporels, à ne pas comprendre, à ne pas juger, à

croire, c est tout ce qu'on vous demande, amen ! »
— ces parchemins vénérables du Seigneur, dans la
chambre du Seigneur, et qui masquaient un honorable bar.

Pour ma part, j'avais mon propre pieu, ma propre
pancarte ; et, s'il m'arrivait de penser à mon prince,
ce l'était toujours sous cette vision : la queue du
cheval que je tirais, le Sénégalais de la Garde Noire
debout sur ses étriers.

— Oui, mon fils, me dit le Sultan, la Patrie
t'attend, nos jeunes universitaires seront nos armes
de demain...

Il n'a rien fait que je sache, rien dit, mal ou bien,
qui méritât un enthousiasme, il s'est contenté de
supporter sa pancarte, les croyants attendaient
quelque chose, rien ne s'est produit, ils n'ont point
murmuré : sans importance.

De nous trois, réellement, celui qui vendra du
sable aux Touaregs, qui sait être méchant, bourreau, dur, l'homme à abattre ou à aimer, ça dépend,
mais qui se manifeste toute une vie, c'est mon père.
Vous, Majesté ? la pancarte. Et je m'amusais tout à
l'heure à évoquer une salle comble, muette.

Oui, Majesté, ce n'est pas votre bénédiction pour
moi qu'il est venu quérir. Il y a certes l'offrande, une
sorte d'holocauste, je suis une espèce d'Abraham,
un tatoué de l'Islam, or traduisez : Orient, parabole
orientale.

Le fond du problème ?

Ce garçon-là, Satan et damnation ! a failli passer
dans le camp ennemi. Nous lui avons donné une
leçon. Deux morts, certes, mais quelques millions
de bénéfices dans ce tohu-bohu de thé américain...
et des terrains vagues. Maintenant il est docile,
réfléchi, armé pour la lutte. Nous l'expédions à
Paris. Il en reviendra, décuplera le bien que nous lui
léguerons, sera un des dirigeants de la classe diri-

geante, advienne que pourra, la Patrie deviendra-t-elle une colonie, une république, ou votre tête tombera-t-elle, aucune importance : Driss n'en pâtira point.

Alors pourquoi cette audience? Vous êtes loin de comprendre, Majesté. Il s'est tracé un plan, l'a exécuté, *l'achève*. L'audience frappera mes imaginations, pile; et, face, il a triomphé de tout, surtout de moi, il a besoin de venir, signification tout orientale, vous le signifier, à vous le détenteur des pouvoirs suprêmes.

— Au nom des quatre-vingt-dix-neuf noms d'Allah, au nom du Pâtre de Koreïch et du Croissant..

Suit l'absolution que j'écoute prosterné.

— Va, mon fils, va, mon sujet.

Nous nous levons, nous retirons à reculons — le soleil est haut dans le ciel, qui torréfie, et la poussière poudroie.

Un Junker 52 à la hâte transformé en avion commercial, Air France n'a plus de place et les paquebots sont pleins, va partir.

Camel a bourré ma valise de spiritueux.

— Il fait froid en France, m'explique-t-il.

Il ficelle mon portefeuille et l'enfonce dans la poche intérieure de mon veston. Qu'il ferme avec une épingle de nourrice.

— Il y a des gangsters en France, m'explique-t-il.

— Souviens-toi, me dit le Seigneur. La France, c'est le bordel du monde et le cabinet de ce bordel, c'est Paris. Nous t'envoyons à Paris, en toute confiance.

Il le peut. Je l'ai souverainement possédé. Il n'en saura jamais rien.

Ses ultimes recommandations ne sont qu'un bourdonnement. Je ne les entends pas parce que je ne veux pas les entendre, parce qu'aussi l'avion vrombit sur l'aérodrome.

Ceinturé sur mon siège, je ne verse pas une larme. Les derniers mots que j'ai entendus sont : « Notre fils bien-aimé. » L'avion frémit, vibre, se déplace, suit la piste, prend de la vitesse, décolle.

Je délie ma ceinture. Je vais au cabinet de oilette. Je regarde Casablanca fuir et se rapetisser. A moi maintenant de jouir.

Pas un gramme de mon passé ne m'échappe, il défile, il est simple : j'ai joué, j'ai gagné.

Je m'étais révolté, pauvre, révolte de pauvre, et l'on *ne se révolte pas, pauvre*. Pauvre, mesquin, fétu qu'un taleb eût écrasé, face aux féodaux que la Résidence elle-même n'a pu ébranler — et face aux indifférents. Ou finir par rejoindre les Jules-César-fantoches-les-révoltés-du-gosier-aux-lèvres, ça ne va pas plus loin ; ou les vagabondants ? Ou encore faire tomber le rideau, une petite vie tranquille à l'étranger, l'indifférence à mon tour ? Je ne crois pas. Je suis Marocain et en quelque sorte le Maroc m'appartient.

Il faut savoir être patient, logique. Je me révolterai demain, voilà tout. Mon père ? Je lui ai donné le change, voilà tout. Je pouvais le tuer, je lui ai remis le Luger, il en a déduit tout autre chose qu'une monnaie de singe. Eh! oui, sacrifier ma reine, le faire échec et mat.

Il dit qu'il donne leur pain à mes frères, leur verse leur thé. Moi, j'ai obtenu, docile, repentant, qu'il m'envoie en France, d'abord, compte sur tes doigts. Ensuite il me fournit les subsides, me conduira à un diplôme, à une situation, je reviendrai, accepterai avec reconnaissance, tends la main, bien ouverte, la fortune qu'il me destine. Alors, mais seulement alors, je me révolterai. Proprement, à coup sûr.

Et colons, féodaux, petits Français qui chantaient

à mon adresse sur l'air des lampions : l'Arabe, c'est une mouche ; et les Roche qui prennent le Maroc pour une vaste Gomorrhe et les Kessel pour une terre de feu, il ne m'a pas saqué, le Seigneur lui a payé un couscous nature, précisément je me dirige vers Paris. Et bon Dieu là-bas il doit bien y avoir des individus à qui j'en dirai deux mots — et ils m'écouteront.

Larguer les amarres, et pourquoi pas ? Virtuellement, Seigneur, marque un point. En France, tu as raison, je m'aguerrirai. Puiserai dans les stocks des idées de réformes sociales, de syndicats, d'allocations familiales, de grèves, de terrorisme, n'importe quoi que de digérer la bonne vieille résignation que l'on me sert à qui mieux mieux. Ma vie, je l'ai conduite en alchimiste. Me sont réservées, sans doute, quelques années, vingt, soixante. Que je conduirai en chimiste.

Mais d'ores et déjà, à tout hasard, prends d'abord ça, un échantillon, voyez. Je pisse. Je pisse dans l'espoir que chaque goutte de mon urine tombera sur la tête de ceux que je connais bien, qui me connaissent bien, et qui me dégoûtent

Quant à toi, Seigneur, je ne dis pas : adieu. Je dis : à bientôt !

Villejuif, décembre 1952-août 1953.

DU MÊME AUTEUR

Aux Éditions Denoël

LE PASSÉ SIMPLE, *roman* («Folio», n° *1728*).
LES BOUCS, *roman* («Folio», n° *2072*).
DE TOUS LES HORIZONS, *récit.*
L'ÂNE, *roman.*
SUCCESSION OUVERTE, *roman* («Folio», n° *1136*).
LA FOULE, *roman.*
UN AMI VIENDRA VOUS VOIR, *roman.*
LA CIVILISATION, MA MÈRE !..., *roman* («Folio», n° *1902*).
MORT AU CANADA, *roman.*
L'INSPECTEUR ALI, *roman* («Folio», n° *2518*).
UNE PLACE AU SOLEIL, *roman.*
L'INSPECTEUR ALI ET LA C.I.A., *roman.*
VU, LU, ENTENDU, *mémoires* («Folio», n° *3478*).
LE MONDE À CÔTÉ, *roman* («Folio», n° *3836*).
L'HOMME QUI VENAIT DU PASSÉ, *roman* («Folio», n° *4341*).

Aux Éditions du Seuil

UNE ENQUÊTE AU PAYS, *roman* («Point-Seuil»).
LA MÈRE DU PRINTEMPS, *roman* («Point-Seuil»).
NAISSANCE À L'AUBE, *roman* («Point-Seuil»).

Aux Éditions Balland
L'HOMME DU LIVRE, *roman.*

Aux Éditions du Seuil

UNE ENQUÊTE AU PAYS, 1999.
NAISSANCE À L'AUBE, 1999.
LA MÈRE DU PRINTEMPS, 1995.
LES AVENTURES DE L'ÂNE K'HAL.

Aux Éditions Eddif

AÏT IMI, LE MAROC DES HAUTEURS, 1991.

Aux Éditions Aquila

LA CIVILISATION, MA MÈRE !, 1972.

Aux Éditions Soden

D'AUTRES VOIX, 1991.

COLLECTION FOLIO